KB264080

*

박상률 완역 삼국지 4

*

4
완역
三國志
삼국지
바람과 구름을 타고
나관중 지음
박상률 옮김
백남원 그림
북플레저

방통

자는 사원. 양양 사람으로, 사마휘가 유비에게 제갈량과 함께 추천했다. 적벽 싸움에서 조조에게 연환계를 쓰도록 꾀를 쓴다. 유비는 그의 재주를 아꼈으나 낙성 전투에서 화살에 맞아 쓰러진다.

황개

자는 공복. 영릉 천릉 사람이다. 오나라의 뛰어난 장수로 손견·손책·손권에게 충성을 바친다. 적벽 싸움에서 큰 공을 세운다.

주유

자는 공근. 여강 서성 사람이다. 손책과 함께 강동을 평정하며 군사와 정치를 두루 아는 젊은 영웅으로 떠오른다. 손책이 죽은 뒤 손권을 도와 적벽 싸움을 주도하며 조조를 크게 무찌른다. 유비가 형주를 차지하자 이를 경계한다.

노숙
자는 자경. 임회 동성 사람이다.
손책의 뒤를 이어 손권이 강동의
주인이 되었을 때, 주유의 추천으
로 손권을 모신다. 손권은 노숙의
뛰어난 재주를 인정하여 그를 무
겁게 쓴다.

감택
자는 덕윤. 산음 사람이다. 손권을
따르며 적벽 싸움에서 황개의 거
짓 항복 편지를 가지고 조조를 속
인다.

장간
자는 자익. 구강 사람이다. 조조의
부하로, 어려서 주유와 함께 공부
한 인연으로 주유를 설득하는 임
무를 맡는다.

제갈량 자는 공명. 낭야 양도 사람이다. 속을 감추고 세상에 나서지 않다가, 유비
가 세 번 찾아오자 마음을 열고 책사로 나선다. 유비를 도와 조조를 물리치고 익
주를 얻는 데 큰 공을 세운다. 유비와는 생사를 함께한 군신이고, 관우·장비·조
운의 신뢰를 한몸에 받는다.

장판교(장판파) 싸움(208년)

조조는 대군을 몰아 남하하며 유비를 장판교에
서 추격했다. 유비는 번성에서 패주로를 따라
도망쳤다. 이때 관우는 수군을 이끌어 한수 방
면을 지키고, 조운과 장비가 활약하며 유비군은
간신히 위기에서 벗어났다.

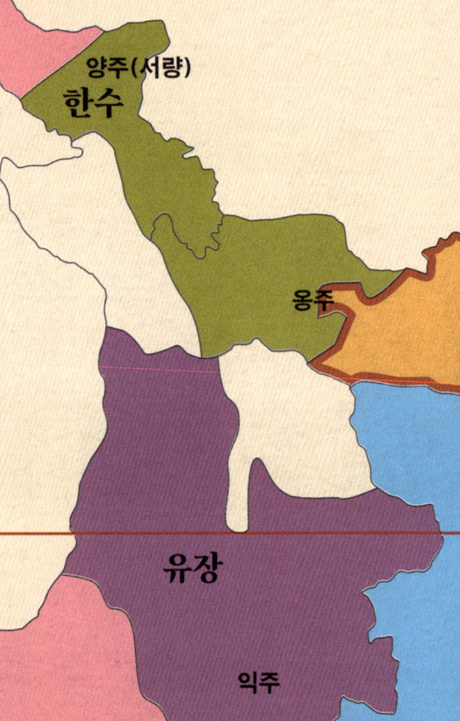

삼강구 대치, 적벽 싸움의 서막 (208년)
조조의 대군이 남하하여 장강 하류 삼강구에서 손권 세력과 맞섰다. 오군은 수군을 정비하고 방어선을 구축하여 조조의 진격을 막았다. 이 대치는 곧 적벽 싸움으로 이어지는 서막이 되었다.

* 이 지도는 이해를 돕기 위해 정사 삼국지를 바탕으로 한 것으로, 소설 속 삼국지와 일부 차이가 있을 수 있습니다.

차례

일러두기

1. 옮길 때 바탕으로 삼은 책은 중국의 강소고적출판사江蘇古籍出版社에서
   1999년에 펴낸《수상삼국연의繡像三國演義》이다.

2. 각 권 및 각 회의 제목은 원문에 없어 옮긴이가 달았다.

3. 본문에 나오는 열두 달의 월은 원문 그대로 따랐다.

4. 황제·왕·임금 따위의 부르거나 가리키는 말은 될 수 있으면 객관적으로 썼다.
   특별히 유비를 선주, 유선을 후주 하는 식으로 따로 대우하지 않았다.

5. 짐朕/고孤·신臣·경卿 등은 나·저·그대 등 우리 시대에 맞는 말투로 바꾸었다.
   굳이 봉건시대에 쓰던 그대로 할 까닭이 없어서였다.

6. 사람 이름은 대화문에서는 자, 호, 벼슬 이름, 고향 이름 등 부르는 사람의
   처지에서 쓰는 대로 했으나, 지문에서는 본디 이름으로 통일하여 썼다.

7. 숫자는 대화문 속에서는 우리말로 소리 나는 그대로 적고, 지문에서는
   아라비아숫자로 적는 것을 기준으로 했다.

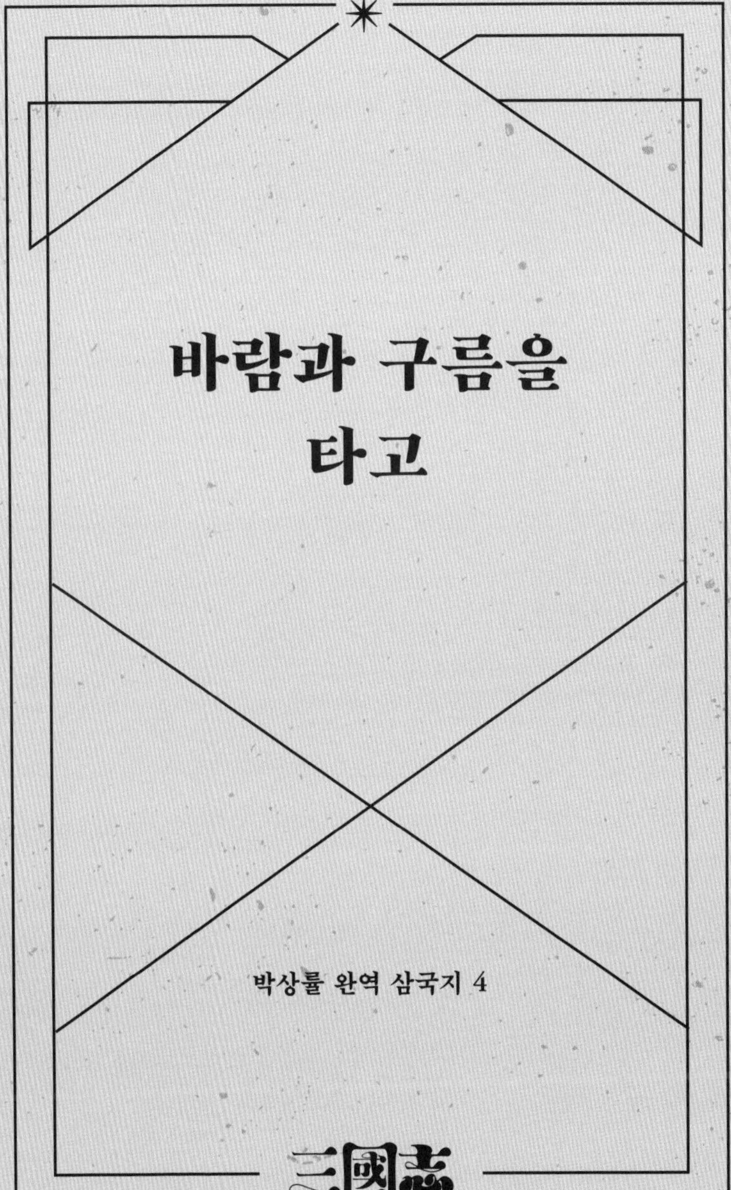

바람과 구름을
타고

박상률 완역 삼국지 4

三國志

초가집을 세 번 찾아가다

사마휘는 다시 이름 높은 선비를 추천하고
유비는 초가집을 세 번 찾아가다

서서는 서둘러 허도로 갔다. 조조는 서서가 온다는 보고를 받자 순욱과 정욱 등 여러 모사들을 보내 맞이하도록 했다.

마침내 서서가 들어와서 인사를 하자 조조가 물었다.

"공은 뛰어난 선비인데 어쩌다 유비 같은 사람에게 몸을 굽히고 받들었소?"

"제가 어려서부터 세상을 피해야 할 일이 있어 여기저기를 떠돌아다녔습니다. 우연히 신야에 갔다가 현덕을 만나 깊이 사귀게 되었지요. 늙으신 어머님이 여기서 보호를 받으며 계신다니 자식으로서 부끄럽기 짝이 없습니다."

"공이 이제 이리 왔으니 어머님을 아침저녁으로 잘 모시도록 하시오. 나한테도 가르침을 주면서 말이오."

서서는 고맙다며 절을 하고 물러나왔다. 그러고는 서둘러 어머니한테 가서 뜰아래에 엎드려 절을 하며 울었다.

서서의 어머니가 깜짝 놀랐다.

"네가 어쩐 일로 이리 왔느냐?"

"요새 신야에서 유예주를 섬기고 있었는데, 어머님의 편지를 받자마자 밤낮없이 달려왔습니다."

서서의 어머니가 발끈 성을 내더니 탁자를 내리치며 꾸짖었다.

"멍청한 자식이로다! 세상을 여러 해 떠돌아다니는 동안 공부가 좀 된 줄 알았더니 오히려 전보다 못해졌구나. 네가 글을 읽었으니 충성과 효도를 다 같이 잘하기는 어려운 일이라는 것쯤은 알고 있을 터이다. 그렇다면 조조가 임금을 속이는 역적인 줄은 알아야 하지 않겠느냐? 유현덕은 어진 덕을 세상에 펼치는 사람이다. 게다가 한나라 황실의 친척이기도 하다. 네가 그분을 섬겼다면 주인을 제대로 만났다고 할 수 있다. 그런데 가짜 편지를 받자마자 자세히 살펴보지도 않고 속아넘어가 곧장 밝은 데서 어두운 데로 뛰어들어 스스로 나쁜 이름을 내걸려고 하니 참으로 멍청한 놈이로다! 내 이제 무슨 낯으로 너를 대하랴? 너는 조상들 욕이

나 먹이려고 세상에 헛 태어난 놈이다!"

서서는 부끄러움에 머리를 조아린 채 어머니를 바로 쳐다보지도 못했다. 서서의 어머니는 병풍 뒤로 들어갔다.

조금 뒤 사람 하나가 뛰쳐나오며 알렸다.

"노부인께서 들보에다 목을 매셨습니다."

서서는 정신없이 뛰어들어가 어머니를 끌어내렸다. 그러나 이미 숨이 끊어져 있었다.

훗날 어떤 이가 서서의 어머니를 기리는 시를 읊었다.

참으로 어진 서서의 어머니여

꽃 같은 향기 오래도록 이어지리

흔들림 없이 절개를 지켜

집안을 바로 다스리고

아들을 두루두루 가르치느라

스스로 온갖 고생 다 떠맡았네

굳센 뜻 산과 같고

의로움은 가슴에 가득하여

예주의 유비를 높이 기리고

위무제 조조를 얕보았네

끓는 솥에 삶는 일도 안 무섭고

목을 치는 칼도 두려워하지 않았네

오로지 두려운 건 자식의 일로

조상을 욕보이는 게 끔찍할 뿐이어서

자식이 흔들리지 않도록 칼 물고 죽은 어미와

다 짠 베를 자르며 자식 공부 다그친 어미와 같네

살아서 마땅한 이름 얻고

죽어서 마땅한 자리 얻었으니

참으로 어진 서서의 어머니여

꽃 같은 향기 오래도록 이어지리

서서는 어머니가 죽자 울부짖으며 쓰러졌다가 한참 뒤에야 깨어났다.

조조는 사람을 보내 조문하게 한 뒤 자신도 직접 찾아왔다. 서서는 어머니를 허도 남쪽 언덕에 장사 지낸 뒤 묘를 지키면서 조조가 보낸 건 아무것도 받지 않았다.

그 무렵 조조는 남쪽을 치고자 했다. 그러나 순욱이 말렸다.

"날씨가 추워서 군사를 일으키기가 마땅치 않습니다. 봄을 기다렸다가 날씨가 풀리면 한 번에 군사를 크게 몰고 나가십시오."

조조는 그 말을 좇았다. 그래서 장하의 물을 끌어들여 현무지라는 커다란 연못을 만들고 거기에서 수군을 훈련시키

　　　　　　　　　　박상률 완역 삼국지 4

며 남쪽을 칠 준비를 했다.

한편 유비는 예물을 준비하여 융중으로 제갈량을 찾아갈 준비를 하고 있었다. 바로 그때 아랫사람이 들어와 보고했다.

"밖에 높은 관을 쓰고 넓은 띠를 두른 도인 같은 사람 한 분이 와서 일부러 찾아왔다고 아뢰라고 합니다."

유비가 고개를 끄덕였다.

"혹시 공명이 아닌지 모르겠구나."

곧장 옷매무새를 바로 하고 맞으러 나갔다. 수경 선생 사마휘였다. 유비는 무척 기뻐하며 뒤채의 윗자리에 모신 뒤 절을 했다.

"제가 선생한테서 돌아온 뒤 날마다 군사 일로 바빠서 다시 찾아뵙지 못했습니다. 이렇게 찾아주셔서 정말 영광입니다."

사마휘가 물었다.

"서원직이 여기 있다고 들어서 한번 보려고 왔소."

"얼마 전에 조조가 원직의 어머니를 잡아 가두자 어머니가 편지를 아들한테 보냈습니다. 원직은 편지를 받자 허도로 갔습니다."

"조조의 꾀에 속았구려! 원직의 어머니는 매우 슬기로운 분이라고 들었소. 아무리 조조한테 붙들려 있다 해도 아들한테 편지를 보낼 분이 아니오. 그 편지는 틀림없이 가짜였을 텐데……. 원직이 가지 않았다면 어머니가 살아 있겠지만, 원직이 갔다면 어머니는 반드시 세상을 뜨고 마오.”

유비가 놀라며 그 까닭을 묻자 사마휘가 대답했다.

“원직의 어머니는 아주 의로운 분이오. 그런 아들을 보는 것조차 부끄럽게 여길 분입니다.”

“원직이 떠나면서 남양의 제갈량을 추천하고 갔습니다. 그분은 어떤 분이신지요?”

사마휘가 픽 웃었다.

“가려거든 원직 저만 가버리면 그만이지 무엇 때문에 남을 끌어들여놓고 고생시킬 생각을 했을까?”

“선생께서는 왜 그렇게 말씀하시는지요?”

“공명이 친한 사람은 박릉의 최주평, 영천의 석광원, 여남의 맹공위, 서원직 들이오. 이 네 사람은 모두 학문만을 열심히 닦았으나 공명은 홀로 더 큰 문제를 붙들고 있었소. 그 사람은 무릎을 껴안은 채 시를 읊다가, 네 사람이 벼슬을 하면 자사나 군수 정도는 할 수 있을 거라고 했다 하오. 그래서 네 사람이 공명은 어디에 뜻을 두고 있는가를 물었소. 그러자 공명은 빙그레 웃기만 하고 대답을 하지 않았다 하오. 공명은 늘 자신을 옛날의 관중과 악의에 견주었는데, 사실 그 재주가 어느 정도인지는 누구도 헤아릴 수가 없지요.”

　　　　　　　　　박상률 완역 삼국지 4

"어찌하여 영천에는 그토록 뛰어난 인물들이 많습니까?"

"옛날에 은규라는 사람이 하늘을 살펴보며, 많은 별이 영천 위에 모이니 틀림없이 뛰어난 인물들이 나올 거라고 했다 합니다."

옆에서 듣고 있던 관우가 나섰다.

"관중과 악의는 춘추전국시대의 뛰어난 인물로, 그 사람들의 공은 천하를 덮을 정도였다고 알고 있습니다. 공명이 자신을 그런 사람들과 견준다 하니 좀 지나치지 않습니까?"

사마휘가 웃었다.

"내 보기에 공명을 그 두 사람과 견주는 정도는 아무것도 아니오. 오히려 다른 두 사람과 비교하고 싶소."

관우가 물었다.

"그 두 사람은 누구입니까?"

"주나라 팔백 년을 연 강자아와 한나라 사백 년을 연 장자방입니다."

모두들 깜짝 놀랐다.

그 사이 사마휘는 일어나 섬돌을 내려서며 떠나려고 했다. 유비가 붙들었으나 듣지 않았다. 문을 나선 사마휘는 하늘을 우러러보며 크게 웃었다.

"와룡이 주인을 만나긴 했으나 때를 만나지 못했으니 안타깝구나!"

다음 날 유비는 관우와 장비를 비롯해 아랫사람들을 거느리고 융중으로 갔다. 가는 길에 보니 산자락에서 농부 몇이 밭을 갈며 노래를 부르고 있었다.

푸른 하늘은 둥근 해 가리개 같고

땅바닥은 바둑판 같구나

세상 사람들 검은 돌, 흰 돌처럼 나뉘어

영광과 꺾임을 다투네

영광을 안으면 편안해지지만

꺾이고 나면 하잘것없어라

남양에 숨어 잠을 자는 이는

높이 누워 아직도 꿈쩍 않네

유비가 말을 멈추고 농부를 불렀다.

"누가 지은 노래요?"

농부가 대답했다.

"와룡 선생이 지은 겁니다."

"와룡 선생은 어디에 사시오?"

"이 산 남쪽에 있는 높은 언덕을 와룡강이라 합니다. 언덕 앞쪽 드문드문 나 있는 숲속에 띠로 지붕을 이은 초가집 한 채가 있습니다. 거기가 제갈 선생이 높이 누워 계시는 곳입니다.”

유비는 고맙다는 인사를 하고 말을 재촉하여 앞으로 갔다. 얼마 가지 않아 와룡강이 보였다. 풍경이 맑고 둘레 분위기와는 달랐다.

나중에 어떤 사람이 제갈량이 살던 곳을 옛 시의 가락으로 읊었다.

양양성 서쪽 20리에

높다란 언덕 하나 개울을 베듯 하고 있네

굽이굽이 높은 언덕은 구름 밑자락을 깔고 앉은 듯하고

개울물은 돌 속까지 스며들었다 흩어지네

고단한 용이 바위 위에 앉아 있는 듯한 기운 띠고

봉황 혼자 소나무 그늘 아래 있는 듯한 모습이다

반쯤 닫힌 사립문 너머 초가에는

뜻 높은 선비 하나 누워서 일어나지 않네

대나무 숲 우거져 푸른 병풍을 둘러친 듯하고

철마다 울타리엔 들꽃 향기 가득하다

책상머리엔 누런 책들 가득하고

찾아오는 손님 가운데 하찮은 이는 하나도 없네

푸른 원숭이는 철따라 과일 들고 와서 문 두드리고

늙은 학은 문 지키며 밤새도록 글 읽는 소리 듣네

유비가 융중으로 제갈량을 만나러 가다.

자루 속 귀한 거문고엔 옛 노래 스며 있고

벽 사이에 걸려 있는 보배스런 칼엔 소나무 무늬 새겨 있네

집 안의 선생은 홀로 깊고 그윽하여 우아하고

한가할 땐 스스로 밭을 갈아 농사를 짓는다

오로지 봄날 천둥소리 나야 꿈을 털고 일어나

한소리 크게 내지르며 천하를 다스릴 것이다

유비는 집 앞에 이르자 말에서 내려 직접 문을 두드렸다. 안에서 아이 하나가 나왔다.

유비가 아이에게 일렀다.

"한나라 좌장군 의성정후 영예주목 황숙 유비가 선생을 특별히 뵙고 싶어 왔다고 여쭈어라."

"저는 그렇게 긴 이름은 외울 수 없습니다."

"그럼 유비가 찾아왔다고만 해라."

"선생님은 오늘 아침 일찍 나가셨습니다."

"어디 가셨느냐?"

"정해놓고 가시지를 않아서 어디를 가셨는지 모릅니다."

"그럼 언제쯤 돌아오시느냐?"

"돌아오시는 것도 들쭉날쭉이라 알 수 없습니다. 사흘에서 닷새 걸리기도 하고 여남은 날 걸리기도 합니다."

유비가 아쉬워하는데 장비가 졸랐다.

"언제 만날지 모르는데 그냥 돌아갑시다."

"조금만 기다려보자."

관우가 나섰다.

"일단 돌아가시지요. 그런 다음 사람을 시켜 알아보는 게 좋겠습니다."

유비는 하는 수 없어 그 말을 따르기로 하고 아이에게 단단히 일렀다.

"선생께서 돌아오시면 유비가 다녀갔다고 하려무나."

유비는 몇 리쯤 돌아가다 말을 세우고 융중의 경치를 둘러보았다. 산은 높지는 않으나 아름답고, 물은 깊지는 않으나 깨끗하고 맑았다. 땅도 넓지는 않으나 반반했고, 숲도 크지는 않으나 무성했다. 게다가 원숭이와 학이 서로 어울려 지내고, 소나무와 대나무의 푸르름도 같이 짙었다.

경치에 취해 한참을 바라보고 있는데 한 사람이 다가왔다. 그 사람은 빼어난 얼굴에 꼿꼿한 몸집이었으며, 검은 옷차림에 간편한 두건을 쓰고 지팡이를 짚고 있었다.

유비가 중얼거렸다.

"틀림없이 와룡 선생이다!"

유비는 급히 말에서 내려 앞으로 가 절을 하고 물었다.

"와룡 선생 아니십니까?"

"장군은 누구시오?"

“유비입니다.”

“나는 공명이 아닙니다. 공명의 벗으로 박릉의 최주평입니다.”

“높으신 이름을 들은 지 오래인데 이렇게 만나뵙게 되어 다행입니다. 아무 데라도 잠깐 앉아서 한말씀 해주시지요.”

두 사람은 숲속 돌 위에 마주 보고 앉았다. 관우와 장비는 곁에 서 있었다.

최주평이 물었다.

“장군은 공명을 무엇 때문에 만나려 하십니까?”

유비가 대답했다.

“지금 세상이 크게 어지러워 온 사방이 난리를 겪고 있습니다. 그래서 공명을 만나 나라를 편안하게 할 방법을 묻고자 합니다.”

최주평이 웃었다.

“공께서 난리를 가라앉히려 하는 어진 마음은 좋습니다. 그러나 예로부터 안정된 때와 어지러운 때는 늘 바뀌어왔습니다. 고조께서 흰 뱀을 죽인 다음 뜻이 다한 진나라를 무너뜨려 어지러움에서 안정으로 바꾸었지요. 이어 애제와 평제에 이르기까지 이백 년 동안 평화를 누리다가 왕망이 뒤집고 일어나니, 이는 안정이 어지러움으로 바뀌는 것입니다. 광무제가 나라를 다시 일으켜세우니, 이는 어지러움이 다시 안정으로 바뀐 겁니다. 그때부터 지금까지 이백 년 동안 백성들이 편안하게 지낸 끝에 다시 사방에서 무기를 들고 일어나니, 이는 안정에서 어지러움으로 바뀌는 시기라 그렇지요. 누구든 쉽게 가라앉히기는 힘듭니다. 장군께서 공명에게 하늘과 땅의 운수를 바로잡게 하고 찢긴 세상을 다시 붙이려 하시지만 쉬운 일이 아니어서 괜히 헛심만 쓸까 두렵소. 하늘의 뜻에 따르는 이는 편하고, 하늘의 뜻을 거스르는 이는 고생한다고 했소. 또 운수가 좋은 이한테는 아무리 좋은 뜻을 가진 이도 어찌해볼 수 없고, 하늘이 정하면 사람이 어찌하지 못한다는 말도 못 들어보셨소?"

"선생의 말씀은 참으로 옳습니다. 하지만 나는 한나라 황실의 후손이라 기울어가는 나라를 붙들어맬 의무가 있습니다. 어떻게 운수와 하늘이 정하는 대로 가만 보고만 있을 수 있겠습니까?"

"시골구석 사람이 어찌 천하의 일을 들먹일 수 있겠습니까? 단지 물으시기에 몇 마디 지껄여보았을 뿐입니다."

"아니오. 선생의 가르침 잘 받았습니다. 그런데 공명이 어디로 갔는지 모르십니까?"

"나도 그 사람을 만나러 오는 길이오. 어디 갔는지는 모르겠소."

"선생께서 우리 현으로 같이 가시면 안 되겠습니까?"

"나는 원래 조용히 지내길 좋아해서 공을 이루는 일 따위 엔 마음이 없습니다. 나중에 또 뵐 때가 있겠지요."

최주평은 말을 마친 뒤 인사를 하고 제 갈 길로 가버렸다.

유비도 관우·장비와 함께 말에 다시 올랐다.

장비가 투덜거렸다.

"보려던 공명은 보지도 못했는데 저런 하잘것없는 선비 따위하고 웬 말을 그리 오래 나누셨소?"

유비가 한마디 했다.

"그것 역시 숨어 있는 사람이 마땅히 할 말이었다."

세 사람이 신야로 돌아온 지 며칠 지난 때였다. 유비가 사 람을 보내 공명이 돌아와 있는지를 알아보게 했더니 그 사 람이 돌아와서 보고했다.

"와룡 선생이 돌아와 계십니다."

유비는 곧바로 말을 준비시키도록 했다.

장비가 투덜거렸다.

"그까짓 촌놈을 만나러 형님께서 직접 가실 까닭이 뭐 있 겠소. 사람을 시켜 데려오라 합시다."

유비가 장비를 꾸짖었다.

"너는 맹자님 말씀도 못 들어보았느냐? 어진 사람을 만나 고자 하면서 도리를 다하지 않는 일은 그 사람에게 들어오

     박상률 완역 삼국지 4

라 하면서 문을 닫는 일과 같다고 했다. 공명은 이 시대의 가장 어진 사람인데 어찌 함부로 부른단 말이냐?”

유비는 말을 마치자 말에 올라 공명을 찾아가기 위해 길을 나섰다. 관우와 장비도 말을 타고 따라갔다.

마침 한겨울이라 날씨가 무척 추웠고, 잿빛 구름이 하늘에 가득했다. 얼마 가지 않았을 때 갑자기 바람이 거세게 몰아치며 눈이 마구 쏟아지기 시작했다. 산은 금세 커다란 백옥을 깎아 앉혀놓은 듯이 변하고, 숲은 은가루를 뒤집어쓴 듯이 바뀌었다.

장비가 다시 투덜거렸다.

“날은 춥고 땅은 꽁꽁 얼어붙어서 이런 날은 군사도 움직일 수 없습니다. 그런데 어쩌자고 하잘것없는 사람을 만나자고 이리 멀리 길을 나섭니까? 신야로 돌아가서 눈보라를 피합시다.”

“나는 공명에게 내 정성스런 뜻을 보여주고 싶다. 추워서 힘들면 너희들은 돌아가거라.”

“죽는 일도 무섭지 않은데 이깟 추위가 겁나겠습니까! 저는 다만 형님이 쓸데없이 고생을 하실까봐 그럽니다.”

“그럼 아무 소리 말고 따라오너라.”

제갈량의 초가집 가까이 이르렀을 때 길가 주막에서 노랫소리가 들려왔다. 유비는 말을 세우고 들어보았다.

장사는 아직 공을 이루지 못했다네

슬프다, 언제나 따스한 봄볕을 쬘까

그대는 보지 않았는가

동해의 늙은 강태공이 험한 꼴 피해 있다가

뒷수레 타고 가 문왕과 함께하자

제후 8백 명이 스스로들 모여들고

맹진을 건널 때 흰 물고기가 배 안으로 뛰어든 것을

목야의 한판 싸움에 피가 흐르니

뛰어난 그의 공, 무신들 가운데 으뜸이었지

또 보지 않았는가

고양의 주정뱅이 역이기가 시골에서 나아가

망탕산 융준공 한고조에게 절은 안 하고 손인사만 하고

거리낌없이 천하를 다투는 얘길 꺼내 던졌지

놀란 한고조 발 씻다 말고 그를 윗자리에 모시었네

나중에 동쪽의 제나라 72성 손에 넣으니

천하의 어느 누가 그만한 일 따라할 수 있을까

이 두 사람 역시 뛰어난 임금을 만나지 않았다면

지금 누가 그들을 영웅으로 알겠는가

그 노래가 끝나자 다른 사람이 술상을 두드리며 또 노래
를 불렀다.

 박상률 완역 삼국지 4

우리 한고조, 칼을 빼어 들고 세상을 바로잡아

나라를 세우신 지 4백 년 흘렀는데

환제·영제에 이르러 나라 기운 약해지니

간신과 역적들이 힘을 틀어쥐었다네

시퍼런 구렁이가 날아와 임금 자리에 떨어지고

좋지 못한 무지개는 옥당에 뻗쳐 섰지

사방에서 도적 떼가 개미 떼처럼 몰려들고

간사스런 무리들은 매처럼 날갯짓들 하니

우리는 휘파람이나 길게 불며 손뼉이나 칠거나

답답한 마음에 주막으로 술 마시러 나왔다네

나 홀로 좋으면 하루 종일 편안한데

굳이 두고두고 이름은 남겨 무엇하리

노래가 끝나자 두 사람이 손뼉을 치며 크게 웃는 소리가 들렸다. 유비는 속으로 생각했다.

‘와룡이 저기 있는가보다!’

마침내 말에서 내려 주막으로 들어갔다. 두 사람이 술상을 마주한 채 술을 마시고 있었다. 위쪽에 앉은 사람은 흰 얼굴에 수염이 길었고, 아래쪽에 앉은 사람은 맑은 기운은 도는데 얼굴 생김이 이상했다.

유비가 예의를 갖춰 물었다.

"두 분 가운데 어느 분이 와룡 선생이신지요?"

수염이 긴 사람이 되물었다.

"공은 뉘시오? 와룡은 무슨 일로 찾으시오?"

"나는 유비라는 사람입니다. 선생을 뵙고 세상을 건지고 백성을 편안하게 하는 방법을 구하고자 합니다."

"우리는 와룡이 아니오. 와룡의 벗들입니다. 나는 영천의 석광원이고, 이분은 여남의 맹공위입니다."

유비가 기뻐하며 다시 물었다.

"두 분의 높으신 이름은 오래전부터 들었습니다. 이렇게 만나뵙게 되어 다행입니다. 마침 말도 있으니 두 분께서도 와룡 선생 댁으로 가셔서 얘기를 나누시지요."

석광원이 고개를 저었다.

"우리는 시골구석에 묻혀 사는 게으른 사람들이오. 그래서 나라를 다스리는 일이나 백성을 편안하게 하는 일은 알지 못하므로 굳이 물어보지도 마시오. 명공께서는 어서 말을 타고 와룡이나 찾아가시오."

유비는 두 사람과 헤어져 말을 타고 와룡강으로 갔다. 집 앞에 이르자 말에서 내린 뒤 문을 두드렸다. 아이가 나오자 유비가 물었다.

"선생께서 오늘은 안에 계시느냐?"

아이가 대답했다.

"지금 초당에서 책을 읽고 계십니다."

유비는 좋아라 하며 아이를 따라 안으로 들어갔다. 중간 문에 이르자 문에 큼직한 글씨들이 쓰여 있었다.

마음에 욕심이 없으니 뜻이 밝아지고
고요한 가운데에서 멀리 이른다

유비가 글귀를 보고 있는데 안에서 글 읽는 소리가 들렸다. 문 옆에 서서 가만히 보니 초당에서 젊은이 하나가 화로 앞에 앉아 무릎을 끌어안은 채 노래를 부르고 있었다.

봉황은 천 길 절벽을 날더라도
오동나무 아니면 깃들이지 않고
선비는 한 구석에 숨어 살더라도
마땅한 주인이 아니면 기대지 않네
즐거운 마음으로 직접 밭을 갈며
내 사는 초가집이나 사랑하며
거문고에 책이나 벗 삼으며
하늘의 때를 기다린다네

유비는 노래가 끝나기를 기다렸다가 초당으로 올라가 예

의를 갖춰 인사를 한 뒤 말했다.

"이 사람 유비는 오랫동안 선생을 마음속으로 우러렀으나 만날 인연을 갖지 못했습니다. 저번에는 서원직이 추천하여 찾아왔으나 만나뵙지 못하고 돌아갔습니다. 오늘은 눈보라까지 무릅쓰고 찾아왔는데 이렇게 귀하신 분을 뵙게 되어 무척 다행입니다."

젊은이가 벌떡 일어나며 급히 예의를 갖추었다.

"장군께서는 형님을 만나러 오신 유예주가 아니십니까?"

유비는 놀라서 물었다.

"선생도 또 와룡이 아니십니까?"

"저는 와룡의 아우인 제갈균입니다. 저희는 형제가 셋인데, 맏형님인 제갈근은 지금 강동 손중모의 막빈으로 가 계십니다. 공명은 둘째 형님입니다."

"와룡께서는 지금 집에 계시는지요?"

"어제 최주평과 약속이 있어서 나들이 가셨습니다."

"어디로 가셨는지요?"

"어디로 가셨는지 잘 모르겠습니다. 형님은 작은 배를 타고 강에 나가서 노시기도 하고, 산속으로 스님이나 도사를 만나러 가시기도 합니다. 또 시골로 벗을 찾아가시기도 하고, 동굴 속에 틀어박혀 거문고나 바둑을 즐기시기도 합니다. 이렇듯 오고 가는 곳이 정해지지 않아서 어디로 가셨는지 알 수 없습니다."

유비가 한숨을 내쉬었다.

"유비가 인연 맺기가 참으로 힘들구려. 두 번씩이나 찾아왔건만 훌륭하신 선생을 못 뵙다니!"

제갈균이 말했다.

"잠깐만 앉아 계십시오. 제가 차를 준비하겠습니다."

장비가 파르르 성을 냈다.

"선생인가 뭔가 하는 사람이 없다잖소. 형님은 어서 말에 나 오르시오."

"내 이미 여기까지 왔는데 어찌 한마디 말도 없이 돌아갈 수 있겠느냐?"

그러면서 제갈균에게 물었다.

"와룡 선생은 전쟁 치르는 법에 뛰어나시고 날마다 군사에 관한 책을 보신다고 들었는데 과연 그러시는지요?"

"그런 건 전 잘 모릅니다."

장비가 또 나섰다.

"그런 건 물어서 뭐합니까? 눈보라가 엄청나니 어서 돌아가기나 합시다."

유비는 장비를 나무라며 더 나서지 못하도록 했다.

제갈균이 말했다.

"형님이 계시지 않아 오래 계시라 하지 못하겠습니다. 형님께서 돌아오시면 찾아뵙도록 말씀드리겠습니다.”

“아니오. 어찌 선생께 그리하라 하겠소. 내 며칠 뒤 다시 찾아오겠소. 형님께 편지나 한 장 써서 유비의 애타는 뜻이나 남기게 종이와 붓이나 좀 빌려주시지요.”

제갈균이 곧장 종이와 붓과 벼루와 먹을 내왔다. 유비는 언 붓을 입김으로 녹여가며 펼친 종이 위에 편지를 써내려갔다.

유비는 선생의 높으신 이름을 오랫동안 우러르며 두 번씩이나 찾아왔으나 만나뵙지 못하고 돌아갑니다. 서운한 이 마음 무엇에 비기겠습니까? 유비는 한나라 황실의 후손으로서 분에 넘치게 벼슬자리 이름을 얻어가지고 있습니다. 엎드려 살펴보니, 지금 나라는 아랫사람의 힘이 윗사람의 힘보다 더 크고 원칙이 다 무너져, 간사스런 무리들이 나라를 어지럽히며 임금을 속이고 있어 유비의 가슴은 찢어질 듯합니다. 이러한 꼴을 두고 볼 수 없어 바로잡고 싶으나 마땅히 나라를 다스릴 슬기로움이 부족합니다. 바라건대 선생께서 어진 마음과 충성스런 뜻으로 떨치고 일어나셔서 여망의 재주를 펴시고 자방의 큰 뜻을 보여주신다면 세상을 위해서나 나라를 위해서나 더할 나위 없이 좋겠습니다. 일단 이 정도로 말씀드리고, 다음에 다시 몸과 마음을 깨끗이 한 뒤 찾아와 직접 뵙고 사정을 말씀드리겠습니다. 널 유비는 편지를 제갈균에게 준 뒤 인사를 나누고 사립문 밖으로 나왔다. 제갈균은 문밖까지 따라나오며 배웅을 했다. 유비는 거듭 그에게 애써 부탁을 하고서 말에 올랐다. 바로 그때였다. 갑자기 아이가 손을 들어 울타리 밖을 가리키며 소리쳤다.

"노선생께서 오십니다."

유비가 바라보니 작은 다리 서쪽에 털모자를 깊숙이 쓰고 여우털 옷을 입은 사람이 나귀를 타고 오고 있었다. 그 뒤로는 푸른 옷을 입은 아이 하나가 술병을 들고 눈을 밟으며 따라왔다.

그 사람이 시 한 수를 읊었다.

하룻밤 사이에 북풍은 거세지고

구름은 하늘을 온통 덮어버렸네

높은 하늘에서 눈발 휘날리니

강이고 산이고 옛 모습 다 바뀌었네

고개를 들어 끝없는 하늘 바라보니

아무래도 옥룡이 서로 다투는지

용의 흰 비늘이 흩날리어

유비가 시를 듣고 나서 말했다.

"저분이 틀림없이 와룡이다!"

재빠르게 말에서 뛰어내린 뒤 그 사람 앞에 가서 예의를 갖추었다.

"선생께서는 이리 추운 날 어디를 다녀오십니까? 유비가 기다린 지 오랩니다!"

그 사람이 급히 나귀에서 내려 인사를 했다.

제갈균이 뒤에서 말했다.

"이분은 와룡 형님이 아닙니다. 와룡 형님의 장인이신 황승언 어르신이십니다."

유비가 말했다.

"좀 전에 읊으신 시의 뜻이 아주 깊습니다."

황승언이 대답했다.

"이 늙은이가 사위 집에서 '양보음'을 보고 겨우 그 한 편을 외우고 있었소. 마침 다리를 지날 때 울타리 사이에 떨어지는 매화를 보자 떠올라 읊었는데, 귀한 손님께서 들으실 줄은 몰랐습니다."

유비가 물었다.

"사위는 만나보셨습니까?"

"사실은 이 늙은이도 사위를 만나러 오는 길입니다."

유비는 황승언과 헤어진 뒤 말에 올라 돌아갔다. 눈보라가 때맞춰 크게 일었다. 유비는 고개를 돌려 와룡강을 바라보았다. 못내 아쉽고 서운한 표정이었다.

이때 유비가 눈보라를 무릅쓰고 제갈량을 찾아갔던 일을 후세 사람이 시로 읊었다.

온통 하늘에 눈보라 가득한 날 어진 이를 찾아갔으나

못 만나고 돌아오니 아쉽고 서운함에 가슴 쓰라리네

개울의 다리도 얼어붙고 산의 자갈길도 미끄러운데

추위는 말안장 밑으로 파고들고 갈 길은 멀다

머리 위엔 눈발이 배꽃처럼 날아와 얹히고

얼굴엔 버들개지 미친 듯이 날아와 부딪치네

말채찍 멈추고 고개 들어 바라보니

와룡강엔 반짝이는 은가루만 가득하다

신야로 돌아간 뒤, 어느덧 겨울이 가고 봄이 되었다. 유비는 점쟁이에게 좋은 날을 고르도록 하여 몸과 마음을 깨끗이 한 뒤 옷을 갈아입고 다시 제갈량을 만나러 와룡강으로

갈 준비를 했다. 관우와 장비는 그 말을 듣자 몹시 못마땅하
게 생각했다. 그래서 함께 들어가 유비를 말렸다.

훌륭한 선비라지만 영웅의 뜻을 따르지 않네

너무 몸을 굽히는 걸 보고 장수들은 마땅찮아하네

과연 관우와 장비는 어떤 말로 말리려는지…….

셋으로 나뉠 천하

세상을 셋으로 나누는 계획을 융중에서 정하고
손권은 장강 싸움에서 원수를 갚다

유비가 두 번이나 찾아갔다 못 만난 제갈량을 다시 찾아가려 하자 관우가 나서서 말렸다.

"형님이 직접 두 번씩이나 찾아가셨는데, 그것 자체만도 지나치게 예의를 베푼 겁니다. 제 생각에는 제갈량이라는 이가 헛이름만 높지 실제로는 학문이 깊지 않아 일부러 몸을 피하고 만나지 않으려 하는지도 모릅니다. 그런 사람한테 형님은 어째서 그리도 깊이 빠지셨습니까?"

"그렇지 않아. 옛날에 제환공은 보잘것없는 동곽의 야인을 만나는데도 다섯 번이나 찾아가 겨우 만났다. 더군다나

나는 훌륭한 선비를 만나러 가지 않느냐?"

장비가 나섰다.

"형님이 잘못 보셨소. 그까짓 촌놈이 무슨 훌륭한 선비입니까? 이번에는 굳이 형님이 가실 필요 없습니다. 그 사람이 만일 오지 않거든 제가 밧줄을 가지고 가서 꽁꽁 묶어서 끌고 오겠습니다."

유비가 꾸짖었다.

"너는 주나라 문왕이 강자아를 찾아간 이야기도 듣지 못했느냐? 문왕 같으신 분도 훌륭한 이를 보면 받들었는데 너는 어째서 그리도 예의를 모른단 말이냐? 이번에 너는 따라오지 마라. 운장하고만 갔다 오겠다."

"두 형님이 다 가시는데 왜 저만 빠질 수 있겠습니까!"

"네가 함께 가려거든 결코 예의에 벗어나는 짓을 해선 안 된다."

장비는 마지못해 그러겠다고 했다.

세 사람은 말을 타고 아랫사람들과 함께 융중으로 갔다. 유비는 초가집에서 반 리쯤 떨어진 곳에 이르자 말을 내려 걸어갔다. 가는 길에 마침 제갈균을 만났다.

유비가 급히 예의를 갖추며 물었다.

"형님께서는 안에 계시오?"

"엊저녁에 돌아오셨으니 오늘은 만나실 수 있습니다."

말을 마친 제갈균은 제 갈 길을 가버렸다.

유비가 가슴을 쓸어내렸다.

"이번에는 다행히도 선생을 만날 수 있겠구나!"

그러나 장비는 씨근덕거렸다.

"저런 버르장머리 없는 놈이 있나! 우리를 제 집까지 안내해주고 가도 될 텐데 그냥 가버리는 저 꼴 좀 보시오!"

유비가 타일렀다.

"저 사람도 다 자기 볼일이 있어 그럴 테니까 억지소리 하지 마라."

마침내 세 사람은 초가집 앞에 이르러 문을 두드렸다.

아이가 문을 열고 나오자 유비가 일렀다.

"수고스럽겠지만 들어가서 유비가 선생을 만나러 왔다고 전해주렴."

아이가 대꾸했다.

"선생님이 안에 계시기는 하지만 지금은 초당에서 낮잠을 주무십니다."

"그럼 아무 말도 하지 말아라."

유비는 관우와 장비는 밖에서 기다리게 한 다음 안으로 천천히 걸어들어갔다. 아이 말대로 제갈량은 초당의 자리 위에 누워 자고 있었다. 유비는 섬돌 아래에서 손을 맞잡고 조용히 서 있었다. 시간이 한참 지나도록 제갈량은 일어나

유비가 잠이 든 제갈량을 서서 기다리다.

지 않았다.

　관우와 장비는 밖에서 기다려도 아무 말이 없자 안으로 들어가보았다. 유비가 섬돌 아래에 공손히 서 있었다.

　장비가 발끈 성을 내며 관우를 쳐다보았다.

　"저 선생이란 이가 건방지기 짝이 없소! 우리 형님을 뜰 아래에 세워놓고 어떻게 저는 높다란 데에 드러누워 모른 체하고 잠이나 잘 수 있소? 집 뒤로 돌아가서 불을 확 질러버려야겠소. 제가 일어나나 안 일어나나 봅시다!"

　관우가 거듭 말렸다. 유비도 두 사람을 보자 다시 밖에 나가 기다리라 했다. 그런 뒤 초당 위를 보니 제갈량이 몸을 뒤척이며 일어날 듯하더니 몸을 벽 쪽으로 돌린 뒤 도로 잠이 들어버렸다. 아이가 깨우려 하자 유비가 말렸다.

　"놀라게 하지 마라."

　유비는 그대로 두어 시간을 더 서 있었다. 제갈량은 그제야 일어나더니 시 한 수를 읊었다.

큰 꿈을 먼저 깬 이가 누구인고

평생을 나는 스스로 알고 있노라

초당에서 봄잠 실컷 자는데

창밖의 해는 길기도 하구나

시를 읊고 난 뒤 제갈량은 몸을 돌려 아이에게 물었다.

"손님이 오셨느냐?"

"유황숙께서 오랫동안 서서 기다리셨습니다."

"왜 빨리 알리지 않았느냐? 옷 좀 갈아입어야겠다."

제갈량은 뒤채로 들어갔다. 한참 지나서야 제갈량이 옷을 갈아입고 나와 유비를 맞아들였다.

8자쯤 되는 키에 얼굴은 관옥처럼 희고, 머리에는 윤건을 쓰고 학창의 차림이었는데 마치 신선 같아 보였다.

유비가 절을 하며 인사를 건넸다.

"한나라 황실의 후손이지만 탁군의 보잘것없는 사람이 선생의 높으신 이름을 들은 지 오래입니다. 그동안 두 번이나 찾아왔으나 뵙지 못해 보잘것없는 이름만 적어놓고 갔는데 보셨는지요?"

제갈량이 대답했다.

"남양에 숨어 사는 사람이 워낙 게으르게 태어나 장군께서 여러 차례 들르게 해서 부끄럽기 짝이 없습니다."

두 사람은 인사를 마치자 손님과 주인의 자리를 정해 나누어 앉았다. 아이가 가져온 차를 다 마신 뒤 제갈량이 말했다.

"두고 가신 글을 보니 백성과 나라를 걱정하시는 장군의 뜻은 넉넉히 알 수 있었습니다. 그러나 저는 아직 나이도 어리고 재주도 보잘것없어 물음에 제대로 대답을 할 수 있을지 격정입니다."

유비가 말했다.

"사마덕조와 서원직의 말씀이 어찌 빈말이었겠습니까? 선생은 이 사람을 하잘것없다 내치지 마시고 잘 지도해주시기 바랍니다."

"덕조와 원직은 세상에서 이름 높은 선비이지만 저는 밭을 가는 농부일 따름입니다. 어찌 천하의 일을 들먹일 수 있겠습니까? 두 분이 잘못 추천하셨습니다. 장군께서는 어찌하여 아름다운 옥을 버리시고 쓸모없는 돌멩이를 구하려 하십니까?"

"대장부로서 세상을 다스릴 만한 재주를 품고 있으면서 어찌 숲속의 물이나 마시며 헛되이 늙으려 하십니까? 선생은 천하 백성들을 생각하시어 어리석은 유비를 깨우쳐주십시오."

제갈량이 웃었다.

"그럼 장군의 뜻을 한번 일러주시지요."

유비는 제갈량에게 가까이 다가앉으며 말했다.

"한나라는 기울어지고 간신들이 온갖 힘을 휘두르는 이때, 이 사람 유비는 제 힘도 헤아려보지 못하고 천하에 큰 뜻을 펴고자 했습니다. 그러나 슬기가 모자라 이룬 게 아무

것도 없습니다. 선생께서 저의 어리석음을 깨우치게 해서 마침내 어려움에 빠진 나라를 건지게 해주신다면 이보다 더 다행스런 일은 없겠습니다!”

“동탁이 뒤엎은 뒤로 천하의 호걸들이 다 들썩거렸습니다. 조조의 힘이 원소보다 못했으면서도 원소를 이겼는데, 그건 하늘의 뜻만이 아니라 사람의 힘과 꾀가 있었기 때문입니다. 조조는 이미 백만 대군을 거느리고 있고 천자를 배경 삼아 제후들을 부리고 있으니 그 사람하곤 맞붙을 수가 없습니다. 또 손권은 강동을 삼 대째 차지하고 있는데다 자리 잡고 있는 곳도 험하고 백성들도 따르고 있습니다. 그러니 도움을 받으며 이용할 수는 있지만 그 사람들을 어찌해 보기는 어렵습니다.

형주는 북쪽으로는 한수와 면수를 끼고 있어 남해에 이르기까지 괜찮은 조건을 갖추었습니다. 또 동쪽으로는 오회와 이어지고 서쪽으로는 파와 촉까지 통하니, 여기야말로 군사를 써서 큰 뜻을 펼 만한 자리입니다. 그러나 제대로 된 주인이 아니고서는 지킬 수 있는 곳이 아닙니다. 여기는 하늘이 장군께 주셨다고 여겨지는데 장군께서는 왜 그대로 두고 계십니까? 또 익주는 바깥에서 함부로 들어올 수 없게 생긴데다 기름진 땅이 천 리에 걸쳐 펼쳐져 있어 다시 없이 좋은 곳입니다. 그래서 옛적에 고조께서도 그곳을 밑자리

삼아 큰 뜻을 이루셨습니다. 지금 유장은 아둔하고 물러터져서 나라 살림이 넉넉한데도 백성들을 돌볼 줄 몰라 생각 있는 사람들은 모두 밝은 임금을 바라고 있습니다.

장군께서는 황실의 후손이시고 이미 믿음과 의로움이 세상에 널리 알려졌습니다. 게다가 많은 영웅들을 거느리고 계시면서도 어진 사람을 목마르게 구하고 계십니다. 이러한 때에 형주와 익주를 차지하고 앉아 중요한 길목을 지키면서 서쪽의 여러 융족과 사이좋게 지내고 남쪽의 이와 월을 어루만지며, 밖으로는 손권과 손잡고 안으로는 힘을 기르십시오. 그러는 사이 천하가 흔들리면 기회를 놓치지 말아야 합니다. 뛰어난 장수 하나에게 형주 군사를 이끌고 가서 완성과 낙양을 치게 한 뒤 장군께서는 직접 익주의 군사를 이끌고 진천으로 나가시면 백성들 모두 음식까지 기꺼이 들고 나와 장군을 맞이할 겁니다. 이렇게만 되면 큰 뜻을 이루실 수 있고 한나라도 다시 일으켜세울 수 있으십니다. 지금까지 말씀드린 게 제가 장군께 드리는 방법이니, 장군께서는 생각하셔서 꾀해보도록 하십시오.”

말을 마치자 제갈량은 아이에게 그림 족자 하나를 가져오라 하여 방 가운데에 걸게 한 다음 손으로 가리키며 설명했다.

“이건 서천 쉰네 고을의 지도입니다. 장군께서 큰 뜻을 이루시려거든 북쪽은 조조가 하늘의 때를 이용해 차지했으니 그대로 둘 수밖에 없고, 남쪽은 손권이 지리적으로 좋은 점을 살려 차지했으니 어쩔 수 없으므로, 장군께서는 사람들의 마음을 차지하셔야 합니다. 먼저 형주를 차지해서 집으로 삼고, 나중에 서천을 차지하여 발판으로 삼으십시오. 마치 솥을 받치고 있는 세 발처럼 셋이 맞서는 꼴을 이룬 뒤에라야 중원을 꿈꾸실 수 있습니다.”

유비는 자리에서 일어나 두 손을 모으고 절을 하며 무척 고마워했다.

“선생의 말씀을 들으니 막혔던 게 확 터지는 느낌입니다. 마치 구름과 안개를 걷어내고 푸른 하늘을 보는 듯합니다. 그런데 형주의 유표나 익주의 유장 모두 같은 황실의 친척들인데 어떻게 그 땅들을 빼앗을 수 있겠습니까?”

“제가 밤에 하늘을 살펴보았습니다. 유표는 머지않아 세상을 뜰 운명이고, 유장은 큰일을 꾸밀 사람이 못 되어 머지않아 그 땅들이 장군 차지가 되는 걸로 나오더군요.”

유비는 머리를 조아리며 고마워했다.

제갈량은 초가집에서 나오지 않고도 천하가 셋으로 나누어질 것을 벌써 알고 있었다. 그 누구도 따라갈 수 없는 사람이었다.

나중에 이 일을 두고 어떤 이가 시를 읊었다.

그때 유예주는 외롭고 보잘것없어 한숨만 내쉬었는데
남양 땅에 와룡 있었던 게 참으로 다행이었네
나중에 천하가 셋으로 나뉘는 걸 미리 알고
선생은 웃으면서 지도를 가리켰네

유비는 절을 하며 제갈량에게 졸랐다.

"이 사람 유비는 이름도 나지 않았고 덕스러움도 부족하지만, 선생은 하잘것없다 내치지 마시고 함께 산을 내려가 도와주시기 바랍니다. 무슨 말이든 하라는 대로 다 따르겠습니다."

"이 사람 제갈량은 오랫동안 밭 가는 재미에 빠져 있어 세상일에는 그다지 관심이 없습니다. 장군의 말씀을 따르기가 어렵습니다."

유비가 울먹이며 거듭 부탁했다.

"선생께서 나오지 않으시면 저 백성들은 어찌합니까!"

말을 마친 유비의 눈에서 눈물이 쏟아져 소매 끝과 옷자락을 다 적셨다.

제갈량은 유비의 정성스런 뜻에 마음이 움직여 마침내 대답했다.

"장군께서 그토록 아껴주시니 하찮은 힘까지 다 내도록 하겠습니다."

유비는 무척 기뻤다. 관우와 장비를 들라 하여 인사를 하게 한 뒤 가지고 온 금과 비단 따위의 선물을 바치도록 했다. 그러나 제갈량은 거듭 내치며 받으려 하지 않았다.

유비가 말했다.

"이것은 크게 어진 분을 모시기에 그 대가로 드리는 게 아니라 유비의 작은 정성입니다."

제갈량은 그제야 선물을 받았다.

유비 일행은 그날 밤을 거기서 묵었다.

다음 날 제갈균이 돌아오자 제갈량이 단단히 일렀다.

"유황숙께서 세 번씩이나 찾아주신 은혜를 모른 체할 수 없어 나가지 않을 수가 없구나. 너는 밭을 열심히 갈아 밭을 묵히지 않도록 해라. 공을 이루고 나면 반드시 돌아와 숨어 살겠다."

훗날 어떤 이가 이를 두고 시를 읊었다.

높은 자리 오르기도 전에 물러날 생각부터 하네

공을 이룬 날엔 떠날 때 한 말 반드시 떠오르겠지

유비의 정성스런 부탁에 이끌려

가을바람 부는 오장원에 별은 떨어졌도다

옛 시의 가락으로 읊은 시도 있다.

고조황제 손에 들린 석 자 칼에

망탕산 흰 구렁이 밤새 피 흘렸네

진과 초나라를 꺾고 함양에 자리 잡은 뒤

2백 년 이어진 나라 끊어질 뻔했네

뛰어난 광무제, 낙양에서 다시 일으켜세웠으나

환제·영제 때 다시 무너지기 시작했네

헌제 때 허도로 옮겨 앉은 뒤부턴

세상의 난다 긴다 하는 이는 다 들고일어나네

조조는 힘을 쥐고 하늘의 때도 놓치지 않고

강동의 손씨 역시 큰 발판을 닦았는데

유비만이 고달프게 천하를 떠돌다가

신야에 홀로 들어앉아 백성들 걱정 그침 없네

남양의 와룡은 큰 뜻을 품고 있어

그의 가슴속엔 군사까지 다 들어 있었네

서서가 떠나면서 한 말 알아듣고

초가집 세 번 찾아간 그 마음 서로 느끼었네

선생의 나이 서른아홉이었는데

거문고와 책만 챙겨 밭자락 떠났도다

형주를 차지한 뒤 서천을 아우르라며

세상을 다스릴 큰 뜻 펼쳐 보였네

그가 내뱉는 말 따라 바람이 일고 천둥이 치고

말하고 웃으면서도 가슴속에선 별자리까지 바꿔놓네
용이 달리고 호랑이가 노려보듯 하여 세상을 편안케 하니
두고두고 그의 이름 빛날지니

유비를 비롯한 세 사람은 제갈균과 헤어진 뒤 제갈량과 함께 신야로 돌아왔다. 유비는 제갈량을 스승처럼 대했다. 같은 밥상에서 밥을 먹고 같은 자리에서 잠을 자며 온종일 세상일을 의논했다.

그러던 어느 날 제갈량이 의견을 내놓았다.

"조조가 기주에 현무지라는 못을 파놓고 수군을 훈련시키고 있는데, 이건 틀림없이 강남을 치기 위해 그럽니다. 사람을 보내 강동의 사정을 살펴보고 오도록 하십시오."

한편 손권은 손책이 죽은 뒤 강동에 틀고 앉아 아버지와 형의 뒤를 단단히 이었다. 널리 어진 선비를 찾으며 오회에다가는 아예 손님맞이 집을 갖추어놓고 고옹과 장굉에게 사방에서 몰려드는 손님들을 맞이하도록 했다.

해가 갈수록 서로 추천을 하는 사람들이 늘어났다. 회계에선 자가 덕윤인 감택이, 팽성에선 자가 만재인 엄준이, 패현에선 자가 경문인 설종이, 여양에선 자가 덕추인 정병이, 오군에선 자가 휴목인 주환과 자가 공기인 육적과 자가 혜

서인 장온이, 오상에선 자가 공서인 낙통이, 오정에선 자가 공휴인 오찬 들이 찾아왔다. 이들이 강동으로 모이자 손권은 예의를 갖추어 정성껏 대접했다.

그동안 뛰어난 장수도 여럿 모였다. 자가 자명인 여남 사람 여몽, 자가 백언인 오군 사람 육손, 자가 문향인 낭야 사람 서성, 자가 문규인 동군 사람 반장, 자가 승연인 여강 사람 정봉 등이 그들이다.

이처럼 선비와 장수 양쪽으로 많은 사람이 모이자 강동에는 인물이 많다는 소문이 나기 시작했다.

건안 7년, 원소를 무찌르고 난 조조는 강동의 손권에게 아들을 조정으로 보내 황제를 모시게 하라고 했다. 손권은 어찌해야 좋을지 몰라 망설였다. 손권의 어머니인 오태부인이 주유와 장소를 들라 하여 의논했다.

장소가 먼저 입을 열었다.

"조조가 아드님을 조정으로 불러들이려는 건 바로 제후를 억누르겠다는 뜻입니다. 그렇다고 보내지 않으면 군사를 몰고 강동으로 쳐내려올 텐데, 그리되면 위험하게 될지 모르겠습니다."

주유가 고개를 저었다.

"우리 장군께서는 아버님과 형님의 뒤를 이어 여섯 군을 거느리고 계십니다. 군사는 뛰어나고 먹을거리 또한 넉넉합니다. 장수와 군사들 모두 언제든지 명령만 내리길 기다리고 있는데 뭐가 아쉬워서 남에게 볼모를 보냅니까? 일단 들여보내고 나면 우리는 조조와 사이가 벌어지지 않도록 늘 눈치를 보면서 부르면 언제든지 달려가야 합니다. 그렇게 남의 간섭을 받으면서 살 수는 없소. 그러니 보내지 말고 사정이 어떻게 돌아가는지 찬찬히 살피면서 따로 좋은 방법을 궁리하는 게 좋겠습니다."

오태부인도 그 말에 찬성했다.

"공근의 말이 옳소."

손권도 그 말을 좇았다. 조조가 보낸 사람을 그대로 돌려보내면서 아들은 보내지 않았다. 이리하여 조조는 강남을 칠 마음을 품게 되었다. 다만 북쪽 지방이 편안해지지 않아 남쪽을 칠 겨를이 없을 뿐이었다.

건안 8년 11월, 손권은 황조를 치기 위해 군사를 이끌고 나가 큰 강에서 싸움을 벌였다. 황조의 군사들이 무너져갈 무렵, 손권의 장수 능조가 가벼운 쪽배를 앞장서 몰고 하구로 쳐들어갔다. 그러나 능조는 황조의 장수 감녕이 쏜 화살에 맞아 죽고 말았다. 능조의 아들 능통은 겨우 15살이었는데 죽을힘을 다해 아버지의 시체를 빼앗아왔다. 손권은 싸움이 그다지 좋지 않은 성싶어 군사를 거두어 동오로 돌아왔다.

손권의 아우인 손익은 단양 태수였다. 그는 원래 성깔이 드센데다 술을 좋아하여 취하기만 하면 군사들을 마구 쳐댔다. 이에 단양의 독장인 규람과 군승인 대원은 늘 손익을 죽일 생각을 하고 있었다. 그래서 손익을 가까이 모시는 변홍을 꾀어 같이 손익을 죽이기로 했다. 마침 여러 장수와 현령들이 단양에 모이게 되어 손익은 잔치를 베풀어 그들을 대접했다.

손익의 아내 서씨는 미인인데다 영리했으며 주역 점을 잘 쳤다. 그날도 점괘를 뽑아보니 아주 나쁘게 나왔다. 그래서 손익더러 모임에 나가지 말라고 했다. 그러나 손익은 그 말을 따르지 않고 모임에 나가 많은 사람들과 술을 마시고 밤이 깊어서야 술자리를 끝냈다. 칼을 차고 있던 변홍은 문밖까지 따라나온 뒤 순식간에 칼을 뽑아 손익을 찔러 죽였다. 규람과 대원은 손익이 죽자 변홍에게 모든 걸 덮어씌운 뒤 그를 저잣거리로 끌고 가 목을 베었다. 이어 두 사람은 손익의 재산을 빼앗고 손익을 모시던 여자들까지 빼앗았다. 게다가 규람은 서씨의 아름다움에 반해 윽박질렀다.

"내가 네 남편의 원수를 갚아주었으니 너는 나를 모셔라. 그렇게 하지 않으면 바로 죽여버리겠다."

서씨는 얼른 둘러댔다.

"남편이 죽은 지 얼마 되지 않아 바로 모실 수는 없소. 그

믐날에 제사나 지내고 상복을 벗은 다음부터 모셔도 늦지
않습니다."

규람은 그렇게 하도록 했다.

서씨는 곧바로 손익이 가까이하던 장수인 손고와 부영을
몰래 불러들인 뒤 울면서 말했다.

"남편이 살아 있을 때 늘 두 분의 충성스러움과 의로움을
칭찬하였소. 지금 규람과 대원 두 도적놈이 남편을 죽인 뒤
그 죄를 몽땅 변홍한테 뒤집어씌우고, 우리 집 재산과 하인
들까지 다 나누어 가졌소. 게다가 규람은 내 몸까지 억지로
차지하려고 하기에 일단 핑계를 대고 말미를 얻어놨소. 두
분 장군께서는 밤을 도와 주공께 알려주시고, 나아가 두 놈
을 없애 원수를 갚고 억울함을 풀어주시오. 그 은혜는 죽어
도 잊지 않겠소!"

말을 마친 뒤 서씨는 절을 두 번 했다.

손고와 부영이 울었다.

"우리는 평소에 손부군의 은혜를 많이 입었습니다. 이런
일이 벌어졌을 때 죽지 않은 건 바로 원수를 갚기 위해서였
습니다. 온 힘을 다해 부인께서 시키는 대로 하겠습니다!"

두 사람은 믿을 만한 이를 손권에게 몰래 보내 사정을 알
리도록 했다.

그믐날이 되었다. 서씨는 손고와 부영 두 사람을 안쪽의

장막 뒤에 숨어 있게 하고 제사상을 차렸다. 제사가 끝나자 상복을 벗고 향기 나는 물로 목욕을 한 다음 화장을 짙게 한 뒤 아무 일 없듯이 굴었다.

규람은 이런 서씨의 태도를 전해듣고 아주 흐뭇해했다. 밤이 되자 서씨는 대청에다 술상을 마련한 뒤 아랫사람을 보내 규람을 불렀다. 규람이 술에 취하자 서씨는 그를 안으로 들게 했다. 규람은 술기운이 잔뜩 올라 기분 좋게 들어갔다. 바로 그때 서씨가 큰소리로 외쳤다.

"손·부 두 장군, 어디 계시오?"

두 사람이 장막을 젖히고 칼을 든 채 뛰쳐나왔다. 규람은 미처 손 쓸 틈도 없이 부영이 한 번 내지른 칼을 맞고 고꾸라졌다. 손고가 한 번 더 칼로 찔렀다.

서씨는 다시 사람을 보내 대원을 잔치에 참석하라며 불렀다. 대원이 도착하여 안으로 들어오자 손고와 부영 두 사람이 바로 죽이고 말았다. 손고와 부영은 두 도적의 가족과 그들의 무리들을 다 죽여버렸다.

서씨는 다시 상복을 입고 규람과 대원의 머리를 잘라 손익의 영전에 갖다놓고 제사를 지냈다.

그 일이 있은 지 채 하루가 되지 않아 손권이 군사를 이끌고 단양에 도착했다. 서씨가 이미 규람과 대원을 죽인 사실을 안 손권은 손고와 부영을 아문장으로 삼아 단양을 지키게 하고, 서씨는 친정으로 돌아가 부모님과 함께 편히 살게 해주었다.

나중에 어떤 사람이 서씨를 기리는 시를 읊었다.

재주와 꼿꼿함을 같이 갖춘 사람 세상에 흔치 않아
간사스런 무리들 하루아침에 해치워버렸다
못난 신하는 역적을 따르고, 충성스런 신하는 죽고 마니
모두 다 동오의 여장부만 못하더라

손권은 여기저기서 날뛰는 산적들을 다 쓸어낸 뒤, 큰 강에 7천여 척의 군사용 배를 띄웠다. 이어 주유를 대도독으로 삼아 수군과 육군을 모두 다스리게 하였다.

건안 12년 겨울 10월이었다. 병이 깊어진 오태부인이 주유와 장소를 불렀다.

"나는 본디 오 땅 사람으로, 어려서 부모를 여읜 뒤 동생 오경과 함께 월중으로 가서 살았소. 나중에 손씨 집안으로 시집와서 아들 넷을 낳았소. 맏이 책을 낳을 때는 달이 품 안으로 드는 꿈을 꾸었고, 둘째 권을 낳을 때는 해가 품 안으로 드는 꿈을 꾸었소. 점쟁이 말이 해나 달이 품 안으로 드는 꿈을 꾸면 그 자식이 귀하게 된다고 했소. 불행히도 책은 일찍 죽고, 지금 강동의 터전을 닦는 일은 권에게 맡겨졌소. 부디 공들께서 한마음으로 도와주기를 바라오. 그래야 내가 죽어도 계속 이어갈 수 있소!"

이어 손권에게도 말했다.

"너는 자포와 공근을 스승으로 섬겨라. 조금이라도 서운하게 해서는 안 된다. 그리고 내 여동생은 나와 함께 너의 아버지한테 시집을 왔으니 역시 네 어머니나 마찬가지다. 내 죽고 난 뒤에는 나를 모시듯 섬기도록 해라. 그리고 너의 누이도 잘 돌봐서 좋은 신랑을 골라 시집보내주어라."

오태부인은 말을 마친 뒤 곧 숨을 거두었다. 손권은 서럽게 울었다. 곧바로 정성스레 장례를 치렀다.

다음 해 봄, 손권은 황조를 칠 일을 의논했다.

장소가 말했다.

"상을 치른 지 아직 일 년도 되지 않아서 군사를 움직이는 건 그리 좋지 않습니다."

주유가 고개를 저었다.

"원수를 갚고 한을 푸는 일에 상이 끝나기를 기다릴 필요가 있겠소?"

손권은 어찌해야 좋을지 몰라 망설였다. 바로 그때 평북도위 여몽이 들와와 보고했다.

"제가 용추수구를 지키고 있는데 뜻밖에도 황조의 부하

장수 감녕이 항복해왔습니다. 어쩐 일인가 자세히 따져보았습니다. 감녕의 자는 흥패로 파군 임강 사람이더군요. 여러 경서와 역사에 밝고 기운도 뛰어났습니다. 떠돌기를 좋아해 무리를 모아 여기저기를 휘젓고 돌아다녔습니다. 허리에 구리방울을 달고 다녀 방울 소리만 나면 사람들이 달아났답니다. 서천 비단으로 돛을 만든 배를 타고 다녀 사람들은 '비단돛도적'이라 불렀답니다.

나중에 자기 잘못을 깨닫고 새롭게 살아보기 위해 부하들을 이끌고 유표에게 갔으나, 유표가 큰일을 할 만한 인물이 못 되어 떠났답니다. 그래서 동오를 바라고 길을 떠났는데 중간에 황조가 붙잡는 바람에 하구에 있었답니다. 우리가 지난번에 황조를 쳤을 때 황조는 감녕 덕에 하구를 지켰으나 제대로 대접을 해주지 않았답니다. 도독 소비가 여러 차례에 걸쳐 감녕을 제대로 대접하길 권했지만, 그때마다 황조는 감녕은 강에서 도적질이나 하던 놈인데 어찌 높은 자리를 줄 수 있느냐며 내쳤다 합니다.

이에 감녕은 불만을 품게 되었는데, 이를 안 소비가 집으로 불러 술자리를 마련했답니다. 그러면서 자신이 감녕을 여러 번 추천했지만 그때마다 황조가 들어주지 않은 사정을 털어놓으며, 세월은 덧없이 흘러가고 사람이 산다고 하면 얼마나 살겠느냐며 스스로 알아서 자기 앞을 살피라고

　박상률 완역 삼국지 4

했다는군요. 이어 주현 현장으로 가게 해주면서 스스로 알아서 앞날을 정하라고 하더랍니다. 이에 하구를 벗어난 감녕은 강동으로 오고 싶기는 한데, 막상 자신이 황조를 구하고 능조를 죽인 일이 있어 복수를 당할까봐 망설이고 있었습니다. 그래서 우리 주공께서는 인재를 목이 마르게 찾는다고 설득하면서 옛날 원한도 따지지 않는다고 했습니다. 더욱이 그때는 자기 주인을 위해 한 일인데 무엇을 탓하겠느냐고 했습니다. 그러자 감녕이 자기 부하를 이끌고 강을 건너 주공을 뵈러 왔습니다. 주공께서 어떻게 하실지 결정을 내려주십시오.”

손권은 아주 좋아라 했다.

“내가 홍패를 얻었으니 황조는 깨뜨린 거나 마찬가지요.”

곧바로 여몽더러 감녕을 데리고 들어오게 했다. 감녕이 인사를 마치자 손권이 말했다.

“홍패가 내게로 와서 무척 기쁘오. 지난 일을 가지고 원망할 까닭이 있겠소? 조금도 의심하지 말고 황조를 무찌를 방법이나 일러주시오.”

감녕이 말했다.

“지금 한나라는 거의 무너지고 있어 조조가 머지않아 틀림없이 황제 자리를 빼앗을 겁니다. 그러기 위해 조조는 형주 남쪽을 차지하려 들겠지요. 그런데 유표는 앞날에 대한 계획이 전혀 없고, 아들 또한 아둔해서 이어받은 터전을 지킬 만한 능력이 되지 않으니 장군께서 빨리 손을 쓰십시오. 머뭇거렸다가는 조조가 먼저 손을 내뻗습니다. 일단 황조를 치십시오. 황조는 늙고 어리석음에 빠져 있어 재물에만 마음이 가 있습니다. 백성들은 물론 아랫사람들 재산까지 빼앗아 자기 뱃속만 늘리려 하므로 모두들 원망하고 있습니다. 싸움에 필요한 물건은 제대로 갖추어져 있지도 않고 군사들도 질서가 없어 명공께서 쳐들어가시면 반드시 깰 수 있습니다. 황조를 무찌른 다음에는 서쪽으로 북소리 울리며 나아가 초관을 발판 삼아 파와 촉을 손안에 넣으십시오. 그러면 큰 뜻을 이루실 수 있습니다."

손권이 머리를 끄덕였다.

"참으로 좋은 말씀이오!"

마침내 손권은 주유를 대도독으로 삼아 수군과 육군을 거느리게 했다. 이어 여몽을 앞장세우고 동습과 감녕을 부장으로 삼은 뒤 손권 자신이 직접 10만 대군을 이끌고 황조를 치러 떠났다.

강하 태수 황조는 이러한 사실을 보고받자 바로 아랫사람들을 모아 의논을 시작했다. 소비를 대장으로 삼고 진취와 등룡을 앞장세운 뒤 강하 군사를 모두 일으켜 적을 맞았다.

진취와 등룡은 각각 커다란 배로 이루어진 부대 하나씩을 이끌고 나가 면구를 막았다. 배 위에는 강한 활과 쇠뇌를 1천 개 남짓씩 준비시킨 뒤 굵은 밧줄로 배를 물 위에 움직이지 않도록 매어놓았다.

동오 군사들이 다다르자 배에서 북소리를 크게 울리며 활과 쇠뇌를 쏘아댔다. 동오 군사들은 앞으로 더 나아갈 수가 없어 어쩔 수 없이 뒤로 몇 리 물러났다.

감녕이 동습에게 말했다.

"이미 여기까지 왔으니 어떻게든 앞으로 나아가지 않으면 안 되오."

곧바로 작은 배를 1백 척 넘게 고른 뒤, 배 한 척마다 날랜 군사 50명씩을 나누어 태웠다. 50명 가운데 20명은 노를 젓고, 30명은 갑옷 차림에 칼을 들고 날아오는 화살과 돌멩이를 무릅쓴 채 적의 배 가까이 다가가 배를 묶어놓은 밧줄을 칼로 찍어 끊었다. 마침내 배가 옆으로 흐르기 시작했다. 때를 놓치지 않고 감녕이 몸을 날려 배 위로 뛰어올라 등룡을 쳐죽였다. 진취는 배를 버리고 달아났다. 이를 본 여몽이 작은 배로 옮겨 탄 뒤 스스로 노를 저어 깊숙이 몰고 들어가 적의 배에다 불을 질렀다. 진취가 강언덕으로 허둥지둥 기어올라가고 있었다. 여몽은 죽기 살기로 그를 쫓아가 한칼로 가슴을 찔러 고꾸라뜨렸다.

소비가 군사를 이끌고 강언덕으로 달려왔을 때는 이미 동오 군사들 모두 강언덕으로 올라온 뒤라 해볼 수가 없었다. 황조군은 크게 졌다.

소비는 길도 없는 곳으로 달아나다 동오의 대장인 반장을 맞닥뜨렸다. 두 마리 말이 서로 어우러져 싸웠으나 몇 합 되지 않아 소비는 반장에게 사로잡혀 배 안에 있는 손권에게 끌려갔다. 손권은 나중에 황조를 잡으면 한꺼번에 해치우겠다며 소비를 일단 가두어두라고 했다. 이어 모든 군사들을 재촉하여 밤낮없이 하구를 치도록 했다.

비단돛도적을 높이 쓰지 않았더니
배의 굵은 밧줄 여지없이 끊기고 말았네

과연 황조와의 싸움은 어찌 될는지…….

제갈량의 첫 싸움

형주성의 유기는 세 번이나 방법을 묻고
공명은 박망파에서 처음으로 군사를 쓰다

손권은 군사를 몰아 하구를 마구 무찔렀다. 황조는 군사가 무너지고 장수들이 죽어 더 버틸 수 없다고 여겨 마침내 강하를 버리고 형주로 달아났다.

감녕은 황조가 형주로 달아날 걸 미리 짐작하고 동문 밖에 군사를 숨겨놓고 기다렸다. 황조가 말 탄 군사 수십 명과 함께 동문을 빠져나오는데, 외침 소리가 일더니 감녕이 나타나 길을 막았다.

황조가 말 위에서 감녕에게 부드럽게 말했다.

"지난날 나는 너를 서운하게 대한 적이 없는데, 어쩌자고 지금 나를 이토록 못살게 하느냐?”

감녕이 꾸짖었다.

“나는 지난날 강하에서 공을 많이 세웠다. 그런데도 너는 나를 강에서 남의 물건이나 빼앗던 도적으로밖에 대접을 해주지 않았다. 그래놓고서 무슨 할 말이 있느냐!”

황조는 더는 통하지 않겠다고 여겨 말 머리를 돌려 달아났다. 감녕은 군사들을 제치고 황조의 뒤를 쫓았다. 바로 그때 뒤쪽에서 외침 소리가 일더니 말 탄 군사 몇이 보였다. 감녕이 돌아보니 정보가 군사들과 함께 달려오고 있었다. 감녕은 정보에게 공을 빼앗길지 모른다는 생각이 들어 곧바로 활을 잡고 황조의 등을 노렸다. 화살을 맞은 황조는 말에서 굴러떨어졌다. 감녕은 뛰어가 황조의 목을 벤 뒤 말 머리를 돌려 정보와 군사를 합쳐 손권에게 가서 황조의 머리를 바쳤다. 손권은 그 머리를 나무상자에 담아두도록 했다. 강동으로 가지고 돌아가 아버지 영전에 바치며 제사를 지내기 위해서였다.

손권은 군사들에게 많은 상을 내리고, 감녕의 벼슬도 도위로 올려주었다. 이어 군사를 나누어 강하를 지킬 일을 의논했다.

장소가 말했다.

“외따로 떨어져 있는 성을 지키기는 어렵습니다. 일단 강동으로 돌아가지요. 우리가 황조를 깨부수었으니, 유표가 그 사실을 알면 반드시 복수하러 옵니다. 편히 쉬면서 멀리 오느라 지친 유표군을 기다렸다가 몰아치면 틀림없이 무찌를 수 있습니다. 유표를 무찌른 뒤 기운을 몰아 들이치면 형양도 차지할 수 있습니다.”

손권은 그 말을 따라 강하를 그대로 두고 군사를 거두어 강동으로 돌아갔다.

한편 갇혀 있던 소비는 감녕에게 사람을 몰래 보내 구해 달라고 부탁했다. 감녕은 고개를 끄덕였다.

“소비가 말하지 않았더라도 내 어찌 잊었겠소?”

대군이 오회에 이르자 손권은 소비의 목을 잘라 황조의 머리와 함께 아버지 영전에 바치고 제사를 지낼 수 있게 준비하도록 했다. 감녕은 안으로 들어가 손권 앞에 엎드려 울며 사정했다.

“제가 지난날에 소비를 만나지 않았다면 이 몸은 지금 어디에 묻혀 있을지 모릅니다. 어찌 지금 장군을 목숨 바쳐 모실 수 있겠습니까? 소비의 죄는 죽어 마땅하지만 제가 지난날 입은 은혜와 정을 잊을 수는 없습니다. 바라옵건대 저의 벼슬을 거두시고 소비의 죄를 용서해주십시오.”

손권이 말했다.

“그대가 저 사람한테서 은혜를 입었다면 내 그대를 위해 살려주겠네. 하지만 저 사람이 도망치면 어찌하겠나?”

“소비가 목숨을 건진다면 그보다 더 큰 은혜가 없는데 어찌 도망치겠습니까! 그런 일이 생기면 제 목을 뜰아래에 바치겠습니다.”

마침내 손권은 소비를 살려주고 황조의 머리만 가지고 제사를 지냈다.

제사가 끝나자 손권은 잔치를 크게 베풀며 여러 벼슬아치들의 공을 칭찬하고 싸움에 이긴 걸 축하했다. 한창 술자리가 무르익어갈 때였다. 한 사람이 큰소리로 울면서 일어나더니 칼을 빼어 들고 감녕에게 달려들었다. 감녕은 급히 의자를 들어 칼을 막았다. 손권이 놀라서 보니 능통이었다. 능통은 감녕이 강하에 있을 때 자기 아버지 능조를 쏘아 죽인 게 한이 맺혀 오늘 보자마자 복수하고자 했다.

손권이 급히 말리며 능통에게 말했다.

“홍패가 그대의 아버님을 쏘아 죽인 건 서로 주인이 달라 힘을 다하지 않을 수 없어 그랬네. 이미 한집안 식구가 되었는데 옛날 원수를 따져서야 되겠는가? 모든 일은 내 낯을 보아 참게나.”

능통은 머리를 조아린 채 큰소리로 울었다.

“한 하늘 아래에서는 같이 살 수 없는 원수인데 어찌 참으라 하십니까!”

손권과 여러 벼슬아치들이 거듭 말렸다. 그러나 능통은 계속 분이 풀리지 않는 눈초리로 감녕을 쏘아보았다.

손권은 바로 그날로 감녕에게 군사 5천 명과 배 1백 척을 내주며 하구로 가서 지키도록 했다. 능통과 떼어놓기 위해서였다. 감녕은 고마워하며 절을 한 뒤 군사를 거느리고 하구로 떠났다. 이어 능통은 승렬도위로 벼슬자리를 높여주었다. 능통은 가슴에 한이 잔뜩 고였지만 더는 어찌해볼 수가 없었다.

동오는 이때부터 군사용 배를 많이 만들고 강가의 중요한 곳마다 군사를 보내 지켰다. 손권은 손정에게 군사 한 무리를 내어주며 오회를 지키게 한 다음 자신은 대군을 거느리고 시상으로 가서 머물렀다. 주유는 날마다 파양호에서 수군을 훈련시키며 앞으로의 싸움을 준비했다.

한편 유비는 강동의 소식을 알아보기 위해 사람을 보냈는데, 그가 돌아와 보고했다.

"동오는 이미 황조를 무찔러 죽이고 지금은 시상에다 군사를 모아놓고 있습니다."

유비는 곧장 제갈량과 함께 머리를 맞댔다. 그때 갑자기 유표가 사람을 보내왔다. 의논할 일이 있으니 유비더러 형주로 좀 와달라고 했다.

제갈량이 말했다.

"강동이 황조를 깨뜨렸기 때문에 주공을 불러 복수할 방법을 의논하려고 그럽니다. 제가 주공과 함께 가서 사정에 따라 좋은 방법을 찾아보겠습니다."

유비는 그 말을 좇았다. 관우는 남아서 신야를 지키게 하고, 장비에게는 군사 5백 명을 이끌고 뒤따르게 한 뒤 형주로 떠났다.

유비가 말 위에서 제갈량에게 물었다.

"경승을 만나면 무어라 대답해야겠소?"

공명이 대답했다.

"우선 지난번 양양 모임 때 빠져나온 일은 미안하다 하십시오. 그러나 주공께 강동을 치러 가라고 하면 절대로 따르시면 안 됩니다. 그저 신야로 돌아가서 군사와 말을 살피고 가다듬겠다고만 하십시오."

유비는 그렇게 하기로 했다. 형주에 도착해 숙소에 들었다. 장비는 성 밖에서 군사들을 데리고 있게 한 다음 유비는 제갈량과 함께 성 안으로 들어가 유표를 만났다. 인사를 나눈 뒤 유비가 뜰아래로 내려가 용서를 빌자 유표가 손을 내저었다.

"나는 아우가 겪은 일을 다 알고 있소. 그때 곧장 채모의 목을 베어 아우에게 보내려 했으나 여러 사람들이 하도 말려서 그러지 못했소. 아우는 조금도 용서를 빌 일이 없소.”

유비는 짐짓 너스레를 떨었다.

“채장군이 꾸민 일은 아닐 테고, 아마 아랫사람들이 벌인 일일 테지요.”

유표가 고개를 끄덕이며 부른 까닭을 말했다.

“지금 강하를 지키지 못하고 황조까지 죽었기에 어떻게 보복을 해야 할지 의논하고 싶어 아우를 불렀소.”

“황조는 성깔이 거칠어 사람을 제대로 쓰지 않았기에 그런 화를 입은 듯합니다. 만약 군사를 일으켜 남쪽을 치는데 북쪽에서 조조가 쳐내려오면 어떻게 하시렵니까?”

“내 이제 나이도 많고 병치레까지 자주 하느라 일을 돌보지 못하고 있소. 아우가 나를 도와주다가 내가 죽고 나면 형주의 주인이 되면 좋겠소.”

“형님께서는 그런 말씀 하지 마십시오. 유비는 그렇게 중요한 자리를 맡을 만한 사람이 못 됩니다.”

제갈량이 유비에게 눈짓을 했다.

그래서 유비는 적당히 대답하고 말았다.

“천천히 좋은 방법을 생각해봅시다.”

바로 인사를 하고 물러나와 숙소로 돌아왔다.

제갈량이 유비에게 물었다.

“경승이 형주를 주공께서 맡아달라고 하는데 왜 물리치

셨습니까?”

“경승은 예의를 다해 내게 은혜를 베풀었는데 내 어찌 그
쪽의 어려운 틈을 타서 그러겠다고 하겠소?”

제갈량이 한숨을 길게 내쉬었다.

“주공께서는 참으로 어질기 짝이 없으십니다그려!”

이런저런 이야기를 나누고 있는데 뜬금없이 유기가 찾아
왔다. 유비가 안으로 맞아들이자 유기가 절을 한 뒤 울면서
말했다.

“계모가 저를 미워해서 목숨을 언제 잃을지 모릅니다. 제
발 작은아버님께서는 저를 가엾이 여겨 살려주십시오.”

유비가 고개를 저었다.

“그건 조카 집안일인데 내가 어찌할 수 있겠나?”

제갈량이 빙긋이 웃었다. 유비가 제갈량에게 방법을 물
었으나 제갈량이 고개를 저으며 잡아뗐다.

“그건 집안일입니다. 제가 섣불리 끼어들 일이 아닙니다.”

얼마 뒤 유비는 유기를 배웅하면서 귓속말을 했다.

“내일 내가 공명을 되갚는 인사를 하러 들여보낼 테니 조
카는 이런저런 사정을 얘기해라. 그럼 뭔가 방법을 일러줄
지 모른다.”

유기는 고마워하며 돌아갔다.

다음 날 유비는 배가 아프다는 핑계를 대고 자기 대신 제

갈량을 시켜 유기한테 다녀오도록 했다. 제갈량이 그러기로 했다. 말을 타고 가 유기 집 앞에서 내린 뒤 안으로 들어가자 유기는 제갈량을 뒤채로 모셨다.

차를 마시고 나자 유기가 부탁했다.

"계모가 저를 미워합니다. 선생께서 한말씀 일러 구해주시면 좋겠습니다."

"나는 여기 온 손님인데 어찌 남의 집안일에 대해 이런저런 말을 할 수 있겠소? 자칫 새나가기라도 하면 뒤탈이 적지 않을 텐데."

제갈량은 말을 마치자마자 돌아가려고 일어섰다.

유기가 붙잡았다.

"기왕 오셨는데 이렇게 가시면 안 됩니다."

유기는 제갈량을 안으로 들여 함께 술을 마셨다.

술이 몇 잔 들어가자 유기가 다시 부탁했다.

"계모가 저를 미워합니다. 어찌해야 좋을지 제발 선생께서는 저를 살려주십시오."

"그건 내가 끼어들 문제가 아니오."

제갈량은 다시 일어서서 가려 했다.

유기가 다시 붙잡았다.

"선생께서 말씀을 안 하시면 그만이지 왜 자꾸 가시려고만 하십니까?"

제갈량이 다시 자리에 앉자 유기가 말했다.

"저한테 옛 책이 하나 있습니다. 선생께서 한번 봐주시면 좋겠습니다."

유기는 제갈량을 다락 위로 데려갔다.

제갈량이 물었다.

"책이 어디 있소?"

유기가 울며 절을 했다.

"계모가 저를 미워해 언제 목숨을 잃을지 모릅니다. 선생께서는 끝내 저를 구해주실 말씀을 한마디도 안 해주시렵니까?"

제갈량은 낯빛이 바뀌며 바로 다락을 내려가려 했다. 그러나 올라올 때 딛고 온 사다리가 이미 치워지고 없었다.

유기가 말했다.

"제가 좋은 방법을 가르쳐달라고 하였으나 선생은 말이 새나갈 일이 걱정되어 말씀을 하지 않으셨습니다. 여기는 위로는 하늘로도 이어지지 않았고 아래로는 땅으로도 이어지지 않아서 아무도 듣지 못합니다. 선생의 입에서 나온 말은 오로지 제 귀로만 들어갈 뿐이니 부디 좋은 방법을 가르쳐주십시오."

"관계가 없는 사람은 가까운 사이를 갈라놓지 않는 법이라 했소. 내 어찌 그대를 위해 방법을 말한단 말이오?"

"선생은 끝끝내 말씀을 하지 않으려 하시는구려! 어차피 제 목숨은 붙어 있기 힘듭니다. 차라리 선생 앞에서 죽는 게 낫겠습니다."

유기가 칼을 꺼내 자기 목을 찌르려 했다. 제갈량이 급히 말렸다.

"좋은 방법이 있기는 하오."

유기가 절을 하며 애원했다.

"부디 가르쳐주시기 바랍니다."

"신생과 중이의 이야기를 들어본 적이 있지요? 신생은 안에 있었기 때문에 죽었고, 중이는 밖에 있었기 때문에 살았소. 지금 황조가 죽은 지 얼마 안 되어 강하는 지키는 이가 없소. 강하로 군사를 끌고 가서 지키겠다는 말씀을 왜 올리지 않소? 그렇게 하면 화를 피할 수 있소."

유기는 절을 두 번 하며 고마워했다. 이어 곧바로 사다리를 가져오라 이른 뒤 제갈량을 내려가게 했다.

제갈량은 유비에게 돌아와 다녀온 이야기를 자세히 했다. 유비는 무척 좋아라 했다.

다음 날 유기는 아버지에게 강하를 지키러 가겠다고 했다. 유표는 망설이며 결정을 내리지 못하고 유비를 불렀다.

유비가 말했다.

"강하는 중요한 데라 다른 사람에게 맡기지 마시고 유기를 보내십시오. 동남쪽은 아버지와 아들이 맡으십시오. 서북쪽은 제가 맡겠습니다."

유표가 말했다.

"요새 들리는 소문으로는 조조가 업군에다 현무지를 파놓고 수군을 훈련시킨다 하오. 틀림없이 남쪽을 칠 뜻이 있어 그럴 텐데, 준비를 하긴 해야겠소."

"저도 이미 알고 있습니다. 형님께서는 걱정 마십시오."

유비는 떠나는 인사를 하고 신야로 돌아왔다. 유표는 유기에게 군사 3천 명을 이끌고 강하로 가서 지키게 했다.

한편 조조는 삼공 자리를 없애버리고 스스로 승상이 되어 모든 걸 자기 손안에 거머쥐었다. 모개는 동조연을 삼고 최염은 서조연으로 삼았다. 나아가 사마의는 문학연으로 삼았다. 사마의의 자는 중달이고 하내의 온현 사람이다. 영천 태수 사마준의 손자이고, 경조윤 사마방의 아들이며, 주부 사마랑의 동생이다.

조조는 이렇게 문관의 틀을 짜놓은 뒤 장수들을 불러모아 남쪽을 칠 일을 의논했다.

하후돈이 나섰다.

"요즘 알아보니 유비가 신야에서 날마다 군사들을 훈련시키고 있답니다. 그냥 놔두었다가는 뒤탈이 걱정되므로 일찌감치 해치워버려야겠습니다."

조조는 곧바로 하후돈을 도독으로 삼고 우금·이전·하루란·한호를 부장으로 삼아 군사 10만 명을 이끌고 박망성으로 가서 신야를 노려보도록 했다.

그러나 순욱이 말렸다.

"유비는 영웅인데다 제갈량까지 군사 선생으로 들어앉았습니다. 결코 가벼이 보아서는 안 됩니다."

하후돈이 콧방귀를 뀌었다.

"유비는 쥐새끼 같은 놈입니다. 내가 꼭 사로잡고 말겠습니다."

서서가 한마디 했다.

"장군은 유현덕을 가볍게 보지 마시오. 지금 현덕은 제갈량의 도움까지 받고 있어 호랑이가 날개를 단 셈입니다."

조조가 물었다.

"제갈량은 어떤 사람이오?"

서서가 말했다.

"제갈량의 자는 공명으로 흔히 와룡 선생이라 부릅니다. 온 천하를 다스릴 만한 재주를 가지고 있는데, 그 재주를 펴는 게 귀신같습니다. 이 시대의 뛰어난 인물이라 결코 하찮게 보아서는 안 됩니다."

조조가 다시 물었다.

"공과 비교하면 어느 정도인가?"

"저를 어찌 제갈량과 비교할 수 있겠습니까? 제가 반딧불 정도라면 제갈량은 밝은 달이라 할 수 있습니다."

하후돈이 또 가로막고 나섰다.

"원직은 말도 안 되는 소리를 하고 있소. 나는 제갈량을 지푸라기 정도로밖에 보지 않소. 뭐가 두렵다고 그러시오! 내가 한판 싸움으로 유비와 제갈량을 사로잡지 못하면 내 목이라도 베어서 승상께 바치겠소."

조조가 마무리를 지었다.

"그럼 빨리 이겼다는 소식이나 보내와서 나를 즐겁게 해 다오."

하후돈은 씩씩한 자세로 조조에게 인사를 한 뒤 군사를 이끌고 떠났다.

한편 유비는 제갈량을 얻은 뒤로 그를 스승 대하듯 했다. 이에 관우와 장비가 못마땅해했다.

"공명은 나이가 어린데 재주와 배움이 얼마나 있겠습니까? 형님이 너무 지나치게 대우를 하십니다. 실제로 보여준 것도 없지 않소?"

유비가 대꾸했다.

"내가 공명을 얻은 것은 고기가 물을 만난 거나 마찬가지

다. 두 아우는 여러 말 마라.”

관우와 장비는 더는 대꾸하지 못하고 물러나왔다.

어느 날 누가 검정 소꼬리 하나를 유비에게 보내왔다. 유비는 그 꼬리로 직접 모자를 짜고 있었다. 제갈량이 들어와 이를 보고 정색을 하며 말했다.

“명공께서는 어찌 큰 뜻을 품지 않으시고 이런 하찮은 일이나 하고 계십니까?”

유비는 짜던 모자를 내던지며 어색해했다.

“내 잠깐 걱정거리나 잊으려고 한 짓이오.”

제갈량이 물었다.

“명공께서는 스스로 조조와 견주어보면 어떻다고 생각하십니까?”

“조조만 못하지요.”

“명공의 군사는 겨우 몇천 명뿐입니다. 만약에 조조군이 쳐들어오면 어찌하시겠습니까?”

“나도 그게 걱정이오. 딱히 좋은 생각이 떠오르지 않소.”

“빨리 군사를 모집하십시오. 제가 직접 훈련시키겠습니다. 그래야 적을 맞을 수 있습니다.”

유비는 곧바로 신야 백성들을 상대로 3천 명의 군사를 모았다. 제갈량은 직접 아침저녁으로 그 사람들에게 진을 펼치는 법을 가르치며 훈련시켰다.

조조가 하후돈에게 10만 군사를 이끌고 신야를 치도록 해서 몰려오고 있다는 보고가 들어왔다.

이 소식을 들은 장비가 관우에게 비아냥거렸다.

"공명더러 앞에 나가 싸우라면 되겠소."

이런 소리를 하고 있는데 마침 유비가 두 사람을 불러들여 물었다.

"하후돈이 군사를 이끌고 온다는데 어떻게 맞아야 하겠느냐?"

장비가 비아냥거렸다.

"형님, 물을 만났다면서요? 그 물보고 가라고 하면 되겠소."

"머리는 공명이 쓰고 힘은 두 아우가 써야 하는데 왜 그런 소리를 하느냐?"

관우와 장비가 나가자 유비는 제갈량을 불러 의논했다.

제갈량이 말했다.

"관우와 장비 두 사람이 내 명령을 따르지 않으려 할까 걱정입니다. 주공께서 저에게 군사를 부리도록 하시려면 주공의 칼과 도장을 빌려주십시오."

유비는 곧바로 칼과 도장을 내주었다.

마침내 제갈량은 명령을 내리기 위해 모든 장수들을 모이라 했다.

장비가 관우에게 투덜댔다.

"명령을 내린다 하니, 가서 하는 꼴이나 봅시다."

제갈량이 명령을 내리기 시작했다.

"박망 왼쪽에 있는 예산이라는 산과 오른쪽에 있는 안림 숲은 군사가 숨어 있을 만하오. 운장은 군사 천 명을 이끌고 가서 예산에 숨어 있되, 적이 다가오더라도 막지 말고 그대로 지나가도록 하시오. 군수 물자와 먹을거리 실은 수레가 반드시 뒤따를 테니, 남쪽에서 불길이 치솟거든 그때 뛰쳐나가 그것들을 태워버리도록 하시오. 익덕 역시 군사 천 명을 이끌고 안림 뒤쪽 산골짜기에 숨어 있다가, 남쪽에서 불이 일면 곧바로 박망성으로 가서 전부터 먹을거리 쌓여 있는 데로 가 다 태워버리도록 하시오. 관평과 유봉은 군사 오백 명을 이끌고 미리 불이 잘 붙을 것들을 준비해서 박망파 뒤 양쪽에 숨어 있다가 초저녁에 적이 다다르거든 곧장 불을 지르도록 하라."

이어 제갈량은 번성에 있는 조운을 불러다 앞장을 세우며 이기지는 말고 오로지 지기만 하라고 일렀다. 그런 다음 유비가 할 일을 알려주었다.

"주공께서는 한 무리를 이끌고 뒤에서 받쳐주십시오."

제갈량은 마지막으로 부탁했다.

"각자 하라는 대로 하시오. 절대로 실수하면 안 되오."

관우가 제갈량을 보고 물었다.

제갈량이 관우와 장비에게 명령을 내리다.

"우리가 모두 적을 맞으러 가면 군사 선생께서는 무얼 하시오?"

"나는 여기 눌러앉아 현성을 지키겠소."

장비가 큰소리로 웃었다.

"우리는 모두 목숨 걸고 나가 싸우는데 그대는 집에 들어앉아 편히 있겠다? 좋은 꾀요!"

제갈량이 딱 부러지게 말했다.

"주공의 칼과 도장이 여기 있소. 명령을 어기는 이는 목을 베겠소!"

유비가 거들었다.

"장막 안에서 작전을 세워 천 리 밖 승리를 결정한다는 말도 못 들었느냐? 두 아우는 명령을 어기면 안 된다."

장비가 비웃음을 지으며 나오자 관우가 말했다.

"일단 그 사람 생각이 맞나 안 맞나 두고 보자. 나중에 따져도 늦지 않겠지."

두 사람은 떠났다. 다른 장수들도 제갈량의 능력을 몰랐기 때문에 명령을 받기는 했어도 속으로는 긴가민가했다.

제갈량이 다시 유비에게 말했다.

"주공께서는 오늘 바로 군사를 거느리고 박망산 아래에 가 계십시오. 내일 해질 무렵이면 적들이 틀림없이 그곳에 다다릅니다. 주공께서는 적을 보자마자 영채를 버리고 달아나시되, 불길이 일면 바로 군사를 돌려 몰아치십시오. 저는 미축·미방과 함께 군사 오백 명을 데리고 성을 지키고 있겠습니다.”

그러면서 제갈량은 손건과 간옹더러 승리 축하 잔치를 준비하게 하는 한편, 공을 적은 책이니 직성해놓고 기다리겠다고 했다.

마침내 군사는 모두 나뉘어졌다. 사실 유비도 속으로는 미심쩍었다.

한편 하후돈과 우금 들은 군사를 이끌고 박망에 이르자 군사를 반으로 나누어, 날쌘 군사는 앞세우고 나머지는 뒤에서 식량 따위를 실은 수레를 끌고 가게 했다.

마침 가을이라 바람이 살랑살랑 불어왔다. 계속 길을 재촉해 나가다 보니 갑자기 멀리서 먼지가 피어올랐다. 하후돈이 군사들을 알맞게 펼쳐놓고 길잡이에게 물었다.

“여기가 어디냐?”

“앞에 보이는 언덕은 박망파이고 뒤는 나천구입니다.”

하후돈은 우금과 이전에게 진을 펼치는 일을 맡기고 자신은 말을 타고 앞으로 나아갔다. 저 멀리서 군사들이 달려오는 걸 보고 갑자기 큰소리로 껄껄 웃었다.

뒤따르는 이들이 모두 쳐다보았다.

"장군께서는 왜 웃으십니까?"

하후돈이 대답했다.

"서원직이 승상 앞에서 제갈량이 마치 하늘에서 내려온 사람인 양 말한 게 떠올라서 웃었다. 지금 군사를 쓰는 걸 보니 더더욱 웃지 않을 수 없다. 저따위 군사를 앞장세워 우리를 해보겠다니, 개나 양을 몰아 호랑이와 해보겠다는 꼴 아니냐! 승상 앞에서 유비와 제갈량을 사로잡겠다고 큰소리쳤는데, 틀림없이 내 말대로 되겠다!"

하후돈이 말을 마치자마자 말을 달려나갔다. 맞은편에선 조운이 말을 달려나왔다.

하후돈이 소리쳤다.

"유비를 따라다니는 꼴들이 마치 갈 데 없는 혼이 귀신을 따라다니는 성싶구나!"

조운이 화를 내며 달려들었다. 두 마리 말이 서로 어우러져 싸웠다. 그러나 몇 합 되지 않아 조운이 짐짓 지는 척하며 달아났다. 하후돈이 뒤를 쫓았다. 조운은 10리 남짓 달아나다 돌아서서 다시 싸우는 시늉을 하다 또 몇 합 싸우지 않고 달아났다.

한호가 말을 달려나와 말렸다.

"조운이 우리를 꾀어내는 듯합니다. 아무래도 적이 숨어 있을까봐 걱정입니다."

“적군이 저 정도면 열 군데에 숨어 있다 해도 나는 겁이 나지 않는다!”

하후돈은 끝내 한호의 말을 듣지 않고 내처 박망파까지 뒤쫓아갔다. 바로 그때였다. 갑자기 쾅 소리가 나더니 유비가 직접 군사를 끌고 나왔다.

하후돈이 한호를 보며 웃었다.

“요게 바로 숨어 있던 군사구만! 내 오늘 밤에 신야까지 가지 못하면 절대로 군사를 거두지 않겠다!”

그러면서 군사들을 마구 재촉했다. 유비와 조운은 다시 물러나 달아나기 시작했다.

어느덧 날이 지기 시작하면서 짙은 구름이 끼어 달빛이 없었다. 낮부터 불던 바람은 밤이 되자 더욱 거세어졌다.

하후돈은 계속 군사들을 재촉해 뒤를 몰아쳤다. 뒤따라오던 우금과 이전이 좁다란 길에 들어서서 둘러보니 사방이 모두 갈대숲이었다.

이전이 우금에게 말했다.

“적을 깔보면 반드시 지게 되어 있소. 남으로 난 길은 좁은데 산과 내가 바로 붙어 있고 숲은 우거져 있으니, 만약 불을 질러 공격하면 어떡해야 하오?”

우금이 말했다.

“그대 말이 맞소. 내 앞으로 가서 도독께 말씀드릴 테니 뒤쪽 군사들이 나오지 못하게 하시오.”

이전은 말 머리를 돌려 크게 소리쳤다.

“뒤쪽 군사들은 멈추어라!”

그러나 떼를 지어 마구 달려오던 끝이라 곧장 멈추게 할 수는 없었다.

우금은 말을 급히 달려나가며 크게 소리쳤다.

“앞쪽의 도독은 잠깐 멈추시오!”

말을 한창 달려나가던 하후돈은 뒤쪽에서 우금이 바삐 쫓아오는 걸 보고 무슨 일인지 물었다.

우금이 헐떡거리며 말했다.

“남으로 난 길은 좁고, 산과 내는 서로 바로 붙어 있으며, 숲은 우거져 있습니다. 불을 질러 들이칠지 모르니 조심해야 합니다.”

하후돈은 그제야 정신이 번쩍 들었다. 곧바로 말을 돌리며 군사들에게 앞으로 나가지 말라고 명령했다. 그러나 말이 미처 끝나기도 전에 뒤쪽에서 외침 소리가 떠들썩하게 울리며 불길이 치솟아올랐다. 그 불길은 눈 깜짝할 새에 양쪽 갈대밭으로 번지면서 사방이 온통 불바다가 되고 말았다. 바람까지 세차게 불어 불길은 더욱 거세어졌다.

조조군은 서로 밟고 밟히며 죽어 나자빠졌다. 죽은 사람 수는 이루 헤아릴 수조차 없었다.

조운이 군사를 돌려 덮치자 하후돈은 연기와 불길을 무릅쓰고 달아났다.

이전은 일이 좋지 않게 돌아가자 급히 박망성으로 돌아가는데, 불빛 속에서 한 무리 군사가 달려와 앞을 막았다. 앞장선 대장은 관우였다. 이전은 말을 타고 어지럽게 싸우다 겨우 길을 뚫고 달아났다. 우금은 군수 물자를 실은 수레가 타는 걸 보자 바로 샛길로 빠져 달아났다. 하후란과 한호는 식량을 가지러 왔다가 장비와 맞부딪쳤다. 몇 합 싸우지도 않고 하후란은 장비가 한 번 찌른 창에 찔려 말 아래로 고꾸라졌다. 한호는 어렵게 길을 뚫고 달아났다.

밤새도록 죽고 죽이는 일이 계속되다가 날이 밝아서야 군사를 거두었다. 시체가 온 들을 뒤덮었고 피가 내를 이루었다.

훗날 어떤 이가 읊은 시가 있다.

박망에서 싸울 때 불을 질러 들이치니

명령 내린 일 웃고 말하는 가운데 이뤄졌네

놀란 조조, 간이 떨어질 듯했을 터인즉

초가집을 나와 처음으로 보여준 공이라네

하후돈은 싸움에 진 군사들을 끌고 허도로 돌아갔다.

제갈량은 군사들 모두 돌아오라 일렀다.

관우와 장비는 돌아가는 길에 서로 보며 고개를 끄덕였다.

"공명은 정말 뛰어난 사람일세!"

몇 리 가지 않았을 때 미축과 미방이 군사들과 함께 작은 수레를 끌고 나타났다. 수레 안에 반듯이 앉아 있는 이는 공명이었다. 관우와 장비는 말에서 내려 수레 앞으로 가서 절을 하며 엎드렸다. 곧이어 유비와 조운·유봉·관평 들이 돌아왔다. 군사들을 한자리에 모으고, 빼앗은 식량이며 물자들을 장수와 군사들에게 상으로 나누어주었다. 군사를 이끌고 신야로 돌아가니 백성들이 길을 막고 절을 하며 좋아라 했다.

"우리들이 목숨을 지킨 건 모두 사군께서 어진 사람을 얻은 덕입니다!"

현으로 돌아가자 제갈량이 유비에게 말했다.

"하후돈이 싸움에 지고 돌아가기는 했지만, 조조가 반드시 대군을 이끌고 직접 쳐들어옵니다."

"그럼 어떻게 해야 하오?"

"저한테 한 가지 방법이 있습니다. 이 방법으로 조조군을 깰 수 있습니다."

적을 물리쳤으나 말은 미처 쉴 새도 없네

과연 한 가지 방법은 무엇인지…….

불타는 신야

채부인은 형주를 바칠 걸 의논하고
제갈량은 신야를 불태워버리다

유비는 제갈량에게 조조군을 어떻게 막아야 할지를 물었다.

제갈량이 대답했다.

"신야는 작은 고을이라 오래 있을 만한 곳은 못 됩니다. 요즘 유경승의 병이 깊다고 하니 이런 틈을 타 형주에 들어앉아 발판으로 삼으면 조조를 막아낼 수 있습니다."

유비가 고개를 저었다.

"공의 말씀이 옳기는 하나 내가 경승의 은혜를 많이 입은 사람인데 어찌 그럴 수 있겠소!"

"이번에 차지하지 않으면 나중에 아쉬워해도 어찌할 수

없습니다!"

"내 차라리 죽으면 죽었지 의리를 저버리는 짓은 차마 못 하겠소."

"그럼 나중에 다시 의논하시지요."

한편 싸움에 지고 허도로 돌아간 하후돈은 스스로 몸을 묶은 뒤 조조 앞에 나아가 바닥에 엎드린 뒤 죽여달라고 했다. 조조가 묶인 걸 풀어주며 왜 졌는지 물었다.

하후돈이 대답했다.

"제갈량이 속임수를 쓴 뒤 불로 공격을 해서 졌습니다."

조조가 말했다.

"어려서부터 군사를 부린 사람이 좁은 길목에서는 불 공격을 조심해야 한다는 걸 몰랐단 말인가?"

"이전과 우금이 일러주었지만, 깨달았을 때는 너무 늦었습니다."

조조는 그 두 사람에게 상을 주었다.

하후돈이 다시 말했다.

"유비가 이렇게 미쳐 날뛰니 정말 걱정입니다. 빨리 없애버리지 않으면 안 되겠습니다."

"내가 걱정하는 이는 오로지 유비와 손권뿐이다. 다른 것들은 신경도 안 쓴다. 이번 기회에 강남을 아주 쓸어버려야겠다."

조조는 곧바로 명령을 내려 50만 대군을 일으켰다. 제1대는 조인과 조홍이, 제2대는 장료와 장합이, 제3대는 하후연과 하후돈이, 제4대는 우금과 이전이 맡도록 하고, 조조 자신은 여러 장수들을 거느리고 제5대를 맡았다. 각 부대마다 10만 명씩 나누었다. 이어 허저를 절충장군으로 삼아 군사 3천 명을 이끌고 앞장서게 한 다음, 건안 13년 가을 7월 병오날에 싸우러 떠나기로 날까지 잡았다.

이때 태중대부 공융이 말렸다.

"유비와 유표는 둘 다 한나라 황실의 친척이니 가벼이 쳐서는 안 됩니다. 또 손권은 여섯 군에 범처럼 웅크리고 있으면서 큰 강까지 끼고 있어 쉽게 치기 어렵습니다. 승상께서는 지금 그다지 내세울 게 없는 싸움을 하시고자 합니다. 세상 사람의 뜻을 저버리지 않을까 걱정됩니다."

조조가 화를 벌컥 냈다.

"유비·유표·손권은 모두 다 나라의 명령을 어긴 역적들인데 무엇 때문에 치지 말라는고!"

조조는 공융을 호되게 꾸짖어 내보낸 뒤 명령을 내렸다.

"또 나서서 말리는 이가 있으면 반드시 목을 베겠다!"

공융은 밖으로 나오자 하늘을 우러르며 한숨지었다.

"지극히 어질지 않은 이가 지극히 어진 이를 치려 하니 어찌 지지 않겠는가!"

마침 어사대부 치려 집을 드나드는 이가 이 말을 듣고 치려에게 알렸다. 치려는 늘 공융에게 업신여김을 당했기 때문에 속으로 미워하고 있었다. 그래서 이 말을 듣자 곧바로 조조에게 달려가 일러바친 뒤 조조를 부추기기 시작했다.

"공융은 늘 승상을 업신여겼습니다. 원래 예형과 친해서 예형이 공융을 보고 공자가 죽지 않은 듯싶다고 하자, 공융은 예형에게 공자의 제자인 안회를 들먹이며 안회가 다시 살아온 셈이다며 맞장구를 쳤습니다. 예전에 예형이 승상을 그토록 욕보인 일도 바로 공융이 시켜서 그랬습니다."

조조는 더는 참을 수 없을 정도로 화가 났다. 그래서 곧장 공융을 잡아다 가두라고 소리쳤다.

공융에게는 어린 아들 둘이 있었다. 마침 둘이 집에서 바둑을 두고 있었다. 아랫사람들이 급히 달려왔다.

"아버님께서 잡혀가셨습니다. 목을 벤답니다! 왜 빨리 몸을 숨기지 않습니까?"

두 아들은 아무렇지 않은 듯 가만히 있었다.

"둥지가 부서졌는데 알이 멀쩡할 수 있겠소?"

말이 미처 끝나기도 전에 사람들이 들이닥쳐 공융의 집안 사람들과 두 아들을 잡아갔다. 모두들 목이 베였다. 이어 공융의 시체는 저잣거리에 던져졌다. 이때 경조 사람 지습이 공융의 시체 앞에 엎드려 울었다. 이 사실을 안 조조가 크게 화를 내며 그를 잡아다 죽이라고 했다. 그러나 순욱이 말렸다.

"제가 들은 바에 따르면, 지습은 늘 공융한테 지나치게 곧아서 큰 탈이라며 그게 자칫하면 화를 부르는 길이 된다고 충고했답니다. 지금 공융이 죽었기에 찾아와 울 뿐입니다. 의로운 사람이니 죽어서는 안 됩니다."

조조는 그 말을 따라 죽이지 않았다. 지습은 공융과 그 아들들의 시체를 거두어 잘 장사 지내주었다.

훗날 어떤 이가 이 일을 두고 시를 읊었다.

공융이 북해에 있을 때
거침없는 기운 무지개를 꿰뚫었네
자리엔 언제나 손님이 가득했고
술독은 바닥난 적이 없었네
그의 글은 세상을 놀라게 했고
웃고 말하되 힘 가진 이를 몰아세웠네
역사에 남기를 충성스럽고 올곧은 이라
벼슬은 태중대부를 하였다네

공융을 죽인 뒤 조조는 순욱만 남아 허도를 지키게 한 뒤 5대 군사를 차례로 떠나도록 했다.

한편 형주의 유표는 병이 깊을 대로 깊어 뒤를 이을 사람을 결정하기 위해 유비를 불렀다. 유비는 관우·장비와 함께 형주로 가 유표를 만났다.

유표가 말했다.

"내 병은 이제 돌이킬 수가 없어 머지않아 죽을지 모르오. 아우에게 자식들을 특별히 부탁하려고 불렀소. 자식들이 똑똑하지 못해 내 뒤를 잇지 못할 듯하니, 내 죽으면 아우가 형주를 맡아주시오."

유비는 울며 절을 했다.

"저는 마땅히 힘을 다해 조카들을 돕겠습니다. 저한테 다른 뜻은 없습니다!"

이야기를 나누고 있을 때 조조가 직접 대군을 이끌고 쳐들어온다는 보고가 들어왔다. 유비는 서둘러 유표와 헤어져 밤을 도와 신야로 돌아왔다.

자리에 누운 채 이 소식을 들은 유표는 충격을 받아 유서 쓸 일을 의논했다. 유비더러 맏아들 유기를 도와 형주의 주인이 되게 하라는 쪽으로 가닥이 잡혔다. 채부인은 이 소식을 듣자 크게 성을 내며 안으로 들어가는 문을 닫아걸게 한 뒤 채모와 장윤을 시켜 바깥문을 지키게 했다.

강하에 있던 유기는 아버지의 병이 돌이킬 수 없다는 소식을 듣고 병문안을 하기 위해 형주로 왔다. 그러나 바깥문을 지키던 채모가 가로막으며 들여보내주지 않았다.

"아버님의 명령을 받들어 강하를 지키고 있어 그 책임이 아주 무거운 분이 어찌 이렇게 함부로 근무지를 떠나왔습니까? 그새 동오의 군사들이라도 들이닥치면 어떡하오? 만약에 들어가 주공을 뵈면 주공께서는 틀림없이 화를 크게 내십니다. 그러면 병만 더 깊어질 텐데, 그건 자식의 도리가 아닙니다. 어서 돌아가시오."

유기는 문밖에서 한바탕 울음을 크게 터뜨린 뒤 말을 타고 바로 강하로 돌아갔다. 유표는 더욱 좋지 않았다. 그런 가운데에서도 유표는 유기를 기다렸으나 끝내 아들을 보지 못했다. 8월 무신일, 유표는 큰소리를 몇 차례 내지르더니 마침내 숨을 거두고 말았다.

나중에 어떤 이가 유표를 안타까워하며 시를 읊었다.

그 옛날 원씨는 하북에서 힘을 떨치었고
유표는 형주에서 힘을 떨치었으나
암탉이 울며 집안이 기울다가
딱하게도 오래지 않아 다 망해버렸다네

유표가 죽자 채부인은 채모·장윤과 더불어 가짜 유서를 만들어 둘째 아들 유종을 형주의 후계자로 삼았다. 그런 다

채모가 유표의 병문안을 온 유기를 가로막다.

음 우는 소리를 내며 초상을 알렸다.

유종은 겨우 14살이었으나 제법 똑똑했다.

유종이 사람들을 모이라 해놓고 말했다.

"아버님께서 세상을 떠나셨으나 형님은 강하에 계시고, 작은아버님 현덕은 신야에 계시오. 여러분이 나를 주인으로 세웠으나, 만약에 형님이나 작은아버님이 군사를 거느리고 와 따지고 들면 어떡해야 하오?"

뭇 벼슬아치들이 입을 다물고 대답을 못 하는데, 참모 역할을 하는 막관 벼슬을 살고 있는 이규가 나섰다.

"그 말씀이 참으로 옳습니다. 지금이라도 강하에 사람을 보내 슬픈 소식을 알리고, 형님을 형주의 주인으로 모신 뒤 현덕과 함께 일을 보도록 하십시오. 그렇게 해야 북쪽의 조조를 해볼 수 있고 남쪽의 손권을 막아낼 수 있으니, 그것만이 가장 좋은 방법입니다."

채모가 버럭 소리를 질렀다.

"네가 무엇인데 건방지게 쓸데없는 소리를 지껄여 돌아가신 주공께서 남기신 뜻을 어기려 드느냐?"

이규 역시 큰소리로 맞섰다.

"너는 안팎으로 짜고 주공이 남기신 뜻이라고 거짓으로 둘러대며 맏이를 제치고 둘째를 내세웠다. 형주·양양 아홉 군을 채씨 손안에 쥐려고 그러는 게 눈에 훤히 보인다! 주공의 영혼이 계시다면 반드시 죽음을 내릴 거다!"

채모는 화가 머리끝까지 치밀어올라 이규를 끌어내서 목을 베라 하였다. 이규는 숨이 끊어질 때까지 꾸짖기를 멈추지 않았다.

채모는 마침내 유종을 주인으로 세우고, 채씨 집안 사람들이 형주의 군사를 나누어 거느렸다. 이어 치중 등의와 별가 유선에게 형주를 지키도록 하고, 채부인과 유종은 군사를 거느리고 양양으로 가서 머무르도록 함으로써 유기와 유비가 쳐들어올 것에 대비했다. 유표는 양양성 동쪽 한양 언덕에 장사 지냈다. 유기와 유비에게는 끝내 알리지 않았다.

유종이 양양에 이르러 막 숨을 돌리려는데 조조가 대군을 거느리고 양양을 쳐들어온다는 보고가 급히 들어왔다. 깜짝 놀란 유종은 괴월과 채모 등을 불러 의논하는데 동조연 부손이 뜻밖의 의견을 내놓았다.

"조조 군사가 쳐들어오는 일만 걱정할 게 아닙니다. 강하에 있는 큰아드님과 신야에 있는 유비에게는 초상을 알리지도 않았습니다. 만약에 그 사람들이 군사를 이끌고 따지러 온다면 형양이 위태로워집니다. 마침 제가 방법 하나를 궁리해놓았습니다. 그대로만 한다면 형양의 백성들은 태산처럼 편안히 지낼 수 있고 주공께서도 자리를 지킬 수 있습니다."

유종이 물었다.

"그 방법이 무엇입니까?"

"형주와 양양 아홉 군을 조조에게 바치면 됩니다. 그리하면 조조는 틀림없이 주공을 정성껏 대할 겁니다."

유종이 발끈하여 꾸짖었다.

"무슨 말을 하고 있는 거요! 내가 아버님 뒤를 이어 아직 자리에 제대로 앉아보지도 못했는데 어찌하여 이 땅을 남에게 바친단 말이오?"

괴월이 나섰다.

"부공제의 말씀이 옳습니다. 따르는 일과 거스르는 일에는 큰 흐름이 있고, 강하고 약한 것도 나름의 정해진 높낮이가 있습니다. 지금 조조는 남북을 칠 때마다 황제의 이름을 내세우고 있습니다. 주공께서 버티신다 하더라도 마땅히 내세울 만한 게 없습니다. 지금 주공께서 자리에 앉자마자 바깥에서는 적이 쳐들어오고 안에서도 다툼이 일어나려 합니다. 형양의 백성들은 조조의 군사가 온다는 소리만 들어도 싸우기도 전에 벌벌 떨 텐데 어떻게 적을 막아낼 수 있겠습니까?"

유종은 맥이 탁 풀렸다.

"여러분의 말을 안 들으려 하는 게 아니라, 아버님께서 물려주신 터를 단번에 남에게 내줘버리면 세상의 웃음거리가 되지 않을까 걱정이오."

미처 말이 끝나기도 전에 한 사람이 앞으로 드세게 나섰다.

"부공제와 괴이도의 말씀이 다 옳은데 왜 따르지 않으려 하십니까?"

산양 고평 사람으로 자가 중선인 왕찬이었다. 야윈 얼굴에 몸집이 작아 볼품없이 생긴 사람이었다. 그는 어렸을 때 중랑 채옹을 찾아간 적이 있다. 그때 채옹은 귀한 손님들이 가득한 자리에 있다가 왕찬이 왔다는 말을 듣자 신발을 거꾸로 신고 달려나와 맞았다.

손님들이 놀라 물었다.

"채중랑은 어인 일로 저렇게 어린아이를 받드시오?"

채옹이 대답했다.

"저 아이는 재주가 뛰어나오. 나는 그 재주를 따라갈 수 없습니다."

왕찬은 널리 아는 게 많고 기억력이 그 누구보다도 뛰어났다. 한번은 길을 가다 길가에 서 있는 비석을 보더니 거기 새겨진 글을 한눈에 외워버렸다. 또 남이 바둑 두는 걸 구경하다가 바둑판이 뒤집어지자 바로 그 자리에서 바둑알을 모두 제자리에 다시 놓아주었는데 한 알도 잘못 놓지 않았다. 게다가 계산 실력도 뛰어났고, 글 솜씨도 기가 막혀서 이름을 드날렸다. 17살 때 황문시랑 벼슬자리를 받았으나 나가지 않았다. 나중에 난리를 피해 형주로 왔다가 유표에게서 특별 대접을 받았다.

왕찬이 유종에게 물었다.

"장군께서 스스로 생각하실 때 조공과 비교하면 어떻습니까?"

"그만 못하지요."

"조공은 군사도 강하고 장수들도 씩씩합니다. 슬기도 뛰어나고 꾀도 많아서 여포를 하비에서 사로잡고, 원소를 관도에서 무찔렀으며, 유비를 농우로 쫓았고, 오환을 백랑에서 깼습니다. 이처럼 그 사람이 무찌르고 누른 이는 이루 헤아릴 수 없을 정도입니다. 지금 대군을 이끌고 형양을 바라고 남쪽으로 내려온다면 도무지 해볼 만한 크기가 아닙니다. 부손과 괴월 두 사람의 말대로 하는 게 바로 가장 좋은 방법입니다. 장군께서는 망설이지 마십시오. 뉘우칠 일을 만드시면 안 됩니다."

"선생의 말씀은 모두 다 옳습니다. 그러나 일단 어머님께 말씀드리고 결정하겠소."

그때 채부인이 병풍 뒤에서 나오며 말했다.

"중선·공제·이도 세 분의 생각이 다 똑같은데 나한테 물어보고 말고 할 까닭이 없지!"

마침내 유종은 결심을 하고 곧바로 항복 문서를 써서 송충더러 몰래 조조에게 갖다 바치도록 했다.

명령을 받은 송충은 곧바로 완성으로 갔다. 조조가 맞아들이자 바로 항복 문서를 바쳤다. 조조는 무척 좋아라 하며 송충에게 두터운 상을 내렸다. 그리고 유종이 성 밖으로 나와 맞으면 끝까지 형주를 다스릴 수 있도록 하겠다고 했다.

송충은 조조와 헤어져 형양으로 돌아가는 길을 재촉했다. 그러나 강을 건너려 할 때 갑자기 한 떼의 군사가 달려왔다. 관우의 군사였다. 송충은 피하려 했으나 관우가 소리쳐 부르는 바람에 그 자리에 서고 말았다.

관우는 형주 소식을 자세히 묻기 시작했다. 송충은 처음엔 적당히 숨기며 둘러댔으나 관우가 하도 꼬치꼬치 캐물어 그간 일어난 일을 낱낱이 털어놓고 말았다. 관우는 깜짝 놀라 송충을 신야로 끌고 가 유비에게 자세히 보고했다.

유비는 그 말을 듣자 소리 내어 크게 울었다.

그 틈에 장비가 툭 나섰다.

"이미 일이 그렇게 되었다면 먼저 송충의 목을 벤 뒤 군사를 이끌고 강을 건너 양양을 빼앗아 채씨와 유종을 없앤 다음 조조와 싸워야겠습니다."

유비가 손을 내저었다.

"너는 입 좀 다물고 있어라. 나도 다 생각이 있다."

그런 다음 송충을 보고 꾸짖었다.

"너는 그 사람들이 그런 일을 꾸미는 걸 알고 있었으면서
도 왜 나한테 미리 알려주지 않았느냐? 지금 네 목을 벤들
아무 소용없는 일이라 죽이진 않을 테니 빨리 내 앞에서 사
라져라."

송충은 고맙다고 절을 한 뒤 머리를 감싸안고 쥐새끼 달
아나듯 했다.

유비가 걱정을 하고 있는데 유기가 이적을 보내왔다는
보고가 들어왔다. 유비는 전에 이적이 자기를 구해준 은혜
가 떠올라 뜰아래까지 내려가 그를 맞으며 거듭 고맙다는
인사를 했다.

이적이 말했다.

"형주의 유경승께서 이미 돌아가시고, 채부인이 채모 등
과 짜고 초상난 일을 알리지도 않고 유종을 주인으로 내세
웠다는 소문을 강하의 맏아드님께서 들으셨습니다. 그래서
양양으로 사람을 보내 알아보게 했더니 모두 사실로 밝혀
졌습니다. 혹시 사군께서 이 일을 아직 모르고 계실지 몰라
저보고 초상난 소식을 적은 편지를 가져다 드리라 하셨습
니다. 또 사군께서 거느리시는 군사들을 모두 일으켜 함께
양양으로 가서 그 사람들의 죄를 따지자고 하셨습니다."

유비가 편지를 읽고 나서 말했다.

"기백은 유종이 자리를 가로챈 데까지만 알고, 유종이 이

미 형양 아홉 군을 조조한테 바친 사실은 모르는구려!"

이적이 깜짝 놀랐다.

"사군께서는 어떻게 아셨는지요?"

유비가 송충을 잡은 일을 자세히 일러주었다.

이적이 서둘렀다.

"만약에 일이 그렇게 되었다면 이렇게 하시지요. 사군께서 초상난 일에 인사를 한다는 핑계를 대고 양양으로 가셔서 유종에게 나와 맞도록 하십시오. 나오면 바로 사로잡고 그 패거리까지 없애버리면 형주는 사군의 손안에 떨어집니다."

옆에서 제갈량도 거들었다.

"기백의 말씀이 옳습니다. 주공께서는 그렇게 하시지요."

유비가 눈물을 주르륵 흘렸다.

"형님께서 병이 깊으셨을 때 내게 자식들을 부탁하셨소. 그런데 지금 내가 그 아들을 사로잡고 땅을 빼앗아 차지한다면 나중에 죽어 저승에 가서 형님을 무슨 낯짝으로 뵙는단 말이오?"

제갈량이 물었다.

"그렇게 하지 않으시겠다면 이미 완성까지 들이친 조조군은 어떻게 막으시렵니까?"

"번성으로 일단 피해 가 있지요."

그때 조조군이 박망에 이르렀다는 보고가 날아들었다.

유비는 이적에게 강하로 돌아가 군사와 말을 살피도록
한 뒤 제갈량과 계속 의논했다.

마침내 제갈량이 고개를 끄덕였다.

"주공께서는 너무 걱정하지 마십시오. 지난번에는 한 줌
불씨로 하후돈의 군사를 반 넘게 불태워 죽였습니다. 이번
에 조조군이 또 왔지만 한 번 더 이 방법을 써서 혼을 내겠
습니다. 그러나 신야에 이대로 계속 눌러앉아 있을 수는 없
으니까 번성으로 빨리 옮겨가지요."·

이어 네 곳 성 문에다 방을 써 붙이게 했다.

**늙은이·어린이·남자·여자 가릴 것 없이 우리를 따르고 싶은
이는 오늘 곧장 우리와 함께 번성으로 가서 잠깐 피하도록 하
라. 머뭇거리다 그르치는 일이 없도록 하라.**

이어 제갈량은 손건을 강가로 보내 배를 마련하여 백성
들을 건네주게 하고, 미축은 벼슬아치들의 가족들을 번성
으로 데려가도록 한 뒤 장수들을 모아놓고 명령을 내렸다.

먼저 관우에게 명령을 내렸다.

"군사 천 명을 이끌고 백하 위쪽으로 가서 군사들더러 자
루에다 모래나 흙을 담게 하여 백하를 막고 숨어 있도록 하
시오. 내일 한밤중에 아래쪽에서 사람들 웅성거리는 소리

에다 말 울음소리가 들리면 막았던 물을 급히 튼 뒤 물을 따라 내려오며 무찌르도록 하시오."

다음으로 장비에게 명령을 내렸다.

"군사 천 명을 이끌고 박릉 나루터로 가서 숨어 있으시오. 그곳 물살이 가장 약하고 얕아서 조조군이 도망칠 때 반드시 그리 몰립니다. 그때 힘을 몰아 무찌르시오."

다음은 조운 차례였다.

"군사 삼천 명을 넷으로 나누되 한 부대는 직접 이끌고 동문 밖에 숨어 있고, 나머지 세 부대는 각각 서·남·북 세 문에 나누어 숨어 있도록 하시오. 숨기 전에 성 안의 집 지붕마다 유황이나 화약 등 불이 잘 붙는 것들을 많이 숨겨두시오. 조조군이 들어오면 틀림없이 백성들 집에서 머뭅니다. 해가 진 다음부터 바람이 크게 일 터이니 그때 곧바로 서·남·북 세 문 쪽에 숨어 있는 군사들에게 불화살을 성 안으로 쏘도록 하시오. 성 안에서 불길이 크게 번지면 성 밖에서 소리를 크게 질러 한껏 힘을 부풀리시오. 동문은 적들이 달아날 수 있게 남겨두었다가 적들이 빠져나오기 시작하면 그때 덮치도록 하시오. 날이 밝거든 관우·장비 두 장수와 함께 군사를 거두어 번성으로 오시오."

마지막으로 미방·유봉 두 사람에게 명령을 내렸다.

"군사 이천 명을 둘로 나누어 반은 붉은 기를 들고 나머지 반은 푸른 기를 들고서 신야성 삼십 리 밖에 있는 작미파 앞에 가서 기다리도록 하시오. 조조군이 오는 게 보이면 붉은 기를 든 부대는 왼쪽으로 달리고, 푸른 기를 든 부대는 오른쪽으로 달리시오. 그러면 적들은 헷갈려서 쉬이 쫓아오지 못합니다. 두 장수는 나누어 숨어 있다가 성 안에서 불길이 치솟으면 곧장 뛰쳐나와 달아나는 적들을 무찌르시오. 그런 다음 백하 상류로 가서 도우시오.”

제갈량이 명령을 다 내리자 모두 자기 갈 곳으로 떠났다. 제갈량은 유비와 함께 높은 곳에 올라가 보고가 올라오기를 기다렸다.

한편 조인과 조홍은 10만 명을 이끌고 신야를 덮치기 위해 거침없이 몰려왔다. 허저는 철갑옷으로 무장한 3천 명의 군사를 이끌고 앞장서서 길을 열었다. 한낮이 되었을 때 작미파에 도착하여 앞을 살펴보니 한 무리 군사가 붉은 기와 푸른 기를 달고 있었다. 허저는 그대로 군사들을 몰아 앞으로 나갔다. 그때 유봉과 미방이 이끄는 군사는 네 부대로 갈라진 뒤 깃발을 든 군사들을 다시 왼쪽과 오른쪽으로 나누어 사라졌다.

허저가 말고삐를 당겨 멈추어 서며 외쳤다.

“잠깐 멈추어라! 앞에 틀림없이 적이 숨어 있다. 여기서 일단 머물러 있으라.”

허저는 혼자서 나는 듯이 말을 달려 뒤따라오는 조인에게 가서 알렸다. 그러나 조인은 대수롭지 않게 여겼다.

“우리를 속이려고 거짓으로 꾸민 군사들이라 숨어 있는 군사는 더는 없을 테요. 이대로 빨리 전진하도록 하시오. 나도 군사를 재촉해서 금방 뒤따르겠소.”

허저는 다시 작미파 앞으로 돌아가 군사를 몰고 나아갔다. 숲속까지 뒤졌으나 아무도 없었다. 해는 뉘엿뉘엿 서쪽으로 기울고 있었다. 허저가 다시 앞으로 나아가려 하는데 나팔 소리와 북소리가 산 위에서 울렸다. 머리를 들어 쳐다보니 산꼭대기에 깃발들이 꽂혀 있고, 깃발들 가운데에는 해 가리개가 둘 펼쳐져 있는데 왼쪽에는 유비가, 오른쪽에는 제갈량이 앉아 술을 마시고 있었다.

허저는 화가 몹시 치밀어올라 군사를 이끌고 길을 찾아 산 위로 올라갔다. 그러나 산 위에서 통나무와 돌덩이가 마구 굴러내려와 더 올라갈 수가 없었다. 그때 산 뒤쪽에서 외침 소리가 울려퍼졌다. 허저는 길을 찾아 쫓아가 한바탕 무찌르고 싶었으나 날이 이미 저물어 어쩔 수 없었다.

뒤이어 조인이 군사를 거느리고 왔다. 일단 신야성을 빼앗아 쉬기로 했다. 군사들이 성 가까이 가서 보니 네 성 문이 모두 활짝 열려 있었다. 조조의 군사들이 들이닥쳤으나

가로막는 이가 아무도 없었다. 성 안은 사람 하나 없이 텅 비어 있었다.

조홍이 말했다.

"이건 외떨어져 힘이 달려 어찌해볼 수가 없어 백성들을 끌고 도망쳤소. 우리 군사들을 성 안에서 편히 쉬게 한 다음, 내일 아침 날이 밝으면 떠나도록 합시다."

군사들은 모두들 지치고 배가 고팠다. 그래서 아무 집이나 마구 들어가 밥을 지었다. 조인과 조홍은 관아로 가서 몸을 부리고 쉬었다. 초저녁이 막 지났을 때 갑자기 바람이 거세게 불기 시작하는데, 성 문을 지키던 군사가 급히 뛰어와 불이 났다고 알렸다. 그러나 조인은 가볍게 받아들였다.

"틀림없이 군사들이 밥을 짓다가 잘못해서 낸 불이다. 놀랄 것 없다."

미처 말이 끝나기도 전에 군사들이 잇달아 달려와 불이 났다고 알렸다. 서·남·북 세 문 쪽에서 모두 불길이 치솟아 오른다고 했다.

조인은 급히 장수들에게 말을 타라고 했다. 그때는 이미 성 안이 모두 불길에 휩싸여 위아래가 온통 시뻘겠다. 이날 밤의 불은 전에 박망을 태울 때보다 더 거셌다.

나중에 어떤 이가 이를 두고 읊은 시가 있다.

간사스런 영웅 조조가 천하의 중앙을 지키다가

9월에 남쪽을 치기 위해 한천에 이르렀네

바람의 신 풍백이 화가 나 신야로 오자

불의 신 축융이 날아와 하늘까지 뒤덮더라

조인은 장수들을 이끌고 연기와 불구덩이를 헤치고 길을 뚫고 달아났다. 동문 쪽에는 불이 나지 않았다는 말을 듣고 허둥지둥 그쪽으로 달려갔다. 서로 먼저 빠져나가려고 하는 바람에 밟고 밟혀 죽는 군사들이 셀 수 없이 많았다.

조인의 무리가 막 불구덩이 속을 빠져나와 한숨을 돌리려는데 뒤쪽에서 느닷없이 외침 소리가 크게 일며 조운이 군사를 이끌고 와 마구 무찔렀다. 조인의 군사는 우선 도망치기에 바빠 누구 하나 뒤돌아서서 싸우는 이가 없었다. 마구 달아나다 보니 이번엔 미방이 군사를 이끌고 와서 들이쳤다. 겨우 길을 뚫고 달아나는 조인의 군사를 유봉이 몰고 온 군사가 마구 짓이기기 시작했다.

한밤중이 지날 때쯤 되자 사람이고 말이고 할 것 없이 모두 지칠 대로 지쳤다. 반이 넘는 군사들이 머리를 그을리거나 불에 이마를 데었다. 정신없이 뛰어 백하 강변에 이르렀다. 다행히도 강물은 깊지 않았다. 사람과 말 모두 강으로 내려가 물을 마시느라 왁자지껄했다.

한편 관우는 강 위쪽에서 모래 자루를 쌓아 강물을 막아 놓고 기다리고 있었다. 날이 어두워지자마자 신야에서 불길이 치솟는 게 보였다. 한밤중이 막 지날 때쯤 갑자기 강 아래쪽에서 사람들 소리에 말 울음소리가 들려왔다. 관우는 군사들에게 재빨리 막았던 물을 트게 했다. 막혀 있던 물이 하늘까지 집어삼킬 듯이 세차게 밀려 내려갔다. 조인의 군사와 말들은 물에 마구 휩쓸려 떠내려가 죽었다.

조인은 나머지 군사를 이끌고 물살이 거세지 않은 곳을 찾아 달아났다. 박릉 나루터에 이르자 갑자기 외침 소리가 크게 일더니 군사 한 떼가 나타나 길을 막았다. 앞장선 대장을 보니 장비였다.

장비가 큰소리로 외쳤다.

"조조 역적놈은 어서 와서 목숨을 바쳐라!"

조조의 군사들은 너무 놀라 넋이 나가버렸다.

성 안에서는 시뻘건 불에 먹힐 뻔했는데

물가에 이르자 시커먼 바람이 기다리고 있구나

과연 조인의 목숨은 어찌 될는지……

혼자 싸우는 조운

유비는 백성들과 함께 강을 건너고
조자룡은 홀로 어린 주인을 구하다

장비는 관우가 위쪽에서 막았던 강물을 트자 군사를 이끌고 아래쪽에서 무찌를 준비를 하고 있다가 조인의 군사를 만나자 한바탕 짓이기기 시작했다. 그러는 가운데 허저와 부닥쳤다. 그러나 허저는 전혀 싸울 뜻이 없어 몇 차례 싸우는 척하다가 길을 뚫고 달아났다. 장비는 쫓다 그만두고 와서 유비와 제갈량을 만나 함께 강변을 따라 위쪽으로 갔다. 유봉과 미방이 미리 배를 준비해놓고 기다리고 있었다. 모두들 번성으로 가기 위해 강을 건넜다. 제갈량은 타고 온 배와 뗏목 등을 모두 불태워버리도록 했다.

한편 조인은 싸움에 지고 남은 군사를 거두어 신야로 가 있으면서 조홍더러 조조에게 싸움에 진 사정을 보고하게 했다.

조조는 크게 성을 내며 들썩거렸다.

"제갈량 그 촌놈이 겁도 없이 그랬단 말이지!"

조조는 모든 군사들에게 빨리 움직이라고 명령했다. 조조군은 산과 들을 뒤덮으며 신야로 가서 영채를 세웠다. 이어 조조는 산을 샅샅이 뒤지게 하면서 백하를 메우라 했다. 그런 다음 대군을 여덟 갈래로 나누어 번성을 치도록 했다.

그러나 유엽이 나서서 말렸다.

"승상께서는 양양에 처음 오셨습니다. 그러니 우선 백성들 마음부터 얻으셔야 합니다. 지금 유비가 신야 백성들을 몰고 번성으로 간 마당에, 우리 군사가 이대로 들이치면 신야와 번성 두 고을은 가루로 부서져버립니다. 먼저 유비에게 사람을 보내 항복하라고 이르십시오. 항복을 하지 않더라도 우리가 백성들의 마음을 어루만지고 있다는 건 보여줄 수 있습니다. 항복해온다면 싸우지 않고 형주를 가라앉힐 수 있습니다."

조조는 그 말을 받아들였다.

"그럼 누구를 보내면 좋겠소?"

유엽이 대답했다.

"서서가 유비와 가까운 사이였는데 지금 마침 군 안에 있으니 다녀오라고 하면 어떻겠습니까?"

"가면 돌아오지 않을까 걱정이오."

"만약에 돌아오지 않는다면 사람들 웃음거리가 됩니다. 승상께서는 걱정하지 마십시오."

조조가 서서를 들어오라 하여 말했다.

"나는 지금 곧장 번성을 짓밟아버리고 싶은데 백성들 목숨이 가여워 참고 있소. 공이 가서 유비를 한번 만나시오. 항복해오면 죄를 용서하고 벼슬을 내리겠지만, 끝까지 엉뚱한 고집을 피우면 군사고 백성이고 닥치는 대로 죽여버리고, 나아가 옥이고 돌이고 가리지 않고 다 태워버리겠다고 전하시오. 공의 충성스러움과 의로움을 알기에 보내니 내 부탁을 저버리는 일이 없도록 하시오."

서서는 명령을 받고 길을 떠났다. 번성에 이르자 유비와 제갈량이 반갑게 맞아주었다. 서로 지난날의 정을 떠올리며 인사를 나누었다.

서서가 찾아온 까닭을 말했다.

"조조가 저를 사군께 보내 항복을 권하는데, 그건 바로 백성들의 마음을 사기 위해 눈 가리고 아웅 하는 꼴입니다. 지금 조조는 군사를 여덟 길로 나누어 백하를 메우고 쳐들어오려 하고 있습니다. 그렇게 되면 번성을 지켜내기 어렵습니다. 빨리 대책을 세우십시오."

유비는 서서가 돌아가지 말았으면 했다.

서서는 고마워하면서도 유비의 뜻을 받아들이지 않았다.

"제가 돌아가지 않으면 사람들 비웃음거리가 되고 맙니다. 저는 어머님이 돌아가셔서 죽을 때까지 가슴에 한을 안고 살 수밖에 없습니다. 몸은 비록 저쪽에 있지만 조조를 위해서는 다짐컨대 조그만 꾀도 내지 않아 아무런 도움도 주지 않겠습니다. 공께는 와룡이 곁에서 도와드리니 큰 뜻을 못 이룰 걱정은 하지 마십시오. 그럼 저는 이만 물러가겠습니다."

유비는 억지로 잡을 수가 없었다.

서서는 돌아가 조조에게 유비가 항복할 뜻이 전혀 없다고 했다. 조조는 크게 성을 내며 그날로 군사를 번성으로 나아가도록 했다.

유비가 제갈량에게 대책을 묻자 제갈량이 대답했다.

"빨리 번성을 떠나 양양으로 가서 잠깐 머무르는 게 좋겠습니다."

"따라온 백성들이 많은데 차마 버리고 갈 수는 없잖소?"

"따라가겠다는 백성은 같이 가고, 남겠다는 백성은 그대로 두고 가겠다고 알리도록 하시지요."

먼저 관우에게 강가로 가서 배를 살펴보게 한 다음 손건과 간옹더러 성 안을 돌며 외치게 했다.

"조조군이 금방 쳐들어온다. 성이 외따로 떨어져 있어 지키기가 어렵다. 따라가고 싶은 백성들은 함께 강을 건너도록 하라!"

뒤섞여 있는 두 고을 백성들은 한결같이 입을 모아 외쳤다.

"우리는 죽더라도 사군을 따라가겠소!"

백성들은 바로 그날로 울며 길을 나섰다. 젊은 남자와 여자들은 짐을 이고 진 뒤 노인을 부축하고 어린아이 손을 잡고서 강으로 몰려들었다. 양쪽 강가에서는 큰소리로 슬피 우는 소리가 그치지 않았다.

유비는 배 위에서 이런 모습을 보며 큰 슬픔에 빠졌다.

"나 한 사람 때문에 저토록 많은 백성들이 괴로움을 겪는구려. 내 차라리 죽어버리는 게 낫겠소!"

유비가 강물에 몸을 던져 죽으려 하자 곁에서 급히 붙들었다. 이 소식을 들은 사람들 가운데 울지 않은 이가 없었다.

배가 남쪽 강가에 이르러 뒤를 돌아보니 아직 강을 건너지 못한 백성들이 이쪽을 바라보며 울부짖고 있었다. 유비는 급히 관우더러 배를 재촉해서 건네주도록 한 뒤에야 말에 올랐다.

양양성 동문 가까이 이르러 보니 성 위에 깃발이 가득 꽂혀 있고, 도랑에는 사슴뿔 모양 울타리가 빽빽하게 둘러쳐져 있었다.

유비가 말을 세운 뒤 큰소리로 외쳤다.

"유종 조카야, 나는 백성들을 구하고 싶을 뿐 다른 생각은 없으니 어서 문을 열어라!"

유종은 유비가 왔다는 말을 듣자 무서워 쉬이 나갈 수가 없었다.

채모와 장윤이 성루 위로 올라와 군사들에게 호통을 치자 바로 화살이 어지러이 날아왔다. 성 밖 백성들은 모두 성 위를 쳐다보며 울부짖었다. 그때 성 안에서 갑자기 장수 하나가 수백 명의 군사를 이끌고 나타나 성루 위로 올라가더니 채모와 장윤을 큰소리로 꾸짖었다.

"나라 팔아먹은 채모·장윤 역적놈들아! 유사군은 어질고 덕 있는 분이시다. 지금 백성들을 구하러 오셨는데 어쩌자고 막고 있단 말이냐!"

그 사람을 보니 키가 여덟 자에 얼굴은 잘 익은 대춧빛이었다. 의양 사람으로 자가 문장인 위연이었다.

위연은 칼을 빼어 들어 문을 지키는 장수와 군사들을 쳐 죽인 뒤 성 문을 활짝 열고 달아맨 다리를 내리며 소리 높여 외쳤다.

"유황숙께서는 어서 빨리 군사를 거느리고 성 안으로 들어오셔서 나라 팔아먹은 역적들을 같이 죽입시다!"

장비가 곧바로 말을 달려 들어가려 하자 유비가 급히 말렸다.

"백성들을 놀라게 하지 마라!"

위연은 계속 유비더러 군사를 이끌고 성 안으로 들어오라고 손짓하며 외쳤다. 그때 성 안에서 장수 하나가 군사를 이끌고 나는 듯이 말을 달려나오며 큰소리로 외쳤다.

"이름도 하잘것없는 위연 이놈아, 어찌 건방지게 반란을 일으키려 하느냐! 대장 문빙을 알아보겠느냐!"

위연이 크게 성을 내며 창을 치켜든 채 말을 내달려 싸우기 시작했다. 양쪽 군사들은 성 아래에서 맞붙어 어지러이 치고받으며 외침 소리를 크게 내질렀다.

유비가 고개를 흔들었다.

"백성들을 보호하기 위해 이리 왔는데 도리어 백성들을 해치게 생겼소! 양양성으로 들어가지 않겠소!"

제갈량이 말했다.

"강릉은 형주의 중요한 곳입니다. 먼저 그곳을 차지해서 발판으로 삼도록 하시지요."

"내 생각도 그렇소."

유비는 다시 백성들을 이끌고 양양 대로를 따라 강릉을 향해 갔다. 혼란한 틈을 타 성을 빠져나온 양양성 백성들도 유비를 따라갔다.

위연은 문빙과 맞붙어 아침부터 저녁나절까지 싸웠다. 그러는 사이 이끌고 온 군사들을 다 잃고 말았다. 하는 수 없이 위연은 말 머리를 돌려 도망치기 시작했다. 위연은 유비를 찾아 여기저기를 둘러보았으나 유비가 보이지 않자 장사 태수 한현에게 가서 몸을 맡겼다.

유비를 따라가는 군사와 백성들은 10만 명도 넘었다. 크고 작은 수레만도 수천 대였으며, 짐을 이고 진 사람들은 이루 헤아릴 수도 없을 정도였다.

유표의 무덤을 지나가게 되자 유비는 장수들과 함께 묘 앞에 가서 울며 절을 했다.

"부끄럽기 짝이 없는 아우 유비가 덕도 없고 재주도 없어 형님이 거듭 부탁하신 바를 저버렸습니다. 그 죄는 오로지 유비 저한테 있지 백성들은 아무 잘못이 없습니다. 바라옵건대 형님의 혼이시어, 형양 백성들을 구해주십시오!"

유비의 말이 어찌나 슬프고 참된지, 군사고 백성이고 듣는 이 가운데에 눈물을 흘리지 않는 이가 없었다.

이때 급한 보고가 들어왔다.

"조조의 대군이 이미 번성으로 들어와 있으면서 배와 뗏목을 준비시키고 있습니다. 오늘 곧바로 강을 건너올 모양입니다."

장수들이 입을 모았다.

"강릉은 자리가 적을 막아낼 만한 곳입니다. 그러나 지금 수만 명의 백성들까지 이끌고 가느라 하루에 십 리 남짓밖에 못 가고 있습니다. 이렇게 가면 언제 강릉에 다다를지 모릅니다. 가는 길에 조조군이 들이닥치기라도 하면 어떻게 막아내겠습니까? 잠시 백성들을 떼어놓고 먼저 가도록 하지요."

유비가 울먹였다.

"큰일을 하는 이는 반드시 백성을 바탕 삼아 하는 법이오. 지금 이 사람들이 나를 보고 여기까지 왔는데 어찌 버릴 수 있단 말이오?"

이 말을 듣자 백성들 모두 가슴이 싸하면서 눈물이 돌았다.

나중에 어떤 이가 유비를 기리는 시를 읊었다.

어려움에 빠졌어도 어진 마음으로 백성들을 돌보고

배에 올라 눈물 뿌리니 모든 군사들 움직였네

지금도 양강 어귀에선 제사를 지내 애틋해하고

노인들은 아직도 유사군을 못 잊어하네

유비는 백성들을 돌보며 천천히 갔다.

제갈량이 말했다.

"뒤쫓는 군사가 곧 다다릅니다. 운장을 강하로 보내 유기

　　　　　　　박상률 완역 삼국지 4

더러 빨리 군사를 일으켜 배를 타고 강릉으로 오라고 하십
시오."

유비는 그 말을 좇아 곧장 편지를 써서 관우에게 주며 손
건과 함께 군사 5백 명을 거느리고 강하로 가서 도와달라고
하도록 했다. 이어 장비는 뒤에서 적을 막으며 따라오도록
하고, 조운은 가족들을 맡도록 한 다음 나머지는 모두 백성
들을 돌보며 가게 했다. 날마다 겨우 10리 남짓 가고 나면
쉬어야 했다.

한편 조조는 번성에 머물면서 강 건너 양양으로 사람을
보내 유종을 불러오라 했다. 유종은 겁이 나서 가볼 생각을
못 했다. 채모와 장윤은 가야 한다며 자꾸 재촉했다.

이때 왕위가 남몰래 유종을 만났다.

"장군께서는 이미 항복하셨고 현덕은 달아났습니다. 조
조는 틀림없이 마음을 놓고 아무런 대비를 하지 않고 있을
터입니다. 장군께서는 한번 다부지게 마음먹고 특별한 군
사를 험한 곳에 숨겨두었다가 틈을 타 들이치도록 하십시
오. 그러면 조조를 사로잡을 수 있습니다. 조조만 잡는다면
장군의 이름은 온 천하에 크게 떨치게 됩니다. 그리되면 나
라가 아무리 넓다 해도 글 한 장만 띄워도 세상을 가라앉힐
수 있습니다. 이런 기회는 늘 있지 않습니다. 놓치지 않도록

하십시오.”

유종은 그 말을 채모에게 하고 말았다. 채모는 왕위를 불러 꾸짖었다.

“너는 하늘의 뜻도 모르고 어찌 그런 헛소리를 함부로 했느냐!”

왕위가 같이 화를 내며 꾸짖었다.

“나라 팔아먹은 놈아! 네놈 살을 씹어먹지 못하는 게 한이다!”

채모는 왕위를 죽이려 했으나 괴월이 말려서 참았다.

채모는 장윤과 함께 번성으로 가서 조조를 만나 절을 했다. 그들은 조조의 비위를 맞추느라 낯빛이며 말투 모두 알랑거리는 투였다.

조조가 물었다.

“형주의 군사와 물자며 먹을거리가 어느 정도인가?”

채모가 대답했다.

“말 탄 군사가 오만이고, 일반 군사는 십오만이며, 수군이 팔만이라 모두 이십팔만 명입니다. 물자와 먹을거리는 거의 강릉에 있고, 나머지는 여기저기 흩어져 있습니다. 일 년 정도는 넉넉히 쓸 수 있습니다.”

“군사용 배는 규모가 어느 정도이고, 원래 누가 맡아서 거느렸느냐?”

"크고 작은 배 모두 합해서 칠천 척 남짓 됩니다. 저희 두 사람이 맡고 있습니다."

조조는 벼슬을 더 얹어 채모를 진남후 수군대도독으로 삼고, 장윤은 조순후 수군부도독으로 삼았다. 두 사람은 너무 좋아 절을 하며 고마워했다.

조조가 또 말했다.

"유경승은 이미 세상을 떴고 그 아들이 항복해왔으므로, 내가 황제께 아뢰어 형주를 영원히 맡도록 해주겠다."

두 사람이 무척 좋아라 하며 물러가자 순유가 말했다.

"채모와 장윤은 알랑거리는 짓이나 하는 하잘것없는 인간들입니다. 주공께서는 어쩌자고 그토록 높은 벼슬을 덧붙여주고, 게다가 수군까지 맡아 다스리게 하셨습니까?"

조조가 빙그레 웃었다.

"내 어찌 사람을 몰라보겠는가! 다만 내가 거느리고 있는 북쪽의 군사들은 물에서 싸우는 게 약해 잠시 저 두 사람을 이용한 뒤 나중에 따로 처리할 생각이오."

채모와 장윤은 돌아가 유종을 만났다.

"조조가 장군께서 영원히 형양을 다스릴 수 있도록 해주겠다고 했습니다."

유종은 좋아라 했다.

다음 날, 유종은 어머니 채부인과 함께 관인이며 군사를 움직이는 데 필요한 것들을 가지고 직접 강을 건너 조조를 만나 절을 한 뒤 바쳤다. 조조는 좋은 말로 다독거린 다음, 바로 장수와 군사들을 거느리고 양양성 가까이 갔다. 채모와 장윤은 양양 백성들에게 향을 피우고 절을 하며 맞도록 했다. 조조는 두루 좋은 말로 백성들의 마음을 가라앉혔다.

조조는 성 안으로 들어가 부중에 자리를 잡자 곧장 괴월을 불러 가까이 오게 한 뒤 다정하게 말했다.

"나는 형주를 얻은 것보다 이도를 얻은 일이 더 기쁘오."

조조는 괴월을 번성후로 삼아 강릉 태수 자리를 맡도록 하고, 부손과 왕찬은 관내후로 삼았다. 이어 유종에게는 청주 자사 자리를 맡으라 하면서 바로 떠나도록 했다.

유종이 그 명령에 깜짝 놀라며 사양했다.

"저는 벼슬자리를 원하지 않습니다. 부디 부모님 땅에서 살게만 해주십시오."

조조가 말했다.

"청주는 황제가 계신 곳에서 가까운 곳이기에 네가 나라의 벼슬살이를 편하게 해주기 위해서이다. 또 형주에 그대로 있다가는 누구한테서 해코지를 당할지 모른다."

유종은 두 번 세 번 거듭 뺐으나 조조는 끝내 들어주지 않았다. 유종은 어머니 채부인과 함께 청주로 가는 수밖에 없었다. 전부터 곁에 있는 장수 왕위만 뒤따를 뿐, 나머지는 강어귀에서 배웅하고는 다 돌아가버렸다.

조조는 우금을 불러 할일을 일러주었다.

"곧바로 말 탄 군사들 가운데 날쌘 이들을 끌고 가서 유종 모자를 죽여 뒤탈이 없도록 하라!"

명령을 받은 우금은 군사를 이끌고 뒤쫓아가서 큰소리로 외쳤다.

"승상의 명령을 받아 너희 모자를 죽이러 왔노라! 어서 목을 바쳐라!"

채부인은 유종을 끌어안고 크게 울부짖었다. 우금이 군사들에게 빨리 해치우라 했다. 왕위가 분해서 씩씩거리며 힘을 내 싸우려 들었다. 그러나 이내 곧 군사들한테 죽고 말았다. 이어 군사들은 유종과 채부인도 죽이고 말았다.

우금이 돌아가 조조한테 보고하자 조조는 우금에게 두터운 상을 내렸다. 조조는 융중으로 사람을 보내 제갈량의 아내를 비롯해 가족을 잡아들이도록 했다. 그러나 그들은 어디론가 가버리고 없었다. 제갈량은 미리 사람을 보내 가족을 삼강 깊숙한 곳으로 보내 숨어 있게 했다. 조조는 몹시 분해서 가슴을 쳤다.

양양이 가다듬어지고 나자 순유가 조조에게 말했다.

"강릉은 형주의 중요한 곳으로 재물이며 먹을거리 따위가 많이 있습니다. 만약에 유비가 이곳을 차지해버리면 쉽게 치기가 어렵습니다."

"나도 잊지 않고 있소!"

그러면서 조조는 양양의 장수들 가운데 하나를 뽑아 군사를 이끌고 가며 길을 트도록 했다. 장수들이 다 모였는데 문빙이 보이지 않았다. 조조가 사람을 시켜 그를 찾아오게 하자 그제야 나타났다.

조조가 물었다.

"왜 이리 늦었는가?"

문빙이 대답했다.

"남의 신하 된 사람으로 주인을 위해 땅을 지키지 못했으니 슬프고 부끄러워 일찍 나타날 수가 없었소."

말을 마친 뒤 문빙은 흐느꼈다.

조조가 고개를 끄덕였다.

"참으로 충신이오!"

조조는 문빙을 관내후 강하 태수로 삼은 다음 군사를 이끌고 앞장서서 길을 열게 했다. 그때 보고가 들어왔다.

"유비는 백성들을 데리고 가느라 하루에 겨우 십 리 남짓밖에 못 갑니다. 여기서 삼백 리 좀 더 떨어진 곳을 가고 있습니다."

조조는 각 부대에서 뛰어난 군사 5천 명을 뽑아 갑옷 차림으로 밤낮없이 말을 달려 하루 낮 하루 밤 안에 유비를 따라잡으라 했다. 대군은 바로 그 뒤를 따르도록 하였다.

한편 유비는 10만 명이 넘는 백성과 3천 명 남짓 되는 군사들을 이끌고 강릉을 향해 가고 있었다. 조운은 가족을 보호하고 장비는 뒤를 살폈다.

제갈량이 말했다.

"운장이 강하로 간 뒤 아무런 소식이 없군요. 어찌 된 일인지 모르겠습니다."

유비가 말했다.

"수고스럽겠지만 직접 한번 다녀오시지요. 유기는 전에 공께서 가르쳐주신 걸 아주 고맙게 생각하고 있을 터라 공이 찾아가면 일이 잘 풀릴 거요."

제갈량은 그러기로 하고 바로 유봉과 함께 군사 5백 명을 이끌고 강하로 도움을 청하러 떠났다.

이날 유비가 간옹·미축·미방과 함께 가는데 갑자기 바람이 거세게 일더니 바로 앞에서 흙먼지가 하늘 높이 치솟으며 햇빛마저 가렸다.

유비가 놀라 물었다.

"무슨 일이 일어나려고 이러는가?"

음양의 이치를 이용해 앞일을 제법 내다볼 줄 아는 간옹이 소매를 펼쳐 점을 쳐보더니 깜짝 놀랐다.

"이건 아주 나쁜 일이 일어날 걸 보여주고 있습니다. 오늘 밤이 좋지 않습니다. 주공께서는 백성들을 놔두고 어서 몸을 피하셔야 합니다."

"신야에서부터 따라온 백성들인데 내 어찌 차마 버릴 수 있겠소?"

"주공께서 백성들만 불쌍히 여겨 피하지 않으시면 머지않아 화를 입게 됩니다."

유비는 그 말은 귀담아듣지 않고 앞을 가리켰다.

"저 앞은 어디인가?"

곁에 있던 이가 대답했다.

"당양현입니다. 거기 있는 산은 경산이라 합니다."

유비는 그리 가서 머무르기로 했다. 가을이 저물고 겨울이 시작되는 때라 바람 끝이 싸늘해 뼛속이 시렸다. 해질 무렵이 되자 백성들 우는 소리가 들판을 뒤덮었다.

한밤중이 지나면서 갑자기 서북쪽에서 외침 소리가 땅을 울리며 가까워졌다. 유비는 깜짝 놀라 급히 말에 올라 본부의 날랜 군사 2천 명을 이끌고 들이닥치는 적을 막기 위해 나섰다. 그러나 조조군이 워낙 거세게 밀려들어 당해낼 수가 없었다. 유비는 죽을힘을 다해 싸웠으나 금세 밀려 위험한 처지가 되고 말았다. 그때 장비가 군사를 이끌고 와서 길을 뚫고 유비가 동쪽으로 달아날 수 있게 해주었다. 달아나

  박상률 완역 삼국지 4

다 보니 문빙이 달려와 길을 막았다.

유비가 꾸짖었다.

"주인을 배반한 역적이 아직도 남 앞에 얼굴을 내밀 배짱이 있느냐?"

문빙은 부끄러움에 얼굴을 붉히더니 군사를 이끌고 동북쪽으로 가버렸다.

장비는 유비를 보호하며 싸우면서 달아났다. 날이 밝을 때까지 달아나서야 외침 소리가 멀어졌다. 유비는 그제야 말을 멈추고 한숨을 돌린 뒤 따라온 사람들을 둘러보았다. 말 탄 군사 1백 명 정도만이 보였다. 백성들과 가족들은 물론 미축·미방·간옹·조운 등과 나머지 군사들도 어디로 떨어져나갔는지 알 수 없었다.

유비는 큰소리로 울부짖었다.

"나를 따른 까닭에 십수만 명이 이토록 큰 난리를 겪는구나. 장수들이며 가족들까지 살았는지 죽었는지 알 수 없으니 흙과 나무로 빚은 사람이라 한들 어찌 슬프지 않을 수 있으랴!"

초라하고 서글픈 마음에 젖어 있는데 갑자기 미방이 비틀거리며 와서 소리쳤다. 얼굴엔 화살이 꽂혀 있었다.

"조자룡이 배반하고 조조한테 가버렸습니다!"

유비가 발끈했다.

"자룡은 내 오랜 벗이다. 나를 배반할 리 없다!"

장비가 나섰다.

"우리가 이토록 더 몰릴 수 없을 데까지 몰리는 걸 보고는 저 혼자 잘살려고 조조한테 가버렸는지 모르지 않소?"

"자룡은 나와 고생을 함께 해왔다. 마음이 쇠나 바위 같은 사람이다. 결코 저 혼자 잘살려고 할 사람이 아니다."

미방이 볼멘소리를 했다.

"그가 서북쪽으로 가는 걸 제 눈으로 똑똑히 보았단 말입니다."

장비가 발끈했다.

"내가 가서 한번 찾아보겠소. 만나기만 하면 내 이 창질 한 번으로 끝내버리겠소!"

유비가 말렸다.

"넘겨짚어 쓸데없는 소리 하지 마라. 너는 네 둘째 형이 안량과 문추를 죽인 일을 벌써 잊었느냐? 자룡이 그리 갔다면 반드시 무슨 까닭이 있다. 자룡은 결코 나를 버릴 사람이 아니다."

그러나 장비는 그 말을 믿을 사람이 아니었다. 곧바로 말 탄 군사 20명 남짓과 함께 장판교로 갔다. 다리 동쪽에 우거진 숲을 보자 문득 한 생각이 떠올랐다. 20명 남짓 되는 군사들더러 말 꼬리에 나뭇가지 하나씩을 매달고 숲속을 오가게 했다. 먼지가 일어 군사가 많이 있듯이 보이게 하기 위해서였다. 이어 자신은 장팔사모를 비껴든 채 다리 위에 말을 세운 뒤 서쪽을 바라보았다.

한편 조운은 한밤중이 지날 무렵부터 조조군을 맞아 이리저리 날뛰며 날이 밝을 때까지 싸웠다. 그런 뒤 유비를 찾았으나 보이지 않았다. 유비 가족들조차 잃어버리고 말았다.

조운은 애가 탔다.

'주공께서 감부인·미부인과 아두를 내게 맡기셨는데 오늘 싸움터에서 잃어버렸으니 무슨 낯짝으로 주공을 뵙는단 말이냐? 차라리 죽기 살기로 싸우자! 두 부인과 어린 주인이 어디 있는지 어떻게든 알아내고 말겠다!'

주위를 돌아보니 말 탄 군사 3, 40명만이 남아 있었다. 조운은 말을 몰고 어지러운 싸움터로 뛰어들어 찾아보았다. 두 고을 백성들이 울부짖는 소리가 하늘을 찌르고 땅을 울렸다. 화살 맞은 사람, 창에 찔린 사람, 가족들과 헤어져 달아나는 사람들이 이루 헤아릴 수도 없었다.

조운이 말을 달려나가는데 한 사람이 풀숲에 누워 있는 게 눈에 들어왔다. 가까이 가서 보니 간옹이었다.

조운이 헐떡이며 물었다.

"두 부인을 못 보셨소?"

간옹이 대답했다.

"부인들께서 수레를 버린 뒤 아두를 안고 달아나시는 걸 보고 말을 달려 뒤를 따라갔소. 막 산모퉁이를 도는데 갑자기 장수 하나가 창으로 나를 찔러 말 아래로 떨어뜨리고 말도 빼앗아가고 말았소. 그래서 나는 싸우지도 못하고 이렇게 누워 있소."

조운은 부하 군사의 말에다 간옹을 태운 뒤 군사 둘을 시켜 간옹을 데리고 먼저 가게 하면서 일렀다.

"주공을 뵙거든 이렇게 보고하라. 내가 하늘로 오르든 땅으로 들어가든, 기어코 두 부인과 어린 주인을 찾아야 돌아가겠다고. 만약에 찾지 못하면 싸움터 모래밭에 몸을 묻는다고 전하라."

말을 마치자 바로 말을 몰아 장판파로 달려갔다.

달려가는데 갑자기 한 사람이 부르짖었다.

"조장군은 어디로 가십니까?"

조운은 말을 세우고 물었다.

"너는 누구냐?"

"저는 유사군 아래에 있는 군사인데, 두 부인의 수레를 모시다가 화살을 맞아 여기 쓰러져 있습니다."

조운이 두 부인이 간 곳을 묻자 군사가 대답했다.

"조금 전에 감부인께서 머리를 풀어헤치시고 아낙네들

틈에 섞여 남쪽으로 가셨습니다.”

조운은 그 말을 듣자마자 그 군사는 돌볼 틈도 없이 급히 남쪽으로 말을 달렸다.

수백 명의 남녀가 떼를 지어 달아나고 있었다.

조운이 크게 외쳤다.

“이 가운데에 혹시 감부인이 계십니까?”

사람들 뒤를 따라가던 감부인이 조운을 보자 울음을 크게 터뜨렸다.

조운이 말에서 내린 뒤 땅에 창을 꽂으며 울먹였다.

“저의 잘못으로 부인들을 놓쳤습니다! 미부인과 어린 주인은 어디 계십니까?”

“적이 들이치자 나와 미부인은 수레를 버리고 백성들 속으로 섞여 들어가 달아났소. 그런데 또 한 떼가 나타나 마구 휘젓는 바람에 흩어지고 말았소. 미부인과 아두는 어디로 갔는지 모르오. 나만 여기까지 와 있소.”

그러는 사이 백성들이 마구 울부짖었다. 적군 한 무리가 들이치는 중이었다. 조운은 창을 뽑아 들고 말에 올라 살폈다. 바로 앞의 말을 보니 사람 하나가 묶인 채 실려 있었다. 미축이었다. 그 뒤로는 장수 하나가 큰 칼을 들고 1천 명 남짓 되는 군사들과 함께 오고 있었다. 조인의 부하 장수인 순우도였다. 미축을 사로잡은 순우도는 자기 공을 인정받으려고 끌고 가는 중이었다.

조운이 큰소리를 내지르며 창을 꼬나들고 말을 몰아 순우도를 덮쳤다. 순우도는 미처 손을 쓸 새도 없이 조운이 한 번 내지른 창에 찔려 말 아래로 고꾸라졌다. 조운은 앞으로 나아가 미축을 구하고 말 두 마리를 빼앗아 감부인을 태운 뒤 적을 마구 치며 큰길로 나아가 장판파까지 갔다. 상비가 다리 위에 말을 세우고 창을 비껴든 채 서 있다가 크게 소리쳤다.

"자룡아! 너는 무엇 때문에 우리 형님을 배반했느냐?"

조운은 어이없었다.

"나는 부인과 어린 주인을 찾느라 뒤처져 있었는데 어째서 배반이니 어쩌니 하는 말을 하오?"

"만일 간옹이 먼저 와서 얘기해주지 않았다면 내가 지금 너를 두고 볼 수 없었다!"

"주공께서는 어디 계시오?"

"저기 앞 가까운 데 계신다."

조운이 미축에게 말했다.

"미자중은 감부인을 모시고 먼저 가시오. 나는 미부인과 어린 주인을 더 찾아보아야겠소."

조운은 말을 마치자마자 말 탄 군사 몇과 오던 길로 다시 돌아갔다.

한창 말을 달려가는데 등에 칼 한 자루를 메고 손에는 철창을 든 장수 하나가 말 탄 군사 여남은 명과 함께 나타났다. 조운은 한마디 말도 건네지 않고 바로 그 장수에게 달려들었다. 말이 한 번 어우러지면서 1합을 겨루었다. 싸움이 시작되자마자 조운이 한 번 찌른 창에 장수가 고꾸라지자 나머지 군사들은 줄행랑을 놓고 말았다.

그 장수는 조조의 칼을 등에 메고 다니는 하후은이었다. 조조는 의천과 청강이라는 이름이 붙은 좋은 칼 두 자루를 가지고 있었다. 의천검은 조조 자신이 차고 청강검은 하후은이 메고 다니도록 했다. 청강검은 쇠도 흙덩이 자르듯 할 수 있을 정도로 날이 날카로웠다. 하후은은 자신의 씩씩함과 힘만 믿고 조조한테서 떨어져 군사들 몇과 떼를 지어 돌아다니며 사람을 치고 재물을 빼앗았다. 그런 가운데 뜻밖에도 조운을 만나 한 번 내지른 창에 찔려 죽고 말았다.

조운은 그의 등에서 칼을 풀어 살펴보았다. 칼자루에 '청강'이라는 두 글자가 금으로 새겨져 있었다. 조운은 좋은 칼이라 짐작하고 그 칼을 찬 뒤 다시 창을 들고 여러 겹으로 둘러싸고 있는 적들을 뚫고 나아갔다. 돌아보니 같이 온 군사들은 하나도 보이지 않고 자기 혼자뿐이었다. 그러나 조운은 조금도 물러날 생각을 하지 않고 이곳저곳을 찾아다니며 백성들을 만날 때마다 미부인의 소식을 물었다. 그러던 어느 참에 한 사람이 한 곳을 가리키며 말했다.

"부인이 왼쪽 넓적다리에 창을 맞아 달아날 수가 없어 저기 무너진 담 안에 아기를 안은 채 쭈그리고 있습디다."

조운은 말을 듣자마자 그쪽으로 달려갔다. 불에 타고 담이 무너진 집이 하나 있었다. 미부인은 아두를 품은 채 담장 곁의 마른 우물가에서 울고 있었다.

조자룡은 급히 말에서 뛰어내리며 땅바닥에 엎드려 절을 했다.

미부인이 가슴을 쓸어내렸다.

"이제 장군을 만났으니 아두는 살았습니다. 이 아이 아버지가 반평생을 떠돌다 겨우 이 아이 하나를 낳았다는 걸 안타깝게 여겨주시길 바랍니다. 장군께서 이 아이를 잘 거두셨다가 제 아버지를 다시 만나게 해주시면 나는 죽어도 한이 없습니다!"

조운이 말했다.

"부인께서 이런 고생을 하시게 된 건 모두 제 잘못입니다. 여러 말씀 마시고 어서 말에 오르십시오. 저는 부인을 모시고 걸어가면서 죽기 살기로 싸워 길을 뚫겠습니다."

"그건 안 됩니다! 장군께서 말을 타지 않고 걷는다니, 그건 말이 안 됩니다. 장군께서는 오로지 이 아이만 보호해주시면 됩니다. 나는 이미 상처가 깊어 이대로 죽어도 아쉽지

조운이 아두를 구하다.

않습니다. 장군은 어서 이 아이를 안고 떠나십시오. 혹시라도 나 때문에 탈이 생기면 안 됩니다."

"적들이 외치는 소리가 가까워지고 있습니다. 벌써 다 쫓아왔습니다. 부디 말에 빨리 오르십시오."

"나는 정말 가기가 어렵습니다. 양쪽 모두 잘못되지 않게 하십시오."

미부인이 아두를 조운에게 건네려 하며 말했다.

"이 아이의 목숨은 오로지 장군께 달려 있습니다!"

조운은 네댓 번이나 거듭 말에 오르기를 권했으나 미부인은 끝내 듣지 않았다. 그때 사방에서 외침 소리가 일었다.

조운이 큰소리로 다그쳤다.

"제 말을 듣지 않고 계시다가 적군이 닥치면 어쩌려고 그러십니까?"

미부인은 아두를 바닥에 내려놓은 뒤 얼른 몸을 일으키더니 마른 우물 깊이 뛰어내려 목숨을 끊어버렸다.

나중에 어떤 이가 시를 읊어 기렸다.

싸움터의 장수는 오로지 말한테 많이 기대는데

걸어가면서 어떻게 어린 주인 구해내겠는가

한목숨 내던지며 유씨 아들 살려내니

용감한 그 행동, 바로 여장부로구나

조운은 미부인이 죽어버리자 혹시라도 조조군이 시체를 훔쳐갈까봐 걱정되어 흙담을 밀어 마른 우물을 덮어버렸다. 이어 갑옷 끈을 풀어 가슴 보호대를 떼어낸 뒤 아두를 가슴속에 품은 다음 창을 들고 말에 올랐다.

벌써 장수 하나가 일반 군사 한 무리를 이끌고 다가왔다. 조홍의 부하 장수 안명이었다. 안명은 삼첨양인도를 휘두르며 조운에게 달려들었다. 그러나 채 3합도 싸우기 전에 조운의 창에 찔려 죽고 말았다. 조운은 나머지 군사들을 흩어버린 뒤 길 하나를 뚫고 달렸다.

한창 달리는데 또 한 무리의 군사가 길을 막았다. 앞장선 대장의 깃발엔 ‘하간 장합’이라는 글씨가 크고 뚜렷이 쓰여 있었다. 조운은 묻고 답할 사이도 없이 바로 창을 휘두르며 10합 넘게 싸웠다. 그러나 조운은 계속 싸우고 있을 수만도 없어 길을 찾아 달아났다. 뒤에서 장합이 쫓아왔다. 조운은 말에게 채찍질을 더하며 달렸다. 그러던 어느 순간 뜻밖의 일이 일어났다. 조운이 말과 함께 비명을 지르며 웅덩이 속으로 떨어지고 말았다.

장합이 창을 꼬나잡고 달려들었다. 바로 그때 갑자기 붉은빛 한 줄기가 웅덩이 속에서 밖으로 뻗치는가 싶더니 말이 위로 뛰어올라 웅덩이 밖으로 뛰쳐나왔다.

훗날 어떤 이가 이 일을 두고 시를 읊었다.

붉은빛이 몸을 휘감아 위험에 빠진 용을 날게 하고

마침내 말이 장판의 포위를 뚫고 내달리네

42년에 걸친 하늘의 뜻 받들 참된 주인이기에

장군도 신 같은 힘을 내보였다네

장합은 이를 보자 놀라 물러가버렸다. 조운이 다시 말을 달리는데 등 뒤에서 장수 둘이 외쳤다.

"조운은 게 섰거라!"

앞에서도 또 장수 둘이 서로 다른 무기를 휘두르며 길을 막았다. 뒤에서 쫓는 이는 마연과 장의이고, 앞을 가로막는 이는 초촉과 장남이었다. 이들 모두 원소 아래 있다가 조조한테 항복한 이들이었다.

조운이 죽을힘을 다해 네 장수와 싸우고 있는데 조조군이 일제히 몰려왔다. 조운은 청강검을 뽑아 들어 마구 휘둘렀다. 손을 한 번 놀릴 때마다 갑옷이 그대로 찢기며 피가 샘솟았다. 조운은 마침내 많은 군사와 장수들을 물리치고 겹겹이 에워싼 포위망을 뚫고 나아갔다.

이때 조조는 경산 꼭대기에 있었다. 아래를 내려다보니 한 장수가 마구 휘젓고 다니는데 아무도 그를 해보지 못했다. 급히 곁에 있는 이들에게 누구냐고 묻자 조홍이 나는 듯이 말을 달려 산을 내려가 외쳤다.

"싸우고 있는 이는 누구냐?"

조운이 대꾸했다.

"나는 상산 조자룡이다!"

조홍이 돌아와 장수가 조자룡임을 보고하자 조조가 고개를 끄덕였다.

"참으로 범 같은 장수로다! 내 사로잡고 말리라."

곧바로 부대마다 말을 달려 명령을 내렸다.

"만일 조자룡이 가까이 이르거든 몰래 활을 쏘지 말고 반드시 사로잡도록 하라."

이 덕에 조운은 오히려 위험을 벗어날 수 있었다. 이 역시 아두의 복이 불러온 일이리라.

조운이 아두를 품속에 품고 겹겹이 에워싼 데를 뚫기 위해 한바탕씩 치른 싸움에서 베어 쓰러뜨린 큰 기가 둘이요, 빼앗은 창이 셋이었다. 아울러 이름깨나 있는 조조의 50명 넘는 장수가 창에 찔리거나 칼에 베어 죽었다.

나중에 어떤 이가 이를 두고 읊은 시가 있다.

웃옷자락 물들인 피, 갑옷까지 붉게 배어드네

당양에서 섣불리 누가 그를 해보겠는가

예로부터 적이 둘러싼 데서

위기에 빠진 주인을 구한 이는

오로지 상산의 조자룡뿐이더라

조운은 겹겹이 에워싼 데를 뚫고 드디어 싸움터 밖으로 빠져나왔다. 웃옷자락이 온통 피범벅이었다.

한창 달려가는데 산언덕 아래에서 군사들 두 무리가 뛰쳐나왔다. 하후돈의 부하 장수인 종진과 종신 형제가 이끄는 군사들이었다. 하나는 커다란 도끼를 쳐들고 있었고, 또 하나는 화극 창을 꼬나잡고 있었다.

그 사람들이 큰소리로 외쳤다.

"조운은 빨리 말에서 내려 오랏줄을 받아라!"

이제 막 호랑이 굴을 겨우 벗어나니
용이 거친 물결 일으키는 연못이 있구나

과연 조운은 어떻게 이 위기를 벗어날는지…….

조조군을 쫓아버린
장비

장비는 장판교에서 한바탕 떠들썩하게 굴고
유비는 싸움에 져 한진구로 달아나다

종진과 종신 형제가 앞을 가로막자 조운은 창을 꼬나잡고 내달았다. 종진이 먼저 큰 도끼를 휘두르며 덤벼들었다. 두 마리 말이 서로 어우러졌으나 채 3합이 되기도 전에 조운이 종진을 창으로 찔러 말 아래로 고꾸라뜨렸다. 조운이 길을 뚫고 달아나자 등 뒤에서 종신이 화극 창을 들고 쫓아왔다. 조운이 탄 말의 꼬리가 닿을 만큼 가까워지자 종신은 화극을 들어 조운의 등짝을 겨누었다. 바로 그 순간 조운이 말 머리를 홱 돌렸다. 서로의 가슴과 가슴이 부딪칠 것만 같았다. 조운은 왼손에 쥔 창으로 화극 창을 밀치면서 오른손으로 청강검을 재빠르게 뽑아 들어 종신의 머리통을 내리쳤다. 종신은 투구를 쓴 그대로 머리가 둘로 쪼개지면서 말에서 떨어졌다. 이를 본 나머지 군사들은 사방으로 흩어져버렸다.

조운은 다시 몸을 빼 장판교 쪽으로 달렸다. 뒤에서 또 외침 소리가 크게 일었다. 이미 쫓아오고 있던 문빙의 군사였다. 조운은 가까스로 다리 앞에 이르렀다. 사람이고 말이고 지칠 대로 지쳐서 거의 쓰러질 판이었다. 쳐다보니 창을 든 장비가 다리 위에 말을 세우고 있었다.

조운이 큰소리로 외쳤다.

"익덕, 나 좀 도와주시오!"

장비가 대꾸했다.

"자룡은 어서 가시오. 뒤쫓아오는 놈들은 내가 맡겠소."

조운은 그대로 말을 달려 다리를 지나갔다. 20리 남짓 가자 유비를 비롯한 여러 사람이 나무 아래에서 쉬고 있었다. 조운은 말에서 뛰어내린 뒤 땅에 엎드리며 울었다. 유비도 같이 울었다.

조운이 헐떡이며 말했다.

"저는 만 번 죽어도 마땅합니다. 미부인께서 몸을 크게 다치셨는데, 아무리 권해도 말을 타지 않으시다가 우물에 몸을 던져 목숨을 끊고 말았습니다. 저는 어쩔 수 없어 흙담을 쓰러뜨려 우물을 덮은 뒤 공자를 가슴에 품은 채 겹겹이 에 위싼 포위망을 겨우 뚫었는데, 다행히도 주공의 넓으신 복에 힘입어 벗어날 수 있었습니다. 조금 전까지도 공자는 제 품속에서 울고 계셨는데 지금 조용한 걸 보니 혹시라도 잘못되지나 않았는지 모르겠습니다.”

말을 마치자마자 조운은 갑옷을 풀었다. 아두는 잠이 깊이 들어 있었다.

조운은 기뻤다.

“다행히도 공자께서는 아무 탈이 없습니다!”

조운은 두 손으로 아두를 받들어 유비에게 바쳤다. 그러나 유비는 아두를 받자마자 땅바닥에 팽개쳤다.

“어린 자식 때문에 내 대장 하나를 잃을 뻔했구나!”

조운은 급히 아두를 땅바닥에서 들어 안은 뒤 울며 절을 했다.

“저의 간과 뇌가 땅바닥에 내팽개쳐지더라도 주공의 은혜를 갚을 길이 없습니다!”

나중에 어떤 이가 시를 읊었다.

조조군 가운데에서 날랜 호랑이처럼 빠져나오니

조운의 품 안에서 어린 용은 잠을 자고 있었네

충신의 마음 쓰다듬어줄 방법이 없자

유비는 아들을 말 앞에 일부러 팽개쳤다네

한편 문빙은 군사를 이끌고 조운을 뒤쫓아 장판교 가까이 이르렀다. 호랑이 수염을 바짝 세우고 고리눈을 부릅뜬 장비가 장팔사모를 단단히 쥐고서 다리 위에 말을 세우고 있었다. 또 다리 건너 숲속에서는 흙먼지가 뽀얗게 일었다. 아무래도 군사들이 숨어 있는 것 같아 문빙은 고삐를 당겨 말을 세운 채 두려워 앞으로 나가지 못했다.

곧바로 조인·이전·하후돈·하후연·악진·장료·장합·허저 들이 도착했다. 모두들 장비가 눈을 부릅뜬 채 창을 비스듬히 들고 다리 위에 말을 세운 채 서 있는 걸 보자 또 제갈량의 꾀에 걸려든 게 아닌가 싶어 섣불리 가까이 가지를 못했다. 그래서 장판교 서쪽에 한 줄로 군사들을 늘어세운 다음 조조에게 사람을 보내 보고했다. 보고를 받은 조조는 급히 말을 타고 왔다.

장비는 계속 고리눈을 부릅뜬 채 바라보았다. 멀리 뒤쪽에 푸른 비단으로 만든 해 가리개에 최고 지휘관을 뜻하는 소꼬리기와 금색 도끼 등을 앞세운 뒷부대의 모습이 아득히 보였다. 아마도 조조가 의심이 들어 직접 살피러 오는 성싶었다.

장비는 더욱 목소리를 높여 떠들썩하게 굴었다.

"나는 연 땅 사람 장익덕이다! 누가 나랑 목숨 내놓고 싸워볼 테냐?"

목소리가 마치 천둥 치는 듯했다. 조조의 군사들은 그 소리를 듣는 순간 다리가 후들후들 떨렸다.

조조가 급히 해 가리개를 치우게 하며 아랫사람들에게 말했다.

"언젠가 운장이 그러는데, 익덕은 백만 군사로 둘러싸인 대장의 목도 주머니 속 물건 가지고 놀듯 쉽게 따낸다고 했다. 오늘 이렇게 만났으니 결코 가벼이 대하지 않도록 하라."

말이 미처 끝나기도 전에 장비가 다시 눈알을 부라리며 호통을 쳤다.

"연 땅 사람 장익덕이 여기 있다! 나와 목숨 걸고 싸울 이 없느냐?"

조조는 장비가 설치는 기운을 보니 싸울 맘이 싹 가시면서 물러가고 싶은 생각이 들었다. 조조군의 뒤쪽이 움직이자 장비는 장팔사모를 다시 단단히 부여잡으며 소리쳤다.

"싸울 생각이냐, 물러갈 생각이냐? 왜 그러고 있느냐!"

호통 소리가 미처 끝나기도 전에 조조 곁에 있던 하후걸이 간과 쓸개가 찢어질 정도로 몹시 놀라 말에서 굴러떨어져버렸다. 조조는 곧장 말 머리를 돌려 달아나기 시작했다. 이에 모든 장수와 군사들이 서쪽을 바라고 달아났다. 마치

장비의 호통 소리에 놀라 조조의 군사들이 달아나다.

젖먹이 아이가 천둥소리에 놀란 듯하고, 병든 나무꾼이 호랑이가 울부짖는 소리에 놀라 자빠지는 꼴이었다.

창을 버리고 투구를 떨어뜨리며 달아나는 이들이 헤아릴 수 없을 정도여서 사람은 마치 바닷물이 밀려가듯 하고, 말은 산이 무너져서 쓰러지는 듯했다. 이에 서로 밟고 밟히느라 정신이 없었다.

나중에 어떤 이가 시를 읊었다.

장판교 들머리에 죽음의 기운 서리었다

창 부여잡고 말 세우고 고리눈 부릅뜬 채

천둥 치듯 외침 소리 크게 한 번 내질러

조조의 백만 대군, 장비 혼자서 물리쳤도다

조조는 장비의 기운에 눌려 겁을 잔뜩 먹은 채 급히 서쪽으로 말을 달려 도망쳤다. 상투에 꽂은 동곳이 빠져 머리가 나풀거릴 정도였다. 장료와 허저가 바짝 다가와 겨우 말고삐를 잡아 세웠다. 조조는 넋이 나가 어쩔 줄 몰라 했다.

장료가 달랬다.

"승상께서는 너무 놀라지 마십시오. 장비 한 놈을 뭘 그리 두려워하십니까? 지금 곧 군사를 돌려 쳐들어가면 유비를 사로잡을 수 있습니다."

조조는 그제야 겨우 정신이 들어 낯빛이 돌았다. 바로 장료와 허저더러 장판교로 가서 사정을 알아보도록 했다.

한편 장비는 조조의 군사가 한 떼거리로 뭉쳐 달아났으나 선뜻 쫓아갈 수는 없었다. 바로 말 탄 군사를 20명 남짓 불러 말 꼬리에 매단 나뭇가지를 떼어버리게 한 뒤 다리도 무너뜨려버리도록 했다. 그런 다음 유비에게 돌아가 다리를 무너뜨린 일 등을 알렸다.

유비가 어두운 표정을 지었다.

"내 아우가 용감하기는 했는데 실수를 한 게 아쉽구나."

장비가 그 까닭을 묻자 유비가 대답했다.

"조조는 꾀가 뛰어난 사람이다. 너는 다리를 무너뜨리지 말았어야 한다. 이제 조조가 우리 뒤를 쫓아온다."

장비가 대꾸했다.

"내 호통 소리 한 번에 겁을 집어먹고 몇 리나 뒤로 물러갔는데 어찌 겁도 없이 쫓아올 수 있겠소?"

"만약 다리를 무너뜨리지 않았다면 조조는 군사가 숨어 있을지 모른다고 생각하여 겁이 나 쫓을 생각을 못 했겠지. 그러나 다리를 무너뜨렸으니 우리가 겁을 먹고 있고 군사도 없다고 생각하여 반드시 뒤쫓아올지 모른다. 그쪽 군사는 백만이나 되니 장강과 한수라 해도 메우고 지날 수 있는데, 그까짓 다리 하나 무너졌다고 겁이나 내겠느냐?"

유비는 곧바로 일어나 비스듬히 나 있는 좁은 길을 따라 한진으로 가기 시작했다. 면양으로 가기 위해서였다.

한편 장료와 허저는 장판교 사정을 알아본 뒤 조조에게 보고했다.

"장비는 벌써 다리를 끊어놓고 가버렸습니다."

조조가 고개를 끄덕였다.

"음, 다리를 끊어놓고 갔다고? 겁을 먹고 있구나!"

조조는 곧바로 군사 1만 명을 시켜 그날 밤으로 배다리를 놓아 지나갈 수 있게 하도록 했다. 그러나 이전이 고개를 갸우뚱했다.

"이것도 혹시 제갈량의 속임수가 아닌지 모르겠습니다. 가벼이 나아가서는 안 될 듯합니다."

조조가 고개를 저었다.

"장비는 기껏 힘자랑이나 하는 놈이다. 무슨 꾀를 부리겠느냐!"

마침내 조조는 전군에 명령을 내려 급히 공격하도록 했다.

유비가 한진 가까이 갔을 때였다. 갑자기 뒤쪽에서 흙먼지가 뿌옇게 피어오르며 북소리가 하늘을 찌르고 외침 소리가 땅을 울렸다.

유비가 긴 한숨을 내쉬었다.

"앞에는 큰 강이 흐르는데 뒤에서는 적군이 쫓아오고 있으니 이 일을 어찌해야 좋단 말인가?"

유비는 급히 조운에게 적을 막을 준비를 하도록 일렀다.

이때 조조도 명령을 내렸다.

"유비는 지금 솥 안에 든 고기요, 구덩이 안에 빠진 호랑이다. 만약 이번에 잡지 못하면 물고기를 바다에 놓아주고 호랑이를 산으로 돌려보내는 짝이 된다. 모든 장수들은 더욱 힘을 내서 앞으로 나아가도록 하라!"

장수들은 명령을 받자 저마다 힘을 뽐내며 뒤쫓았다. 그때 갑자기 산언덕 뒤쪽에서 북소리가 크게 울리며 한 무리 군사가 나는 듯이 뛰쳐나오더니 큰소리로 외쳤다.

"여기서 너희들을 기다린 지 오래다!"

앞장선 대장을 보니 손에 청룡도를 쥐고 있고 적토마를 타고 있었다. 바로 관우였다.

관우는 강하로 가서 군사 1만 명을 빌려오는 길이었는데, 당양 장판에서 큰 싸움이 벌어졌다는 소식을 듣자 이쪽 길을 따라 오는 중이었다.

조조는 관우를 보자 바로 고삐를 당겨 말을 세우고 장수들을 돌아보았다.

"우리가 또 제갈량의 꾀에 빠지고 말았다!"

그러면서 대군을 되돌아가게 했다.

관우는 10리 남짓을 뒤쫓다가 다시 군사를 돌려 유비 일행을 보호하며 한진으로 갔다. 거기엔 이미 배가 준비되어 있었다.

관우는 유비와 감부인 및 아두를 차례대로 배 안으로 들게 한 뒤 자리를 잡고 물었다.

"둘째 형수님은 왜 안 보이십니까?"

유비가 당양에서 있었던 일을 자세히 일렀다.

관우가 긴 한숨을 내쉬었다.

"옛날에 허전에서 사냥할 때 제가 하는 대로 가만두셨으면 오늘 같은 일은 없었을 텐데……."

유비가 씁쓸레하게 대답했다.

"그때는 쥐 잡으려다 독을 깰까봐 그랬지."

이야기를 나누고 있는데 갑자기 강 남쪽 언덕에서 북소리가 크게 울리더니 배들이 바람에 돛을 길게 펼치고 개미 떼처럼 몰려왔다. 유비는 깜짝 놀랐다. 배들이 점점 가까이 다가왔다. 흰 웃옷에 은빛 갑옷 차림을 한 장수가 뱃머리에 서서 크게 외쳤다.

"작은아버님, 그동안 별일 없으셨습니까? 이 조카가 죄를 지었습니다."

유기였다. 유기는 이쪽 배로 건너오자마자 울음을 터뜨리며 절을 했다.

"작은아버님께서 조조한테 시달림을 받고 있다는 소식을 듣고 도우러 왔습니다."

유비는 무척 기뻤다. 곧바로 군사를 합쳐 배를 몰았다. 배 안에서 지나온 이야기를 나누고 있는데 갑자기 강의 서남쪽에서 싸움배들이 한 줄로 늘어서더니 손가락을 입에 대고 휘파람까지 크게 불며 바람을 타고 달려왔다.

유기는 깜짝 놀랐다.

"강하의 군사는 제가 모두 이리 끌고 왔는데 지금 싸움배들이 앞을 막고 있습니다. 조조군이 아니면 틀림없이 강동의 군사들입니다. 어찌해야 좋겠습니까?"

유비가 뱃머리로 나가서 살펴보았다. 머리에 윤건을 쓰고 도복을 입은 사람이 뱃머리에 앉아 있었다. 바로 제갈량이었다. 뒤에 서 있는 이는 손건이었다.

유비가 급히 제갈량을 자기 배로 건너오게 한 뒤 어떻게 여기 있게 된 사정인지 묻자 제갈량이 대답했다.

"강하에 있을 때 우선 운장에게 한진으로 가 주공을 돕도록 했습니다. 그런 다음 조조가 들이치면 주공께서는 틀림없이 강릉으로 가시지 않고 길을 바꿔 한진으로 가시리라 생각했습니다. 그러기에 유기에게 먼저 가서 돕게 하고, 저는 하구로 가서 거기 있는 군사들을 모두 이끌고 도우러 왔습니다."

유비는 무척 좋아라 했다. 모든 군사를 한데 합치고 조조를 깰 방법을 의논했다.

제갈량이 말했다.

"하구는 성도 험하고 물자며 먹을거리도 넉넉해 오래 지키고 있을 만한 곳입니다. 주공께서는 일단 하구로 가서 머무르시고, 유기 공자께서는 강하로 돌아가 싸움배며 싸움에 필요한 물건 등을 살피십시오. 그런 뒤 적을 앞뒤에서 몰아칠 수 있도록 하면 조조를 막을 수 있습니다. 모두 다 강하로 간다면 오히려 밀려버립니다."

유기가 말했다.

"공명의 말씀이 매우 옳습니다. 그러나 제 생각에는 작은아버님께서 잠깐이라도 강하에 들러서 군사며 말들을 정리하신 뒤 다시 하구로 돌아가셔도 늦지 않을 듯합니다."

유비가 고개를 끄덕였다.

"조카 말대로 하는 것도 괜찮겠네."

이리하여 유비는 관우더러 군사 5천 명과 함께 남아 하구를 지키게 하고 자신은 제갈량·유기와 함께 강하로 갔다.

한편 조조는 관우가 물길이 아닌 뭍을 통해 군사를 끌고 나타나 길을 막자 군사들이 숨어 있지 않을까 의심되어 더 쫓아갈 수가 없었다. 게다가 유비가 물길로 먼저 가서 강릉을 차지할지 모른다는 생각이 들어 밤낮없이 군사를 이끌고 강릉으로 갔다.

형주 치중 등의와 별가 유선은 이미 양양의 일을 알고 있었다. 그래서 조조와 맞서 싸울 수 없다고 여겨 형주의 군사와 백성들을 끌고 성을 나가 항복했다.

성 안으로 늘어간 조조는 먼저 백성들을 안심시켰다. 이어 갇혀 있던 한숭을 풀어주면서 그의 벼슬을 대홍려로 높여주었다. 다른 벼슬아치들의 자리도 높이고 상도 주었다.

조조가 여러 장수들을 모아놓고 의논했다.

"지금 유비는 강하로 갔다. 만약에 동오와 손을 잡으면 제법 힘을 쓰게 된다. 어떤 방법을 써서 깨부수면 좋겠는가?"

순유가 말했다.

"지금 우리 군사의 힘은 크게 알려져 있습니다. 이런 때 강동으로 사람을 보내 손권더러 강하에서 만나 사냥이나 하자는 글을 전하십시오. 함께 유비를 사로잡은 뒤 형주를 나누어 가지면서 영원히 사이좋게 지내자고 하면 됩니다. 그러면 손권은 틀림없이 놀라고 의심스러워 항복을 하게 됩니다. 그렇게 되면 우리 일은 다 이루어집니다."

조조는 그 말을 좇아 바로 동오로 편지를 가지고 가게 했다. 이어 말 탄 군사와 일반 군사 및 수군들을 살펴보니 모두 83만 명이었다. 그래서 1백만 군사라고 소문을 내게 한

　　　　　　　박상률 완역 삼국지 4

뒤 물과 뭍 양쪽에서 한꺼번에 출발하도록 했다. 배와 말이 같이 강을 따라가는데, 서쪽은 형주·협중에 이르고, 동쪽은 기춘과 황주에 이르러 영채와 나무 울타리가 3백 리 넘게 이어졌다.

한편 강동의 손권은 군사를 거느리고 시상군에 머무르고 있었다. 듣자니 조조가 대군을 이끌고 양양에 이르러 이미 유종의 항복을 받았고, 이어 밤낮없이 길을 가 강릉을 차지 했다는 소식이었다. 그래서 여러 모사들을 불러모은 뒤 어 떻게 막아내야 할지 의논했다.

노숙이 먼저 의견을 냈다.

"형주는 우리와 바로 이웃해 있는데다 강산이 험하고 백 성들 살림도 넉넉한 곳입니다. 우리가 만일 여기를 차지하 기만 하면 제왕의 자리에 오르는 데 발판이 됩니다. 지금 유 표는 죽었고 유비는 싸움에 졌습니다. 부디 저를 강하로 보 내주시기 바랍니다. 가서 유표의 죽음을 위로하고, 유비에 게 유표의 장수들을 달래도록 하겠습니다. 그렇게 해서 우 리와 마음과 뜻을 합해 조조를 같이 무찌르도록 하겠습니 다. 유비가 우리 말을 기꺼이 들어주기만 하면 큰일을 이룰 수 있습니다."

손권은 좋아라 하며 그 말을 받아들인 뒤, 노숙에게 곧바 로 예물을 가지고 강하로 가서 유표의 죽음을 슬퍼하고 달래도록 했다.

이때 강하에 이른 유비는 제갈량 및 유기와 함께 좋은 방법을 찾기 위해 머리를 맞대고 있었다.

제갈량이 말했다.

"조조의 힘이 워낙 거세어서 곧바로 막아내기는 어렵습니다. 동오의 손권에게 도와달라고 부탁합시다. 남북이 서로 싸우는 동안 우리는 가운데에서 이익을 챙기면 됩니다. 그리하면 안 될 게 뭐 있겠습니까?"

유비가 말했다.

"강동에는 인물이 워낙 많아 반드시 깊은 계획을 짜놓았을 텐데 우리 뜻을 받아주겠소?"

제갈량이 웃었다.

"지금 조조가 백만 대군을 이끌고 장강과 한수에 호랑이처럼 웅크리고 있습니다. 강동의 사정도 좋지 않아 우리한테 사람을 보내 사정을 알아보려 할 겁니다. 그쪽에서 사람이 오기만 하면 제가 돛단배라도 타고 강동으로 가서 닳지 않은 세 치 혀를 놀려 남북 양쪽이 직접 붙도록 하겠습니다. 만약에 남군이 이기면 함께 조조를 쳐서 형주를 빼앗고, 북이 이기면 이긴 쪽의 기운을 타서 강남을 차지하면 됩니다."

"계획은 좋지만 강동 사람을 오게 할 방법이 없지 않소?"

바로 그때였다. 강동의 손권이 죽음을 슬퍼하고 달래기

위해 노숙을 보냈는데, 노숙이 탄 배가 이미 강가에 와 닿았다는 보고가 들어왔다.

제갈량의 입가에 웃음이 번졌다.

"큰일이 다 이루어졌습니다!"

제갈량이 유기에게 물었다.

"지난날에 손책이 죽었을 때 양양에서도 사람을 보내 죽음을 슬퍼해주었소?"

유기가 고개를 저었다.

"강동과 우리 집안은 아비를 죽인 원수 사이인데 좋은 일이건 나쁜 일이건 오고 갈 수 있었겠습니까?"

제갈량이 고개를 끄덕였다.

"그렇다면 노숙은 죽음을 슬퍼하기 위해서가 아니라 군사 사정을 알아보기 위해서 왔다고 보면 됩니다."

제갈량이 유비에게 말했다.

"노숙이 와서 조조에 관해 물으면 주공께서는 일단 모른다고 하십시오. 거듭 묻거든 제갈량에게 물어보라 하십시오."

이렇게 입을 맞춘 뒤 노숙을 맞아들이도록 했다. 노숙은 성 안으로 들어와 죽음을 슬퍼하고 예물을 바쳤다. 유기는 노숙을 유비에게 인사시킨 뒤, 인사가 끝나자 뒤채로 맞아들여 술자리를 베풀었다.

노숙이 먼저 물었다.

"황숙의 높으신 이름을 들은 지는 오래되었습니다. 그동안 만나뵐 기회가 없었는데 오늘 다행히 만나뵙게 되어 기쁩니다. 요즘 황숙께서는 조조와 한바탕 싸우셨다고 들었는데, 그렇다면 조조군의 사정을 잘 아시겠습니다. 쉬이 여쭈기 뭐하나 조조의 군사 수는 얼마나 됩니까?"

유비가 대답했다.

"나는 거느린 군사도 보잘것없고 장수도 몇 안 되어서 조조가 온다는 소리만 들리면 달아나버려서 그쪽 사정에 대해서는 알지 못하오."

"황숙께서는 제갈공명의 꾀를 써서 두 번씩이나 불로 공격하여 조조의 넋을 빼고 쓸개를 오그라들게 하셨다고 들었는데 어찌 모른다고 하십니까?"

"그런 일이라면 나보다 공명에게 물어보아야 더 자세히 알 수 있소."

"공명은 지금 어디 계십니까? 한번 만나게 해주십시오."

유비는 제갈량을 들라 해서 서로 인사를 나누게 했다.

인사를 마치자마자 노숙이 제갈량에게 말했다.

"진즉 선생의 재주와 덕을 우러러보았으나 만나뵙지 못했습니다. 다행히도 오늘 만나뵙게 되었으니, 눈앞에 닥친 위기를 어찌해야 좋을지 한말씀 해주시기 바랍니다."

제갈량이 말했다.

“조조가 부리는 간사한 꾀를 전 다 알고 있습니다. 그러나 한스럽게도 힘이 달려 일단 피하고 있습니다.”

노숙이 물었다.

“황숙께서는 계속 여기 계시게 되는지요?”

“사군께서는 창오 태수 오신과 오래전부터 가까운 사이입니다. 그리 가서 몸을 기댈 생각이십니다.”

“오신한테는 먹을거리도 넉넉지 않고 군사도 보잘것없어 스스로 견디는 일도 힘들 판인데 남까지 받아들일 수 있겠습니까?”

“오신에게 오래 가 있을 수는 없지요. 그쪽 사정을 잘 알기에 우선 잠깐만 가 있을 생각입니다. 괜찮은 계획이 따로 있으니까요.”

“손장군은 여섯 군에 걸쳐 호랑이처럼 웅크리고 앉아 있는데 군사도 날쌔고 먹을거리도 넉넉합니다. 게다가 어진 선비들을 예의를 다해 받드는 까닭에 강동의 뛰어난 사람들이 몰려들고 있습니다. 지금 사군을 위하신다면 마음 가까운 사람을 보내 동오와 손잡는 걸 의논하게 해서 큰일을 함께 꾀하는 게 가장 나은 방법일 듯합니다.”

제갈량은 짐짓 딴전을 피웠다.

“유사군과 손장군은 서로 인사조차 나눈 적이 없어 사람을 보낸다 해도 괜히 말만 버리게 될지 모릅니다. 게다가 마땅히 보낼 만한 가까운 이도 없습니다.”

“선생의 형님께서는 강동의 참모로 계시면서 날마다 선생을 만날 수 있기를 바라고 계십니다. 제 재주가 보잘것없긴 하지만 공과 함께 가서 손장군을 뵙고 큰일을 같이 의논하고 싶습니다.”

유비가 고개를 저으며 끼어들었다.

“공명은 나의 스승이오. 잠시 떨어져 있기도 어려운 일인데 멀리 갈 수 있겠소?”

노숙은 제갈량과 함께 가게 해달라고 졸랐다. 유비는 일부러 계속 딱한 표정을 지으며 고개를 저었다.

제갈량이 유비를 보며 애써 사정하듯 말했다.

“일이 급하게 되었습니다. 같이 가도록 허락해주십시오.”

그때에야 비로소 유비는 허락했다.

마침내 노숙은 유비와 유기에게 헤어지는 인사를 하고 제갈량과 함께 배를 타고 시상군을 향해 떠났다.

제갈량이 작은 배를 타고 가니

조조군은 하루아침에 무너지리

과연 제갈량은 어떤 일을 벌일는지…….

강동의 벼슬아치들을 몰아붙이는 제갈량

제갈량은 뭇 벼슬아치들과 입씨름을 벌이고
노숙은 여러 사람의 말을 힘껏 물리치다

노숙과 제갈량은 유비·유기와 헤어진 뒤 배를 타고 시상군을 바라고 떠났다. 두 사람은 배 안에서 머리를 맞댔다.

노숙이 제갈량에게 말했다.

"손장군을 뵙거든 선생은 조조의 군사와 장수가 많다고 그대로 말씀하시면 안 됩니다."

제갈량이 대답했다.

"자경은 굳이 걱정하지 않으셔도 됩니다. 제가 알아서 대답하겠습니다."

마침내 배가 강가에 닿자 노숙은 제갈량을 숙소로 안내

하여 쉬게 한 뒤 손권을 만나러 들어갔다. 이때 손권은 문관
과 무관들을 모아놓고 의논을 하고 있었다. 노숙이 돌아왔
다는 보고를 받자 급히 불러들여 물었다.

"자경이 강하로 가서 알아보니까 사정이 어떠하던가요?"

노숙이 대답했다.

"어떻게 돌아가는지 대강은 알아왔습니다. 천천히 말씀
드리겠습니다."

손권이 조조가 보낸 편지를 내밀었다.

"어제 조조가 사람을 시켜 이걸 보내왔소. 사람은 일단 돌
려보내고 이렇게 모여 의견을 나누고 있는데 결론을 내지
못했소."

노숙은 조조가 보내온 편지를 건네받았다.

**나는 요즈음 황제의 명령을 받들어 죄지은 이들을 치고 있노
라. 지휘관 깃발을 남쪽으로 앞세우자마자 유종은 손을 묶어
항복했고, 형주·양양 백성들도 바람 앞에 엎드리듯 했노라. 지
금 1백만 대군과 장수 1천 명을 거느리고 있는데, 장군과 함께
강하에서 만나 사냥이나 한번 하고자 하노라. 유비를 함께 치
고 땅을 똑같이 나누어 가지며 영원히 사이좋게 지내고자 하니
머뭇거리지 말고 바로 답장 주기 바라노라.**

노숙이 다 읽고 나서 손권을 쳐다보았다.

“주공의 뜻은 어떠하신지요?”

손권이 고개를 가볍게 저었다.

“아직 정하지 못했소.”

그때 장소가 나섰다.

“조조는 백만 대군을 거느리고 있는데다 황제의 이름까지 내세우고서 사방을 치고 있어 그 사람과 맞서는 건 흐름을 거스르는 일입니다. 주공께서 조조한테 해볼 수 있는 발판은 오로지 장강이었습니다. 그런데 조조가 이미 형주를 차지해서 장강을 나눠놓고 있으니 우리 형편으로는 버틸 방법이 없습니다. 어리석은 생각인지는 모르겠지만 항복하라 할 때 받아들이는 게 가장 좋은 방법 아닐까요?”

다른 모사들도 맞장구를 쳤다.

“자포의 말씀이 바로 하늘의 뜻이라 할 수 있습니다.”

손권이 생각에 잠겨 입을 굳게 다물고 있자 장소가 다시 말했다.

“주공께서는 너무 의심하지 마십시오. 조조한테 항복을 하면 동오 백성들은 모두 편안하고 강남 여섯 군도 그대로 지킬 수 있습니다.”

손권은 말없이 고개를 숙이고 있었다. 그러고 있다 손권은 뒷간에 다녀오기 위해 자리에서 일어났다. 노숙이 그의

뒤를 따라나왔다. 손권은 노숙이 따라나온 뜻을 알고 손을
잡으며 말했다.

"그대는 어떻게 생각하시오?"

노숙이 대답했다.

"모두들 장군을 그르칠 말만 하고 있습니다. 그 사람들은
모두 조조한테 항복해도 되지만 장군만은 항복해선 안 됩
니다."

"무슨 말이오?"

"만약에 저 같은 사람들이 조조한테 항복한다면 돌아갈
고향도 있고, 벼슬자리를 올려 받을 수도 있고, 하다못해 주
나 군의 벼슬자리라도 잃지는 않습니다. 그러나 장군께서
항복을 하시면 어디로 돌아가시렵니까? 자리라고 해봐야
기껏 무슨 후로 삼을 테니 수레 하나, 말 한 마리에 거느릴
아랫사람도 몇 명 안 됩니다. 그래가지고서야 어찌 남쪽을
보고 앉아 스스로를 고라고 부르는 임금이라 할 수 있겠소!
저 사람들의 말은 모두 자신들을 위해 하는 소리니까 귀담
아들으실 필요 없습니다. 장군께서는 어서 큰일을 꾀하십
시오."

손권이 한숨을 내쉬었다.

"여러 사람들이 내놓는 의견을 듣고 맥이 탁 풀렸소. 자경
만이 큰일을 꾀하라 이르니, 바로 내 생각도 그렇소. 이건

하늘이 자경을 내게 보내신 거요! 조조가 원소의 군사를 다 차지한데다 형주 군사까지 얻어 그 힘이 엄청 커진 까닭에 어떻게 맞서야 하는가가 걱정이오.”

“제가 강하로 가서 제갈근의 아우인 제갈량을 데리고 왔습니다. 주공께서 그 사람을 만나 물어보시면 뭔가 방법을 일러줄 것입니다.”

“와룡 선생이 여기 왔단 말이오?”

“지금 숙소에서 쉬고 있습니다.”

“오늘은 너무 늦어 만나기가 어렵겠소. 내일 뭇 벼슬아치들을 모아놓고 먼저 우리 강동의 인물들을 보게 한 뒤 만나서 의논하도록 합시다.”

노숙은 이른 대로 하기로 하고 나왔다.

다음 날 노숙은 제갈량에게 가서 다시 한 번 부탁했다.

“오늘 우리 주공을 뵐 때, 조조의 군사가 많다는 얘기는 절대로 하지 말아주십시오.”

제갈량이 웃었다.

“제가 분위기를 보아가며 알아서 말하겠소. 일을 그르치게 하지는 않을 테니 걱정 마시오.”

노숙이 제갈량을 안내하여 들어갔다. 벌써 장소와 고옹 등 20명 넘는 벼슬아치들이 큰 관을 쓰고 널따란 띠를 둘러

옷차림을 가지런히 하고서 앉아 있었다. 제갈량은 일일이 얼굴을 맞대고서 이름을 물으며 인사를 나눈 뒤 손님 자리에 가 앉았다. 장소를 비롯하여 모두들 제갈량의 깨끗하고 흐트러짐 없는 겉모습에 거리낌 없는 몸가짐을 보자 자신들을 설득하러 온 걸로 짐작했다.

장소가 먼저 나서서 비아냥거렸다.

"나는 강동의 보잘것없는 선비올시다. 듣자니 선생은 융중 땅에 높이 누워 스스로를 관중과 악의랑 비교했다는데, 과연 그 말이 맞습니까?"

제갈량이 대답했다.

"그건 내 평생을 다 살고 나면 그러리라고 나를 낮추며 한 얘기입니다."

장소가 다시 비아냥거렸다.

"유예주가 선생을 끌어들이기 위해 초가집으로 세 번씩이나 찾아갔다고 들었소. 그렇게 해서 선생을 얻자 고기가 물을 만난 듯이 좋아하며 형양 땅을 깔고 앉으려 했다는데, 하루아침에 조조가 차지하고 말았으니 도대체 어찌 된 일이오?"

제갈량은 속으로 '장소는 손권 밑에 있는 이들 가운데 첫째가는 모사이다. 이 사람을 눌러앉히지 못하면 손권도 설득시킬 수 없다'라고 생각한 뒤 대답했다.

"나는 형주 쪽을 차지하는 건 손바닥 뒤집는 일 정도로 쉽게 여기고 있었소. 그러나 우리 주공 유예주께서는 어짊과 의로움이 몸에 밴 분이시라 차마 같은 황실의 일가붙이 터를 빼앗을 수 없어 애써 마다하며 그리하지 않았소. 그런데 어린 유종이 간사스런 말만 듣고 몰래 항복해버린 탓에 조조가 더욱 설치게 되었소. 우리 주공께서 강하에 머무르고 계신 까닭은 다른 생각이 있어서요. 물론 다른 사람들이 그 속내까지 알 필요는 없습니다."

그러나 장소는 물러나지 않았다.

"만약 그렇다면 선생은 말과 행동이 같지 않은 분입니다. 자신을 관중과 악의랑 비교했다기에 따져보겠소. 관중은 환공을 도와 여러 제후를 누르고 천하를 바로잡게 하였으며, 악의는 약해빠진 연나라를 붙들어세우고 제나라의 칠십 개 넘는 성을 항복받았소. 두 사람은 참으로 세상을 건진 인물들이었소. 그러나 선생은 초가집에서 비웃음이나 흘리며 바람 소리, 달빛 속에 무릎 껴안고 지내고 있었소. 기왕에 유예주를 섬기기로 했으면 마땅히 백성들을 위해 좋은 일을 펼치고 해로움을 없애며 세상을 어지럽히는 도적들을 쓸어냈어야 하오.

유예주가 선생을 만나기 전에는 오히려 세상을 누비고 다녔고, 웅크리고 있을 성도 차지하고 있었소. 그러기에 선생이 나타나자 모든 사람들이 우러러보았소. 심지어 키가 석 자밖에 되지 않는 철부지 어린아이들까지도 호랑이가 날개를 단 셈이니 머지않아 한나라가 다시 일어나고 조씨는 망하리라 여겼소. 나라의 옛 신하나 시골에 숨어 사는 선비들까지 다 눈을 비벼대며 기다리지 않은 이가 없었소. 높다란 하늘을 뒤덮은 구름을 걷어내 해와 달의 빛이 다시 비치게 하듯, 물에 빠지고 불에 싸인 백성들을 구해 세상이 다시 좋은 때를 만날 수 있기를 바라는 마음에 그랬지요.

그런데 선생은 어찌 된 일인지 유예주에게 간 뒤 조조군이 한번 나타나자 갑옷이고 무기고 다 팽개치고서 바람 따라 숨을 곳만 찾아다녔소. 위로는 유표의 은혜를 갚기 위해서라도 백성들을 편안하게 해주어야 하는데 그러지 못했고, 아래로는 아비 잃어 외롭게 된 아들을 도와 밑자리를 지켜주어야 했는데 그러지 못했소. 신야를 버리고 번성으로 달아났다가, 당양에서 지고 또 하구로 달아나니 이제는 몸 둘 곳이 없게 되었소. 유예주로서는 선생을 만난 뒤 오히려 전보다 더 나빠진 셈이오. 관중과 악의가 과연 이러했소? 내 어리석은 말을 너무 나무라지 마시기 바라오!"

제갈량은 말을 듣고 나자 어안이 벙벙한 표정으로 웃고 나서 말했다.

"만 리를 나는 붕새의 뜻을 어찌 뭇새들이 알겠소? 빗대어 말하겠소. 큰 병이 난 사람이 있다고 합시다. 그러면 먼저 미음이나 죽 같은 걸 먹인 뒤 순한 약을 먹여 뱃속의 오장육부가 서로 조화를 이루게 해야 하지요. 그렇게 해서 몸이 안정되면 고기 음식을 먹여 힘을 돋운 다음 센 약을 쓰면 병의 뿌리가 뽑혀 환자를 제대로 살릴 수 있소. 기운이 없고 맥을 못 쓰는 사람한테 바로 센 약을 쓰고 기름진 음식을 먹여 편안해지기를 바랄 수는 없소. 그러면 오히려 환자를 잡게 됩니다.

우리 주공 유예주께서 지난날 여남에서 싸움에 져 유표에게 몸을 기대실 때 군사는 천 명이 안 되고 장수도 관우·장비·조운뿐이었소. 이건 병이 깊을 대로 깊어 쉽게 손을 쓰기 어려운 상황이라 할 수 있소. 신야는 외진 산골의 작은 현이라 백성도 얼마 안 되고 먹을거리도 넉넉지 않은 곳이오. 어차피 유예주께서는 거기 잠깐만 머무를 생각이셨소. 어찌 오래도록 자리를 잡고 앉아 지키려 하셨겠소? 갑옷이며 무기도 제대로 없고 성도 단단하지 못한데다, 군사들은 훈련이 되어 있지 않고 먹을거리도 달렸소. 그런데도 박망에서는 불을 쓰고 백하에서는 물을 써 하후돈과 조인 등의 무리를 무찌르며 간을 콩알만 하게 만들었으니, 관중과 악의가 군사를 썼다 해도 그보다 나을 수는 없었을 테요.

사실 유종이 조조한테 항복한 일을 유예주께서는 전혀

모르셨소. 게다가 어지러운 틈을 타 같은 일가붙이의 터를 빼앗을 수는 없다 하셨으니, 이는 참으로 크게 어질고 크게 의로운 일이라 할 만하오. 당양에서 진 일에 대해 말씀드리겠소. 그때 유예주께서는 의로움을 좇는 수십만 명의 백성들이 늙은이를 부축하고 어린아이를 안은 채 따라오는 걸 보시자 차마 그들을 버리실 수 없었소. 그래서 하루에 겨우 십 리밖에 못 가는 탓에 차지할 수 있었던 강릉도 내버리고, 지더라도 백성들과 함께하는 길을 택하셨소. 이것 역시 크게 어질고 크게 의로운 일이라 할 만하오.

적은 군사로 많은 적을 이기기는 어려운 일이오. 또 이기고 지는 건 늘 있는 일이오. 옛날에 고황제께서도 항우한테 여러 차례 지셨으나 해하의 한판 싸움에서 이겨 뜻을 이루셨소. 한신이 좋은 대책을 세워 도운 까닭에 그리 된 것을 아시지요? 한신은 오랫동안 고황제를 모셨지만 싸울 때마다 이긴 건 아니오. 나라의 큰 계획을 세울 때나 왕실을 지키는 일에 있어서는 반드시 중심을 잡고 일을 꾀하는 이가 있어야 하오. 입으로만 떠드는 무리들이 헛된 명성에 팔려 사람을 속이는 거와는 다르오. 앉으면 의논하느라 시끄럽고 서면 떠벌리느라 시끄러운 사람은 자신이 으뜸인 줄 알지만, 실제로는 둘러대는 데에만 뛰어나고 백 가지 가운데 하나도 잘하는 게 없는 사람이오. 이러면 천하의 웃음거리

제갈량이 장소를 말로 물리치다.

로나 딱 알맞습니다!"

제갈량이 타이르듯 하는 말에 장소는 말문이 막혀 더는 대꾸를 하지 못했다.

그 틈을 타 다른 사람이 큰소리로 물었다.

"지금 조공은 백만 대군에 천 명 장수를 늘어세우고 강하를 집어삼키기 위해 용이 날치고 호랑이가 노려보듯 히고 있는데 공은 어찌할 생각이오?"

우번이었다. 제갈량은 가볍게 받아넘겼다.

"조조 군사라 해봐야 원소의 개미 떼 같은 군사에다 유표의 까마귀 떼 같은 군사를 거두어다 한데 모아놓았을 뿐이오. 그러니 수백만 명이라 해도 겁낼 까닭이 없소."

우번이 비웃었다.

"당양에서 깨지고 하구까지 쫓겨와 어찌해볼 방법이 없자 남의 도움이나 구차스럽게 바라면서 오히려 겁낼 까닭이 없다니, 이거야말로 참으로 허풍을 쳐 사람을 속이는 짓이구려!"

제갈량이 고개를 저었다.

"유예주께서는 오로지 어질고 의로움을 내세우는 군사 수천 명밖에 거느리고 있지 않으신데 백만이나 되는 모질고 거칠기 짝이 없는 무리들을 어떻게 당해내겠소? 하구로 물러나 지키는 까닭은 때를 기다리는 중이오. 지금 강동은 군사들도 뛰어나고 먹을거리도 넉넉한데다 험한 장강까지 끼고 있는데도 자기네들 주인더러 역적에게 무릎을 꿇고 항복하기를 권하고 있소. 이건 천하의 웃음거리가 되고 있는 줄도 모르고 있다는 뜻이오. 이렇게 보면 유예주께서는 참으로 역적 조조를 두려워하지 않고 있소!"

우번이 말문이 막혀 아무 말도 못 하자 다른 사람 하나가 나섰다.

"공명은 옛날의 소진이나 장의의 혓바닥을 흉내내 동오를 설득하러 왔소?"

보즐이었다. 제갈량은 일부러 보즐의 자까지 들먹이며 대꾸했다.

"보자산은 소진과 장의가 말만 잘한 사람이었지 뛰어난 인물이었는지는 모르시는 모양이구려. 소진은 여섯 나라의 승상 도장을 쥐었고, 장의는 두 번씩이나 진나라의 승상을 지냈소. 모두 다 백성들을 잘 보살펴 나라를 붙들어세운 사람들이었지, 힘 있는 이 앞에서 굽실거리거나 힘없는 이 앞에서 뻐긴 사람들이 아니었소. 더더구나 칼이 무서워 피하자고 하는 사람들과는 비교할 수 없는 분들이었소. 여러분들은 조조가 거짓으로 허풍을 쳐 써보낸 글에 벌벌 떨며 항복하자고 하면서 쉽게 소진과 장의를 들먹이십니까?"

보즐이 입을 다물어버리자 또 한 사람이 나섰다.

"공명은 조조를 어떤 사람이라고 생각하오?"

설종이었다. 제갈량은 딱 부러지게 대답했다.

"조조는 바로 한나라의 역적이오. 더 물을 게 뭐 있겠소?"

설종이 고개를 저었다.

"공의 말씀은 틀렸소. 한나라는 지금까지 이어져왔지만 이젠 하늘이 정한 운수가 끝나려 하오. 조공은 이미 천하의 삼분의 이를 차지하여 사람들 마음도 이미 그쪽으로 기울었소. 유예주가 하늘의 뜻을 모른 채 그 사람과 다투어보려 하는데, 그건 바로 달걀로 바위를 치려는 꼴 아니겠소. 어찌 지지 않을 수 있겠소?"

제갈량이 거칠게 꾸짖듯 말했다.

"설경문은 어찌하여 아비도 없고 임금도 없는 그런 말을 하고 있소! 사람으로 세상에 태어났으면 충성과 효도를 바탕 삼아 살아가야 하오. 공은 이미 한나라의 신하이므로, 신하로서 지켜야 할 바를 지키지 않는 사람을 보면 함께 없애 도록 노력하는 게 마땅히 가야 할 바른 길이오. 조조는 조상 때부터 한나라의 벼슬살이를 해서 먹고 살아왔소. 그랬으면 나라를 위해 무엇을 할지를 생각해야지, 엉뚱하게 임금 자리나 빼앗아 앉으려 하고 있소. 이에 세상사람 모두 분노를 참지 못하고 있는데 공은 그걸 하늘이 정한 운수라 생각하고 있으니, 참으로 아비도 없고 임금도 없는 사람이구려! 같

   박상률 완역 삼국지 4

이 말 대거리조차 하기 싫으니 다시는 입을 열지도 마시오!"

설종이 무안하여 얼굴이 찌그러진 채 아무 말도 못 하자 다른 사람 하나가 또 나섰다.

"조조가 황제를 등에 업고 뭇 제후들을 쥐락펴락한다지만 그래도 상국 조참의 후손인 건 틀림없소. 거기에 비해 유예주는 비록 중산정왕의 후손이라고는 하지만 뿌리를 확실히 알 수 없소. 사람들 눈앞에 드러난 건 오로지 돗자리나 짜고 짚신이나 삼아서 팔던 사람이란 것밖에 없소. 그 정도 가지고 어찌 조조한테 맞설 수 있겠소!"

육적이었다. 제갈량은 허허 웃으며 말했다.

"공은 어렸을 때 원술이 내놓은 귤을 먹지 않고 품속에 넣어서 어머님께 갖다드리려 했던 육랑이 아니오? 부디 들썩거리지 말고 차분히 앉아서 내 말을 들어보시오. 조조가 조상국의 후손이라면 바로 대대로 한나라의 신하였다는 얘기요. 그런 사람이 지금 나라의 힘을 한 손에 틀어쥐고 휘두르면서 임금을 속이고 업신여기고 있소. 이는 바로 임금만 놀리는 게 아니라 자기 조상마저 놀리는 꼴이오. 그렇다면 한나라를 어지럽히는 신하일 뿐만 아니라 조씨 집안을 해치는 자손이기도 하오. 유예주로 말씀드리면 떳떳하기 짝이 없는 황실의 친척이오. 그래서 황제께서도 족보를 바탕으로 해서 벼슬을 내리셨지요. 어찌 뿌리를 알 수 없다고 하시오? 고조께서도 저 끄트머리의 보잘것없는 벼슬아치 노릇을 하다가 일어나 천하를 바로잡아 나라를 세우셨소. 돗자리를 짜고 짚신을 삼아서 판 게 뭐 그리 부끄러운 일이오? 공은 어린아이 같은 생각이나 하고 있는 사람이라 높은 선비와는 함께 이야기를 나눌 자격이 없소!”

육적의 말문이 막히자 또 한 사람이 나섰다.

“공명이 하는 말을 들어보니 모두 이치에 맞지 않는 억지소리요. 하나도 제대로 따지는 말이 없어 다시 들먹거릴 필요도 없소. 도대체 공명은 어떤 경전을 읽었소?”

엄준이었다. 제갈량은 목을 한 번 가다듬은 뒤 차분히 대답했다.

“그럴싸한 글귀나 찾고 멋들어진 말이나 뒤적거리는 짓은 세상의 썩어빠진 선비들이나 하는 일이오. 그런 사람들이 어찌 나라를 일으키고 일을 꾸리겠소? 신야에서 밭을 갈던 은나라의 이윤이나 위수에서 낚시질하던 주나라의 자아, 즉 강태공은 물론이요, 한나라를 세울 때 큰 힘을 보탠 장량이나 진평, 후한 광무제 때 활동했던 등우나 경감 같은 이들 모두 세상을 바로잡은 뛰어난 사람들인데, 그 사람들이 평생 어떤 경전을 읽었다는 말은 들어보지 못했소. 그 사람들이 좀스런 선비들처럼 붓이나 들고 앉아 검다느니 누렇다느니 입방아나 찧으며 함부로 말장난이나 쳤겠소?”

엄준이 기가 꺾여 머리를 들지 못하자 또 한 사람이 크게 소리를 질렀다.

"공이 이렇게 큰소리치기를 좋아하는 걸 보니 제대로 공부를 하지 않은 모양이오. 선비들의 웃음거리나 되지 않을까 걱정이오."

여양 사람 정덕추였다.

제갈량이 어이없다는 표정을 지었다.

"선비는 군자와 소인으로 나눌 수 있습니다. 군자는 임금에게 충성하고 나라를 사랑하며, 바른 일은 지키고 악한 일은 내치며 자기 사는 세상에 뭔가 도움을 주려 하기에 죽어서도 오래도록 이름이 남습니다. 소인은 책벌레처럼 오로지 글귀나 만지작거리며 다듬는 사람이라 젊어서는 글줄이나 긁적거리고 늙으면 경전을 들이파기에, 붓끝에서는 천 마디 말이 흘러내리지만 가슴속에는 쓸 만한 생각이 단 하나도 들어 있지 않습니다. 전한 때 양웅 같은 이는 문장으로 세상에 이름을 날렸지만 몸을 굽혀 왕망을 섬기다가 마침내 높다란 데서 몸을 던져 죽고 말았으니, 이게 바로 소인 선비가 보여주는 바요. 비록 하루에 만 마디 글을 지은들 어디다 쓰겠소!"

정덕추 역시 아무런 대꾸를 하지 못했다.

제갈량의 대답이 물 흐르듯 거침이 없자 모두들 낯빛이

바뀌어버렸다.

어색한 순간이 이어지자 장온과 낙통 두 사람이 뭔가 올 가미가 될 만한 질문을 던지려고 뭉그적거렸다. 바로 그때 한 사람이 밖에서 들어오더니 거칠게 소리쳤다.

"공명은 이 시대의 뛰어난 사람이오. 그런 사람을 두고 트 집이나 잡자고 입을 놀리는데, 그건 손님을 대접하는 예의 가 아니오. 조조의 대군이 가까이 밀려들어와 있는데 적을 물리칠 생각은 하지 않고 쓸데없이 입씨름이나 하고 있단 말이오!"

모두들 돌아보니 영릉 사람으로 자가 공복인 황개였다. 그는 동오의 식량을 맡아보는 자리에 있었다.

황개가 제갈량에게 얼굴을 돌렸다.

"말을 많이 하여 얻기보다는 아무 말 않고 가만히 있는 편이 낫다고 들었소. 어쩌자고 금같이 중요한 말씀을 우리 주공께 직접 들려드리지 않고 여러 사람들과 다투고 있습 니까?"

제갈량이 대답했다.

"여러분이 세상 돌아가는 걸 모르고 서로 다투듯이 나서 서 따지는 바람에 뿌리칠 수 없었소."

황개와 노숙은 제갈량을 안으로 안내했다. 중문 가까이 이르렀을 때 제갈근과 마주쳤다. 제갈량이 인사를 갖추자 제갈근이 말했다.

“강동에 왔으면서 왜 나를 보러 오지 않았느냐?”

제갈량이 대답했다.

“저는 지금 유예주를 섬기고 있습니다. 그러니 공적인 일이 먼저고 사적인 일이 나중입니다. 그러잖아도 일이 끝나면 형님을 찾아뵐 생각이었습니다. 이해해주십시오.”

“그럼 오후를 뵙고 난 뒤 나하고 얘기 좀 하자꾸나.”

제갈근은 말을 마치자 자기 갈 데로 갔다.

노숙이 제갈량을 쳐다보았다.

“부탁한 말씀 절대로 잊으면 안 됩니다.”

제갈량은 고개를 끄덕였다.

제갈량이 당상으로 올라가자 손권이 뜰아래로 내려와 예의를 갖추며 맞았다. 인사가 끝나자 손권이 앉기를 권했다. 문무 벼슬아치들은 양쪽으로 늘어섰다. 노숙은 제갈량 가까이 서서 오로지 제갈량의 입만 쳐다보았다.

제갈량은 먼저 유비의 뜻을 알린 뒤 손권의 모습을 뜯어보았다. 파란 눈과 자줏빛이 도는 수염에 거리낌 없는 모습이었다.

제갈량은 속으로 생각했다.

‘이 사람의 생김새는 보통이 아니다. 이런 사람은 충격을 줘 흥분시켜야 되지, 달래는 말로는 안 통하겠다. 묻기를 기

다렸다가 말로써 흥분시켜봐야겠다.'

차를 마시고 나자 손권이 입을 열었다.

"노자경한테서 선생의 재주에 대해서는 많이 들었습니다. 다행히도 이렇게 만났으니 부디 가르침을 펴주시오."

제갈량이 겸손히 대답했다.

"재주도 부족하고 배움도 없는 사람이라 따져 물으시는 바를 제대로 헤아려 대답할 수 있을지 모르겠습니다."

"선생은 얼마 전에 신야에서 유예주를 도와 조조와 싸워보았으니 조조군의 상황을 잘 알고 계시리라 생각하오."

"유예주께서는 군사가 많지 않고 장수도 몇 안 되는데다 신야성이 작고 먹을거리도 없어서 조조랑 제대로 싸울 수가 없었습니다."

"아무튼 조조군은 얼마나 되오?"

"말 탄 군사에다 일반 군사와 수군을 다 합하면 거의 백만 명 가까이 됩니다."

"그쪽에서 허풍을 많이 치는 게 아니오?"

"허풍이 아닙니다. 조조가 연주에 있을 때 이미 청주군 이십만 명을 거느리고 있었는데, 거기에다가 원소군 오륙십만 명을 더 얻었습니다. 이어 중원에서 새로 모집한 군사가 삼사십만 명인데다 이번에 차지한 형주군이 또 이삼십만 명입니다. 사실 이리저리 따져보면 백오십만 명도 넘습니다. 제가 그나마 백만 명이라고 했는데, 그건 선비들이 놀랄까봐 줄여서 말씀드린 겁니다.”

곁에 있던 노숙은 놀라서 낯빛이 바뀌며 제갈량에게 눈짓을 했다. 그러나 제갈량은 못 본 체했다.

손권이 다시 물었다.

“조조 부하들 가운데에서 제대로 싸울 만한 장수는 얼마나 되오?”

“슬기롭고 꾀 많은 모사와 싸움이 몸에 밴 장수가 적어도 일이천 명은 되는 듯 보입니다.”

“지금 조조는 형·초 땅을 모두 차지했소. 그러고도 또 다른 욕심을 내겠소?”

“조조는 지금 강을 따라 영채를 세우고 군사용 배를 준비하고 있습니다. 강동을 칠 생각이 아니라면 어디를 빼앗고 싶어 그러겠습니까?”

“만약에 조조가 우리 땅을 삼키고 싶어 그러는 거라면 싸워야겠소, 말아야겠소? 나를 위해 한번 판단해주시오.”

“제가 한말씀 드리겠으나, 장군께서 들어주실지 몰라 걱정됩니다.”

“좋은 말씀을 듣고 싶소.”

“일찍이 천하가 크게 어지러워서 장군께서는 강동에서 일어나시고, 유예주께서는 한수 남쪽에서 군사를 모아 조조와 천하를 다투셨습니다. 지금 조조는 껄끄러운 상대를 거의 다 무찌른 데 이어 형주까지 깨서 거침없는 기운을 온 세상에 떨치고 있습니다. 영웅이라 하더라도 군사를 써볼 만한 땅이 없습니다. 그러기에 유예주께서는 몸을 피해 여기에 이르셨지요. 장군께서도 부디 힘을 잘 따져보시고 판난하십시오. 오·월의 군사로써 중원과 한번 해볼 만하시면 빨리 조조와 어정쩡한 관계를 끊으셔야 합니다. 만약에 그렇지 않다면 여러 모사들의 말대로 군사를 눌러앉히고 무기를 버린 뒤 북쪽을 보고 섬기는 편이 낫지 않겠습니까?”

손권이 머뭇거리는 사이 제갈량이 다시 말을 이었다.

“장군께서는 겉으로는 항복해야 하는 쪽에 무게를 두고 계시면서도 속으로는 긴가민가하는 두 마음입니다. 일이 급하게 돌아가는데도 결정을 못 내리시면 화가 바로 닥쳐 뉘우치셔도 소용없습니다!”

손권이 물었다.

“돌아가는 판이 선생의 말과 같다면, 유예주는 어째서 조조한테 항복하지 않소?”

“옛날에 전횡은 제나라의 장사일 따름이었지만 의로움을 지키며 욕되게 살지 않았습니다. 하물며 유예주께서는 황실의 후손이시고, 뛰어난 재주가 세상을 덮어 많은 사람이 우러러봅니다. 일이 맘대로 되지 않는다면 그건 하늘의 뜻일 뿐입니다. 그렇다고 몸을 굽혀 어찌 남의 밑으로 들어가 겠습니까!"

손권은 제갈량의 말을 듣다 말고 낯빛이 바뀌더니 옷을 떨치며 벌떡 일어나 뒤채로 들어가버렸다. 모여 있던 사람 들 모두 비웃음을 흘리며 흩어졌다.

노숙이 제갈량을 나무랐다.

"선생은 어쩌자고 그런 말씀을 하셨소? 다행히 우리 주공 께서 마음이 넓으셔서 바로 앞에서 꾸짖지 않으셨을 따름 이오. 선생의 말씀은 우리 주공을 아주 깔보는 투였소."

제갈량이 얼굴을 들어 껄껄 웃었다.

"어째서 속이 그렇게 좁아터지셨답니까! 나는 조조를 깰 방법을 알고 있소. 단지 그쪽에서 묻지 않기에 나도 말하지 않았을 뿐이오."

노숙이 제갈량 가까이 바짝 다가갔다.

"과연 좋은 방법이 있다면 제가 주공께 말씀드려 다시 가 르침을 받도록 하겠소."

"나는 조조의 백만 대군도 개미 떼 정도로밖에 여기지 않 소. 내가 손을 한 번 들기만 하면 모두들 가루가 되어 부서 져버립니다!"

노숙은 얼른 뒤채로 손권을 찾아갔다. 손권은 분이 풀리 지 않아 씩씩거리고 있었다.

"공명은 나를 너무나 업신여겼소!"

노숙이 차분히 말했다.

"저도 그렇게 생각해 공명을 나무랐습니다. 그러나 공명은 도리어 웃으면서 주공께서 속이 너무 좁으시다고 하더군요. 공명은 조조를 깰 방법을 알고 있으면서도 쉽게 말하러 하지 않습니다. 주공께서는 어째서 그건 묻지 않으셨습니까?"

손권의 화난 얼굴이 곧바로 풀렸다.

"공명은 처음부터 좋은 방법을 가지고 있으면서 나를 말로써 충격을 주어 흥분시켰구려. 내가 순간적으로 좁게 생각해 하마터면 큰일을 그르칠 뻔했소."

손권은 노숙과 함께 바로 나와 제갈량의 얘기를 듣고자 했다.

손권이 제갈량에게 사과했다.

"조금 전에 선생의 마음을 불편하게 해드려 죄송하오. 내 잘못을 용서해주시오."

제갈량 역시 사과했다.

"제 말씀이 지나쳤습니다. 용서해주십시오."

손권은 제갈량을 뒤채로 들게 한 뒤 술대접을 했다.

술이 몇 잔 돌고 나자 손권이 먼저 말했다.

"조조가 평생 미워한 사람은 여포와 유표에다 원소와 원술, 그리고 유예주와 나요. 이제 여러 영웅들은 차례로 죽고, 남은 이는 유예주와 나뿐이오. 내가 오 땅을 제대로 지키지 못하면 남의 밑에서 간섭을 받고 살아야 하오. 나는 이미 결정했소. 그런데 유예주가 아니면 함께 조조를 해볼 사람이 없소. 하지만 유예주께서 이제 막 싸움에 지고 난 끝이라 어떻게 이 어려움을 뚫고 나갈 수 있겠소?”

제갈량이 대답했다.

“유예주께서 이번에 지긴 했지만 아직도 관운장이 이끄는 날랜 군사 만 명이 있고, 유기가 거느리고 있는 강하 군사도 만 명이 못 되지는 않습니다. 조조군은 멀리서 오느라 지칠 대로 지쳐 있습니다. 그런데다 유예주 뒤를 쫓느라 가볍게 무장하고 말을 탄 군사들은 하루 낮 하루 밤 동안 삼백 리를 달려왔습니다. 아무리 강한 화살도 멀리 날아가면 얇은 비단조차 뚫지 못한다는 말이 있습니다. 또 북쪽 사람들은 원래 물에서 하는 싸움은 잘하지 못합니다. 게다가 조조를 따르는 형주 백성들은 조조의 힘에 눌려 어쩔 수 없이 붙어 있지만 속마음은 다릅니다. 지금 장군께서 유예주와 정성으로 힘을 합치고 한마음이 된다면 조조군은 반드시 깰 수 있습니다. 조조군은 깨지고 나면 틀림없이 북으로 돌아갑니다. 그리되면 형주와 동오의 힘이 세져서 천하는 솥발처럼 셋으로 나뉘게 됩니다. 이기고 지는 바탕은 오늘에 달려 있습니다. 장군께서 알아서 판단을 내리십시오.”

손권이 무척 좋아라 했다.

“선생의 말씀을 듣고 나니 답답한 내 가슴이 확 터지는 성싶소. 내 이미 마음먹었으니 다시는 흔들리거나 망설이지 않겠소. 오늘 곧장 군사 일으킬 일을 의논해서 함께 조조를 치도록 합시다!”

손권은 노숙더러 이러한 뜻을 문무 벼슬아치들에게 알리도록 한 뒤 제갈량은 숙소에 가서 쉬도록 했다.

장소는 손권이 군사를 일으키려 한다는 소식을 듣자 곧바로 여러 벼슬아치들과 함께 의논하며 말했다.

“공명의 꾀에 말려들었습니다!”

장소는 급히 들어가 손권을 말렸다.

“저희들은 주공께서 군사를 일으켜 조조랑 싸우려 하신다고 들었습니다. 그렇다면 주공께서는 스스로 생각하시기에 원소랑 비교할 때 어떻다고 여겨지십니까? 지난번에 조조는 군사도 많지 않고 장수도 얼마 안 되었지만 북소리 한 번에 원소를 꺾고 말았습니다. 그랬는데 지금은 백만 대군을 거느리고 남으로 쳐내려오는데 어떻게 쉽게 해볼 수 있단 말입니까? 만약 제갈량의 말을 듣고 가벼이 군사를 일으키신다면, 그건 섶을 지고 불 속으로 뛰어드는 꼴이나 마찬가지입니다.”

손권은 고개를 숙인 채 아무 말도 하지 않았다. 그러자 고옹이 나섰다.

"유비는 조조에게 졌기 때문에 우리 강동 군사를 빌려 막아보려 합니다. 주공께서는 왜 남에게 이용당하려 하십니까? 부디 자포의 말을 들으십시오."

손권은 생각에 잠긴 채 아무런 결정을 내리지 않았다. 장소 등이 물러가자 노숙이 들어왔다.

"지금 장자포를 비롯해 여럿이 주공께 군사를 움직이지 마시라고 하면서 항복하자고 또 적극적으로 말했겠지요. 이건 모두 처자식이나 보살피고자 하는 신하들의 자기네들만을 위하는 생각이니 주공께서는 부디 듣지 마십시오."

손권은 계속 생각에만 빠져 있느라 대꾸를 하지 않았다.

노숙이 다시 말했다.

"주공께서 계속 머뭇거리시기만 하다가는 반드시 여러 사람들에 휘둘려 일을 그르치시고 맙니다."

손권이 무겁게 입을 열었다.

"잠시 물러가 있으시오. 거듭 생각을 해보아야겠소."

노숙은 밖으로 나왔다. 장수들은 더러 싸우자는 이들도 있었으나, 문관들은 거의 모두가 항복해야 한다면서 떠들어대느라 의견이 한결같지 않았다.

손권은 안으로 들어갔다. 자는 일도, 먹는 일도 잊고 불안해했다. 머뭇거려지기만 할 뿐 결심이 서지 않았다. 손권이 허둥대는 걸 보고 이모이자 작은어머니인 오국태가 물었다.

"무슨 일이 있길래 잠도 못 자고 먹지도 못하느냐?"

손권이 대답했다.

"지금 소소가 장강과 한수에 군사를 몰고 와서 강남을 덮치려 합니다. 문무 벼슬아치들에게 물어보니 어떤 이는 싸우자 하고 어떤 이는 항복하자고 합니다. 싸우자니 우리 군사로 많은 적을 해볼 수가 없어 걱정이고, 항복을 하자니 조조가 무슨 짓을 할지 몰라 이러지도 저러지도 못하고 있습니다."

"너는 어찌하여 네 어머니가 돌아가시면서 하신 말씀을 잊었느냐?"

손권은 술이 확 깨는 듯하기도 하고, 꿈에서 퍼뜩 깨어나는 성싶기도 했다. 그제야 어머니가 한 말이 떠올랐다.

국모가 세상을 뜨는 자리에서 한 말씀이 떠올라

주랑을 불러다 싸움에서 공을 세우게 하는구나

과연 어떤 말이 나올는지…….

주유를 부추기는
제갈량

제갈량은 슬기롭게 주유를 부추기고
손권은 조조를 깨부수기로 마음먹다

손권이 머뭇거리며 마음을 정하지 못하자 오국태는 안타까워했다.

"네 어머니가 돌아가실 때 한 말씀을 떠올려보아라. '백부가 세상을 뜨면서, 안의 일을 결정할 땐 장소한테 묻고 밖의 일을 결정할 땐 주유에게 물으라고 했단다'고 하시지 않았느냐? 그런데 왜 공근을 불러다 묻지 않느냐?"

손권은 무척 기뻐하며 바로 파양으로 사람을 보내 주유를 불러다 의논하고자 했다.

주유는 파양호에서 수군을 훈련시키고 있었는데, 조조가

대군을 몰고 한수 가까이 이르렀다는 소식을 들었다. 곧바로 군사 문제를 의논하기 위해 밤을 도와 시상군으로 가고 있었다. 그래서 손권이 보내려는 사람이 떠나기도 전에 왔다.

노숙은 주유와 가까운 사이였다. 재빨리 나가 주유를 맞으며 그동안 있었던 일들을 자세히 일렀다.

주유가 고개를 끄덕였다.

"자경은 너무 염려하지 마시오. 나도 내 나름대로 생각이 있소. 공명이나 빨리 만나게 해주시오."

노숙은 말을 타고 돌아갔다.

주유가 잠깐 쉬고 있는데 장소·고옹·장굉·보즐 네 사람이 찾아왔다고 했다. 주유는 그들을 맞아 인사를 나누었다.

인사를 마치자 장소가 먼저 말했다.

"도독은 강동이 지금 어떤 상황인지 아시는지요?"

주유가 고개를 저었다.

"아직 모르오."

"조조가 백만 대군을 이끌고 한수에 와 있으면서, 며칠 전에 우리 주공더러 강하에서 만나 사냥이나 같이 하자는 편지를 보내왔습니다. 강동을 집어삼키고 싶으면서 속내를 감추고 있는 듯합니다. 우리는 주공께 항복해서 어떻게 하든 강동이 화를 입지 않도록 하자고 했습니다. 그런데 뜻밖에도 노자경이 강하에 가서 유비가 스승처럼 받드는 제갈량을 데리고 왔습니다. 제갈량은 자기네들 분을 풀기 위해 주공을 갖은 말로 들쑤시고 부추겨 조조와 싸움을 붙이고 있습니다. 자경조차 뭐가 잘못인지 모르고 계속 고집을 부리고 있습니다. 그래서 모두들 도독의 결정을 기다리고 있습니다.”

주유가 빤히 쳐다보았다.

“공들의 생각도 모두 똑같소?”

고옹을 비롯해 모두들 똑같이 대답했다.

“의논을 한 결과 모두 같은 생각입니다.”

주유가 고개를 끄덕였다.

“나 역시 항복해야겠다고 생각한 지 오래요. 모두들 돌아가시오. 내일 아침 주공을 뵙고 결정을 하도록 합시다.”

장소를 앞장세운 이들이 돌아가자 이번엔 정보·황개·한당 등 장수들 한 무리가 찾아왔다. 주유가 그 사람들을 맞아들였다. 인사를 나누고 나자 정보가 말했다.

“도독은 우리 강동이 머지않아 남의 손아귀에 들어간다는 걸 알고 있소?”

주유가 고개를 저었다.

“모르는 일이오.”

정보가 주먹을 불끈 쥐며 말했다.

“우리는 손장군을 따라 나라의 발판을 마련할 때까지 수

백 차례의 크고 작은 싸움을 했소. 그러고서야 겨우 여섯 군의 성을 거느리게 되었는데, 지금 주공께서는 모사들의 말만 듣고 조조에게 항복하려 하시니 참으로 부끄럽고 속 터지는 일입니다! 우리는 죽더라도 그렇게 욕되게 살기는 싫소. 바라건대 도독은 주공께 군사를 일으키라고 해주십시오. 우리는 숙을힘을 다해 싸우겠소.”

주유가 빤히 쳐다보았다.

“장군들의 생각은 다 똑같소?”

황개가 벌떡 일어나 손으로 이마를 치며 딱 부러지게 말했다.

“내 모가지가 잘리면 잘렸지, 절대로 조조한테는 항복하지 않겠소!”

나머지 사람들도 모두 같은 뜻이었다.

“우리들 모두 항복을 바라지 않소!”

주유가 고개를 끄덕였다.

“나 역시 조조와 싸울 생각이오. 어찌 항복을 할 수 있겠소! 장군들은 돌아가시오. 내가 주공을 뵙고 결정하겠소.”

정보의 무리가 돌아가자 이번엔 제갈근과 여범 등 문관들 한 무리가 찾아왔다. 주유가 맞아들여 인사를 나누고 나자 제갈근이 말했다.

“내 아우인 제갈량이 한수 쪽에서 와서, 유예주가 동오와 손잡고 조조를 함께 치자고 하여 문무 벼슬아치들이 모두 모여 의논했으나 결론을 내리지 못했소. 아우가 온 일이라 나는 뭐라고 말을 하기가 어렵소. 도독께서 결론을 내려주시기 바랍니다."

주유가 빤히 쳐다보았다.

"툭 까놓고 얘기하자면 어떻소?"

제갈근이 머뭇거리지 않고 대답했다.

"항복하면 편할 테고, 싸우면 유지하기 힘들겠지요."

주유가 웃었다.

"나한테도 생각이 있소. 내일 부중으로 가서 같이 의논하고 결정합시다."

제갈근의 무리가 돌아가자 또 여몽과 감녕이 앞장선 무리가 찾아왔다. 주유가 맞아들이자 그들이 하는 말 역시 같은 일에 관한 얘기였다. 싸우자는 쪽과 항복하자는 쪽으로 나뉘어 서로 입씨름을 했다.

주유가 손을 내저었다.

"그만들 다투시오. 내일 부중에서 의논한 뒤 결정합시다."

그들 모두 돌아가자 주유는 혼자서 쓴웃음을 지었다.

밤이 되자 밖에서 노숙이 제갈량과 함께 왔다고 알렸다. 주유는 중문까지 나가 맞아들였다. 인사를 마친 뒤 손님과 주인 자리에 제가끔 앉았다.

노숙이 주유를 쳐다보았다.

"지금 조조가 대군을 몰아 남쪽을 덮치려 듭니다. 주공께서는 항복해야 할지 싸워야 할지 결정을 못 하셔서 장군께 의견을 물으려 하십니다. 장군의 생각은 어떻습니까?"

주유가 대답했다.

"지금 조소는 황제의 이름을 앞세우고 있어 조조의 군사와 맞서기 힘드오. 게다가 세력도 거세니 가벼이 해볼 수도 없소. 싸우면 반드시 집니다. 항복하면 편안할 테지만, 내 마음은 이미 결정되었소. 내일 주공을 뵈면 바로 사람을 보내 항복하도록 하겠소."

노숙이 깜짝 놀랐다.

"장군의 말씀은 옳지 않소! 강동에 터를 닦은 뒤 벌써 삼대째 이어 내려왔는데 어찌 하루아침에 남에게 넘겨준단 말이오? 백부께서 세상을 뜨실 때 바깥일은 장군에게 맡긴다고 유언하셨소. 지금 모든 사람이 장군을 태산처럼 믿고 기대며 나라를 지키려 하는데 어찌하여 저 겁쟁이들하고 똑같은 소리를 한단 말입니까?"

"강동 여섯 군 백성들의 수많은 목숨들이 난리를 만나 화를 입으면 너나 가리지 않고 모두 틀림없이 나를 원망할 테지요. 그래서 항복하기로 마음을 먹었소."

"그렇지 않소. 장군같이 뛰어난 분이 있고 동오가 험한 데

     박상률 완역 삼국지 4

자리 잡고 있어 조조도 결코 제 맘대로 못 할 겁니다.”

두 사람이 입씨름을 하는 동안 제갈량은 입가에 웃음만 흘리고 있었다.

주유가 제갈량을 쳐다보았다.

“선생은 어째서 웃기만 하시오?”

“웃는 까닭이 다른 데 있지 않소. 자경이 세상 돌아가는 판을 너무 모르시기에 웃음이 납니다.”

노숙이 제갈량을 보고 따졌다.

“선생은 어째서 나를 보고 세상 돌아가는 판을 모른다고 하시오?”

제갈량이 대답했다.

“공근의 말씀대로 조조에게 항복할 수밖에 없소. 그게 이치에 맞는 일이오.”

주유가 맞장구를 쳤다.

“공명은 참으로 세상 돌아가는 판을 읽을 줄 아시는구려. 내 생각과 똑같습니다.”

노숙이 소리를 질렀다.

“공명까지 어찌 이럴 수 있소!”

제갈량이 손을 내저었다.

“조조는 군사를 아주 잘 부리는 사람으로 누구도 막아낼 사람이 없소. 전에 여포와 원소에 이어 원술과 유표가 맞서

보기는 했소. 그러나 그 사람들은 다 조조에게 져서 지금 세상에는 조조를 해볼 사람이 없소. 오로지 유예주만이 세상 돌아가는 판을 모르시고 맞서다가 힘에 부쳐 외로이 강하로 쫓기는 신세가 되어 하루 앞도 알 수 없는 처지가 되고 말았소. 장군께서 조조한테 항복하기로 마음먹으셨으니 이제 처자식도 무사할 테고, 재산이며 자리도 지킬 수 있습니다. 나라의 주인이 바뀌는 거야 다 하늘의 뜻이거늘 안타까워할 일이 뭐 있겠소!"

마침내 노숙이 크게 화를 냈다.

"그대는 우리 주공더러 나라의 역적한테 무릎을 꿇고 욕을 당하라는 거요?"

제갈량은 계속 차분히 말했다.

"사실은 이 사람이 방법 하나를 알고는 있소. 굳이 힘들게 양을 끌고 술통을 지고 가서 땅과 도장을 바칠 필요는 없소. 또 직접 강을 건너갈 필요도 없소. 한 사람을 뽑아 작은 배에 두 사람만 실어 보내면 그만이오. 조조는 그 두 사람만 얻으면 백만 대군의 갑옷을 벗기고 깃발을 둘둘 말아 들고 곧장 물러갑니다."

주유가 궁금해했다.

"두 사람이 어떤 사람인데 조조군을 물러가게 할 수 있단 말이오?"

"강동에서 이 두 사람을 내보내는 일은 커다란 나무에서 이파리 하나 따내는 정도거나, 큰 곳간에서 좁쌀 한 알 집어내는 정도밖에 안 됩니다. 하지만 조조는 두 사람을 얻으면 더할 나위 없이 좋아하며 돌아갑니다."

주유가 다시 물었다.

"두 사람이 누군데 그런단 말이오?"

"내가 융중에 살 때 들었는데, 조조가 장하 가에다 웅장하고 화려한 대를 하나 새로 지었는데 동작대라 합디다. 천하의 미녀들을 널리 뽑아서 그 안에 두었다고 하더군요. 워낙 여자를 밝히는 조조라서 그랬겠지요. 그런데 조조는 오래전부터 강동의 교공이라는 사람의 두 딸에 대한 얘기를 듣고 안달하고 있었답니다. 큰딸은 대교라 부르고 작은 딸은 소교라 부르는데, 둘 다 어찌나 예쁘고 아름다운지 두 사람이 나타나면 물고기가 물속으로 숨고, 하늘을 날던 기러기가 내려가 앉아버리며, 달빛도 희미해지고 꽃도 부끄러워할 정도라더군요. 그래서 조조는 다짐하기를 '내게 소원이 둘 있는데, 하나는 천하를 눌러 제왕의 뜻을 이루는 일이고, 또 하나는 강동의 이교를 동작대에 데려다놓고 늙은 뒤 즐거이 보내는 일이다. 그렇게만 되면 죽어도 한이 없겠다'라고 했답니다. 지금 백만 대군을 이끌고 호랑이처럼 강남을 노려보고 있지만, 사실은 이 두 여자를 얻으려고 그럽니다.

장군은 빨리 교공을 찾아 천금을 주더라도 두 여자를 사서 조조에게 보내십시오. 조조가 두 여자를 얻으면 그걸로 가슴이 벅차서 틀림없이 군사를 거두어 돌아갑니다. 이는 월나라의 범려가 서시라는 미인을 오나라 왕 부차에게 보내 부차가 서시에게 빠지게 해 나라를 망치도록 한 꾀와 같다고 할 수 있습니다. 어째서 서누르지 않으십니까?"

주유가 이맛살을 찌푸렸다.

"조조가 이교를 얻으려 한다는 증거가 있기나 하오?"

"조조의 어린 아들 조식은 자가 자건인데, 붓만 쥐면 글이 막힘없이 나옵니다. 그래서 조조가 아들더러 동작대부를 짓도록 했답니다. 글에 담긴 내용은 자기 집안에서 천자가 나와야 하고, 또 그게 마땅한 일이고 기어코 이교를 차지해야 한다는 겁니다."

"그 글을 기억할 수 있소?"

"글이 아름답고 멋들어져 진즉부터 외우고 있습니다."

"한번 읊어보시오."

제갈량은 목을 한 번 가다듬은 뒤 곧장 동작대부를 읊었다.

밝으신 임금을 따라 노니나니

높다란 대에 올라 즐겁기 짝이 없네

널따랗게 열린 태부를 보라

성스러운 덕으로 꾸렸네

높다란 문 아득하게 높이 세우니

양쪽으로 대궐이 높이 떠 있는 듯

하늘 한가운데에 멋들어지게 서 있는 모습이여

건물들은 나는 듯이 서쪽 성까지 이어져 있네

멀리멀리 흐르는 장하 물가에 있고

들녘엔 많은 과일들 주렁주렁하네

왼쪽·오른쪽 두 군데에 쌍으로 대를 세우니

옥으로 된 용이요 금으로 된 봉황이라

두 다리 이교가 동남쪽에 있으니

아침저녁으로 즐길 만하도다

크고 화려한 황제의 도읍 바라보니

구름과 노을 속에 안겨 있네

인재들 무리 지어 모여드니 기쁘고

어진 신하 얻는 꿈 꾸어지네

부드럽게 불어오는 봄바람 속에

구슬피 우짖는 온갖 새소리 섞여 있네

하늘의 구름만큼 이미 높이 올라갔으니

집안의 바람이 다 이루어졌도다

어짊을 세상에다 활짝 펼쳐내니

모두들 도읍 바라보며 엄숙히 고개 숙이네

제의 환공과 진의 문공이 이룬 바도

오늘의 성스럽고 밝으신 정도는 아니었으리

아름답고도 아름답고나

은혜로움이 멀리도 펼쳐졌네

우리 황실을 잘 받들면

세상이 다 편안히리라

하늘과 땅만큼 정한 뜻이 같으니

해와 달처럼 빛나는구나

귀하신 뜻 영원하여 끝이 없어

봄을 맡고 있는 동황처럼 길이길이 사시기 바라네

임금의 용 깃발 드날리며 노니시며

임금 수레 타시고서 세상 두루 살피시네

베푸심이 온 천하에 두루 미치시고

온갖 것 넉넉하고 백성들은 편안하다

동작대여, 영원히 단단하여

두고두고 즐거움이 이어질지어다

제갈량은 일부러 두 다리를 이교에 빗대는 식으로 글을
고쳐 읊고 난 뒤 주유를 힐금 훔쳐보았다. 주유가 얼굴이 붉
으락푸르락하더니 벌컥 성을 내며 자리에서 일어났다.

이어 주유는 북쪽을 손가락으로 가리키며 외쳤다.

제갈량은 이교를 들먹이며 주유를 화나게 만들다.

"늙은 역적놈이 나를 아주 업신여기는구나!"

제갈량이 급히 일어나서 말렸다.

"옛날에 선우가 자주 쳐들어오자 한나라 황제께서도 공주를 내주며 달랜 적이 있소. 그런데 보통 백성 집 두 딸을 아낄 까닭이 있겠소?"

주유가 씩씩거렸다.

"공은 모르는 소리 하지 마시오. 대교는 바로 손백부 장군의 부인이시고, 소교는 바로 내 아내요."

제갈량은 짐짓 어쩔 줄 몰라 하며 사과를 했다.

"나는 그런 줄도 모르고 입을 잘못 놀려 함부로 말했습니다. 죽을죄를 지었습니다! 죽을죄를 지었습니다!"

주유가 이를 뿌드득 갈았다.

"나는 그 늙은 역적놈과 결코 이 세상에서 함께 살 수 없소!"

제갈량이 차분히 말했다.

"중요한 일은 반드시 세 번 생각해보고 나서 시작해야만 나중에 뉘우치지 않게 됩니다."

"백부가 세상을 뜨면서 내게 부탁한 말을 잊지 않고 있는데 몸을 굽혀 조조한테 항복할 수 있겠소? 내가 아까 한 말은 일부러 떠보느라 그랬소. 파양호를 떠나올 때부터 나는 이미 북쪽을 치기로 마음먹었소. 비록 칼과 도끼가 머리를

 박상률 완역 삼국지 4

치더라도 내 뜻은 바뀌지 않소! 공명께서는 부디 내 팔 하나라도 거들어서 조조 역적놈을 함께 깨부숩시다."

"내가 필요하다면 개나 말 정도의 하찮은 힘까지도 보태서 돕도록 하겠소."

주유가 스스로 다짐했다.

"내일 들어가 주공을 뵙고 곧바로 군사를 일으키도록 하겠소."

제갈량과 노숙은 주유한테서 물러나와 헤어졌다.

다음 날 아침 일찍 손권이 나와 앉자 왼쪽으로는 장소·고옹 등 문관이 30명 넘게 늘어서고, 오른쪽으로는 정보·황개 등 무관이 30명 넘게 늘어섰다. 모두들 옷차림이 깔끔하고 가지런했다. 옆구리에 차고 있는 칼이 더러 철렁거리는 소리를 내기도 했다.

조금 있자 주유가 들어왔다. 손권이 안부를 묻고 서로 인사가 끝나자 주유가 손권에게 물었다.

"요새 듣자니 조조가 한수 가로 군사를 몰고 와 있으면서 우리한테 편지를 보내왔다던데 주공께서는 어떻게 생각하고 있습니까?"

손권이 조조가 보낸 편지를 가져오라 하여 주유에게 보여줬다. 주유가 다 읽고 나서 껄껄 웃어젖혔다.

"늙은 역적놈이 강동에는 사람이 없는 줄 알고 이따위 말
로 깔아뭉개는구려!"

손권이 주유를 쳐다보았다.

"그대 뜻은 어떠하오?"

"주공께서는 여러 문무 벼슬아치들과 이 일을 의논해보
셨습니까?"

"날마다 이 일을 의논했소. 항복하자는 이도 있고 싸우자
는 이도 있어서 내가 결정을 못 내리고 있소. 그래서 공근더
러 결정을 하라는 거요."

"누가 주공께 항복하자고 권했습니까?"

"장자포를 비롯하여 여러 사람들이 그리 말했소."

주유가 장소를 돌아보았다.

"선생이 항복하자고 하는 까닭은 무엇이오?"

장소가 대답했다.

"조조는 황제를 끼고서 사방을 치며, 움직일 때마다 나라
를 내세우고 있소. 얼마 전에는 형주까지 얻어 세력이 더욱
커졌소. 우리 강동이 조조를 해볼 수 있다면 그나마 장강이
곁에 있기 때문이오. 그런데 조조는 지금 몇천, 몇백 척이나
되는 군사용 배들을 띄워놓고 있소. 물과 뭍 양쪽에서 쳐들
어오면 어떻게 막아낼 수 있겠소? 그래서 우선 항복을 하고
나중에 다시 방법을 찾자는 겁니다."

"그건 세상 돌아가는 판을 모르는 선비들이나 하는 소리요! 우리 강동은 이미 삼 대에 걸쳐 이어져오고 있소. 어찌 하루아침에 내버릴 수 있단 말이오!"

손권이 주유에게 물었다.

"그렇다면 어찌해야 하오?"

주유가 대답했다.

"조조는 한나라 승상이라 하지만 사실은 역적입니다. 장군께서는 뛰어난 무예와 씩씩함을 드러내는 재주로 아버님과 형님의 뒤를 이어 강동을 거느리고 계십니다. 군사들은 날쌔고 먹을거리도 넉넉합니다. 그러니 바로 이때 세상을 가로세로로 내달으며 나라를 위해 저 나쁜 인간들을 쓸어버려야지 어찌 역적한테 항복할 수 있단 말입니까? 또한 조조는 이리 오면서 군사를 움직일 때 지켜야 할 원칙들을 지키지 않았습니다. 첫째는 북쪽 땅을 편안하게 가라앉히지 못해 마등과 한수 등이 골칫거리로 남아 있는데 남쪽을 치러 나왔고, 둘째로는 북쪽 군사들은 수전에 약한데도 조조가 말 대신 배를 타고 동오와 싸움을 하도록 하였고, 셋째로는 지금은 한겨울이라 말을 먹일 풀을 구하기 쉽지 않은 점이고, 넷째로는 중원 군사들을 몰고 멀리 강과 호수를 건너왔기에 물과 땅이 맞지 않아 병이 많이 생깁니다. 이렇듯 조조군은 지켜야 할 원칙을 제대로 지키지 않았으므로 비록 수가 많다 하더라도 싸움에 반드시 지고 맙니다. 장군께서 조조를 사로잡을 때는 바로 오늘입니다. 저한테 날쌘 군사 몇만 명만 내주십시오. 하구로 가 있으면서 장군을 위해 적을 깨부수겠습니다!”

손권이 자리에서 벌떡 일어났다.

“늙은 역적놈이 한나라를 없애버리고 자기가 차지하려 한 지 오래였소. 원소와 원술과 여포와 유표와 내가 두려워 맘대로 못 했을 뿐이오. 이제 여러 영웅들은 이미 다 사라지고 나만 남았소. 나는 저 늙은 역적놈과 결코 이 세상에 같이 있을 수 없소! 마땅히 조조를 쳐야 한다는 말씀은 바로 내 뜻과 같소. 이는 바로 하늘이 그대를 내게 보내신 뜻이오.”

주유가 다시 말했다.

“저는 장군을 위해 피 터지는 싸움이라도 하기로 마음먹었으니 만 번을 죽는다 해도 물러서지 않겠습니다. 다만 장군께서 머뭇거리시며 결정을 못 하실까 그게 걱정입니다.”

바로 그때 손권이 칼을 쑥 빼어 들더니 탁자 한 모서리를 내려쳤다.

“어떤 벼슬아치든 장수든, 다시 조조한테 항복하자는 소리를 내는 이가 있으면 바로 이 탁자처럼 하겠소!”

손권은 그 자리에서 주유를 대도독으로 삼고 정보를 부도독, 노숙을 찬군교위로 삼은 뒤 주유에게 자신의 칼을 주며 말했다.

"붓 든 벼슬아치고 칼 든 벼슬아치고, 명령을 어기는 이가 있으면 바로 이 칼로 베어버리시오!"

주유는 칼을 받아 든 뒤 여러 사람을 보고 소리쳤다.

"내 이제 주공의 명령을 받들어 군사를 이끌고 가 조조를 치겠소. 여러 장수와 관리들은 내일 모두 강가의 영채로 와서 명령을 받도록 하시오. 만일 늦어서 일을 그르치는 이는 군법 칠금령 오십사참에 따라 다스리겠소."

말을 마치자 주유는 손권에게 인사를 한 뒤 부중을 빠져나갔다. 문무 벼슬아치들은 아무 말 없이 저마다 흩어졌다.

주유는 숙소로 돌아와 있다가 앞일을 의논하기 위해 제갈량에게 사람을 보냈다.

제갈량이 와서 인사를 마치자 주유가 말했다.

"오늘 부중에서 결론이 났소. 이제 조조를 깨부술 방법을 일러주시오."

그러나 제갈량이 고개를 저었다.

"손장군의 마음이 아직도 자리를 잡지 못하고 있어서 방법을 말할 때가 아니오."

"어째서 마음이 자리를 잡지 못했다고 생각하시오?"

"조조군이 많아 적은 군사로 과연 해볼 수 있을까 하는 생각에 속으로 겁을 먹고 계시오. 장군이 군사 수와 관련해

설명을 잘해서 의심을 풀어주시오. 그래야 큰일을 해낼 수 있소."

주유가 고개를 끄덕였다.

"선생의 말씀이 옳소."

주유는 다시 들어가서 손권을 만났다.

"공근이 밤에 찾아온 걸 보니 무슨 일이 있는 모양이구려."

주유가 대답했다.

"내일 군사를 살펴 가다듬으려 합니다. 주공께서는 혹시 아직도 뭔가 마음에 걸리시는 게 있는지요?"

"조조군이 워낙 많은데 우리의 적은 군사로 해볼 수 있을까 하는 게 걸릴 뿐이오. 다른 건 없소."

주유가 애써 웃었다.

"그러잖아도 제가 주공의 마음을 풀어드리려고 일부러 왔습니다. 주공께서는 조조가 보낸 편지에서 물과 뭍 양쪽을 합해 백만 대군이라 한 것만 보시고 그만 마음이 지레 불편해지셔서 제대로 군사 수를 따져보지는 않으셨습니다. 제가 지금 한번 따져보겠습니다. 원래 그들이 거느리고 있던 중원의 군사는 십오륙만 명인데, 그들은 이미 지칠 대로 지쳐 있습니다. 이어 원씨네 군사들을 칠팔만 명 차지했는데, 그들 가운데 많은 수가 속으로는 아직도 따르지 않고 있습니다. 사실 지칠 대로 지친 군사와 마음속으로 따르지 않는 군사는 수가 아무리 많다 해도 두려워할 까닭이 없습니다. 저한테 군사 오만 명만 내주시면 충분히 깨부술 수 있으니 주공께서는 너무 걱정하지 마십시오.”

손권이 주유의 등을 쓰다듬었다.

“공근의 말을 듣고 나니 내 속이 시원하게 뚫리오. 자포는 이렇다 할 방법이 없어 나를 무척 실망시켰소. 다행히 그대와 자경이 나와 뜻이 같았소. 이제 자경과 정보와 함께 바로 군사를 뽑아서 나가도록 하시오. 나는 뒤에서 군사를 계속 보내고, 물자와 먹을거리를 많이 싣고 가 뒤에서 받쳐주겠소. 그대가 앞장서 갔다가 뜻대로 되지 않으면 바로 내게 돌아오시오. 내 직접 조조 역적놈하고 한번 싸워보겠소. 이제 속으로 머뭇거릴 일이 아무것도 없소.”

주유는 절을 하고 나오면서 속으로 생각했다.

‘음, 공명은 벌써 오후의 마음을 꿰뚫어보고 있었군. 그 사람이 생각하는 게 나보다 한 수 높구만. 오래 두었다가는 강동의 골칫거리가 될지 모르겠다. 없애버리는 편이 낫겠군.’

곧장 사람을 시켜 그 밤에 바로 노숙을 불러들인 뒤 제갈량을 죽여야겠다고 생각했다.

그러나 노숙이 고개를 저었다.

“안 됩니다. 지금 조조 역적도 깨지 못했는데 똑똑한 선비부터 죽이는 건 스스로 우리를 도와줄 사람을 없애는 꼴입니다."

주유가 말했다.

"하지만 그 사람이 유비를 돕는다면 반드시 강동의 골칫거리가 되오."

"제갈근은 그 사람의 친형이니까, 형더러 동생을 잘 달래서 동오를 함께 섬기도록 하는 편이 좋지 않겠습니까?"

주유가 고개를 끄덕였다.

다음 날 날이 밝자 주유는 영채로 나가 중군 막사의 높다란 곳에 앉았다. 양쪽으로는 칼 든 무사들이 죽 늘어섰고, 문관과 장수들이 명령을 기다리고 있었다. 그런데 정보가 보이지 않았다. 정보는 주유보다 나이가 많았다. 그런데 주유의 명령을 받는 처지가 되자 마땅찮아서 병을 핑계 대고 아들 정자를 대신 보냈다.

주유가 여러 장수들에게 명령을 내렸다.

"왕의 법은 친하고 먼 게 없이 누구도 가리지 않소. 여러분들은 저마다 맡은 자리를 잘 지키시오. 지금 조조가 힘을 멋대로 휘두르는데 동탁보다 더 심하오. 황제를 허도에 가두어놓고서는 사나운 군사를 끌고 우리 가까이 와 있소. 내 지금 명령을 받들어 조조를 칠 테니 모두들 힘을 다해 앞으로 나아가기 바라오. 대군이 이르는 곳마다 백성들을 괴롭

혀서는 안 되오. 열심히 하는 이에게 상을 주고, 죄를 지은 이에게는 벌을 주겠소. 조금도 인정에 끌리지 않겠소.”

명령을 마치자 한당과 황개를 앞장세운 뒤 본부의 군사용 배를 거느리고 그날로 출발하여 삼강구로 가서 영채를 세운 뒤 명령을 기다리도록 했다. 이어 장흠과 주태는 제2대를 맡도록 하고, 능통과 반장은 제3대를, 태사자와 여몽은 제4대를, 육손과 동습은 제5대를 맡도록 한 뒤, 여범과 주치를 사방순경사로 삼아 6군의 관군을 이끌게 하여 물길과 뭍길 양쪽에서 함께 나아가 정해진 날 안에 다 모이도록 했다.

군사들 자리가 정해지자 장수들은 저마다 배와 무기들을 갖추어 떠나갔다.

정자는 집으로 돌아가 아버지인 정보에게 주유가 군사들 자리를 정하는 데에 있어 이치에 어긋남이 없더라고 말했다.

정보가 크게 놀라며 말했다.

“나는 원래 주랑이 약해서 장수감이 되지 못한다고 생각했다. 지금 말한 대로라면 참으로 뛰어난 장수로다. 그렇다면 내 어찌 따르지 않을 수 있겠느냐!”

정보는 직접 영채로 가서 주유를 만나 사과했다. 주유 역시 스스로를 낮추며 받아들였다.

다음 날 주유는 제갈근을 불렀다.

"아우 되는 공명을 보니 임금을 도울 만한 재주를 가지고 있더군요. 그런데 그런 사람이 유비 같은 사람을 섬겨서야 되겠소? 지금 다행히 강동으로 와 있으니, 선생께서 수고스 럽더라도 공명더러 유비를 버리고 동오를 섬기라고 한번 달래봐주시오. 그리되면 우리 주공께서는 훌륭한 인물을 얻게 되시고, 선생 형제 또한 같이 있게 되니 좋은 일 아니 겠소? 부디 선생께서 한번 다녀오시지요."

제갈근이 말했다.

"이 사람이 강동으로 온 뒤 이렇다 할 만한 공을 세우지 못했습니다. 도독께서 그렇게 말씀하시는데 어찌 힘을 다 하지 않을 수 있겠습니까?"

제갈근은 곧장 말을 타고 제갈량이 묵고 있는 데로 찾아 갔다. 제갈량이 울면서 절을 하며 형을 맞아들였다. 형제는 그동안 그립던 정을 나누었다.

한참 뒤 제갈근이 울면서 말했다.

"너는 백이와 숙제를 아느냐?"

제갈량은 속으로 '이건 틀림없이 주랑이 형님을 시켜 나 를 달래보려고 그러는구나'라고 생각한 뒤 대답했다.

"백이와 숙제는 옛날 성현이지요."

"백이와 숙제는 비록 수양산에서 고사리나 꺾어 먹으며 살다 굶어 죽긴 했지만 형제는 끝까지 같이 있었다. 너와 나는 한 어머님한테서 태어나 같은 젖을 먹고 자랐지만 서로 다른 주인을 섬기고 있으면서 아침저녁으로 서로 만날 수도 없으니, 백이와 숙제를 떠올리면 안타까운 생각이 들지 않더냐?”

“형님께서 말씀하시는 건 사람의 정에 관한 일이고, 이 아우가 지키려고 하는 건 의로움입니다. 저나 형님 모두 한나라 사람입니다. 유황숙은 바로 황실의 후손이시지요. 만약에 형님께서 동오를 떠나셔서 저와 함께 유황숙을 섬기신다면 위로는 한나라의 신하 되기에 부끄러움이 없고 형제 또한 한자리에 모여 살 수 있으니, 이야말로 사람의 정과 의로움 둘 다 제대로 지킬 수 있는 방법입니다. 형님은 어떻게 생각하시는지요?”

제갈근은 할 말을 잃고 속으로 ‘내가 저를 달래려 왔는데 도리어 나를 달래려 하는구나’라고 생각했다.

제갈근은 달리 더 할 말이 없어 자리를 털고 일어나 나왔다.

주유를 만나자 제갈량이 한 말을 그대로 옮길 수밖에 없었다.

주유가 제갈근을 빤히 쳐다보았다.

“그럼 공의 뜻은 어떻소?”

제갈근이 당황하며 대답했다.

“그동안 손장군의 은혜를 깊이 입었는데 어찌 저버릴 수
있겠습니까!”

주유가 말했다.

“공이 충성스런 마음으로 주공을 섬기셨으니 굳이 여러
말 하실 필요 없습니다. 나는 공명이 우리를 따르게 할 방법
을 가지고 있소.”

슬기와 슬기가 만나면 서로 합쳐지나
재주와 재주가 다투니 서로 받아들일 수 없구나

과연 주유는 제갈량을 어떻게 끌어들일는지…….

주유의 꾀에 넘어간 장간

삼강구에서 조조는 군사를 잃고
군영회에서 장간은 속임수에 빠지다

제갈근의 말을 들은 주유는 속으로 배알이 꼴려 제갈량을 죽일 마음을 더욱 단단히 먹었다.

다음 날 주유는 거느리고 갈 군사와 장수들을 살펴본 뒤 안으로 들어가 손권에게 떠나는 인사를 말했다.

손권이 말했다.

"먼저 가시오. 나도 곧 군사를 일으켜 뒤따라가겠소."

주유는 인사를 마치고 나와 정보·노숙과 함께 군사를 거느리고 길 떠날 준비를 했다. 제갈량에게 함께 가자고 하자 제갈량은 기꺼이 따라나섰다.

모두들 배를 타고 돛을 올린 뒤 하구를 향해 떠났다. 삼강구에서 5, 60리 떨어진 곳에 이르자 배를 멈췄다. 강기슭에 내린 주유는 한가운데에 영채를 세우고, 군사들은 서쪽 산에 기대어 영채를 빙 둘러세우게 했다. 제갈량은 작은 배 안에서 혼자 지내도록 했다.

자리를 성하고 나자 주유는 제갈량에게 사람을 보내 의논할 일이 있다며 와달라고 했다. 제갈량이 중군 막사로 와서 인사를 마치자 주유가 말했다.

"전에 조조 군사가 적고 원소 군사가 많을 때 조조가 원소를 이긴 적이 있소. 그건 허유가 낸 꾀를 받아들여 오소의 먹을거리를 태워버렸기 때문이오. 지금 조조군은 팔십삼만 명이나 되고 우리는 기껏 오륙만 명밖에 되지 않으니 어찌해볼 수 있겠소? 우리 역시 조조군의 먹을거리를 먼저 없애고 나야 무찌를 수 있겠소. 알아보니 조조군의 먹을거리는 취철산에 쌓여 있다 하오. 선생은 오랫동안 한수 가까이 사셨으니 지리를 잘 아실 테지요. 선생이 관우와 장비와 자룡 등을 데리고 밤을 틈타 취철산으로 가서 식량길을 끊어주시오. 나는 군사 천 명을 보내 도와드리겠소. 서로 주인을 위해 하는 일이니 혹시라도 마다하지 마시오."

주유의 말을 들으면서 제갈량은 속으로 생각했다.

'나를 달래도 끄떡도 하지 않으니까 아예 나를 죽이려 드는구나. 음, 핑계를 대고 가지 않으면 틀림없이 웃음거리가 되겠군. 일단 받아들인 다음 따로 생각해보아야겠다.'

제갈량이 기꺼이 받아들이자 주유가 무척 좋아라 했다. 제갈량이 인사를 하고 나가자 노숙이 주유에게 살짝 물었다.

"일부러 공명을 시켜 조조의 식량길을 끊게 하는 까닭은 무엇이오?"

주유가 흐뭇한 표정을 지었다.

"내가 공명을 죽이고 싶어도 남의 웃음거리가 될까봐 그러지 못하오. 조조의 손을 빌려 죽여서 뒤탈을 없애려 하오."

노숙은 그 말을 들은 뒤 제갈량을 찾아갔다. 제갈량이 이런 속을 알고 있는지 어쩐지 궁금해서였다. 제갈량은 어려운 일을 하러 가는 사람답지 않게 덤덤하게 군사와 말을 살피며 떠날 준비를 하고 있었다. 노숙은 차마 그대로 보낼 수 없어 살짝 떠보았다.

"선생은 이번에 가면 성공할 수 있겠소?"

제갈량이 여유 있게 웃었다.

"나는 물에서 하는 싸움이든 뭍에서 하는 싸움이든, 말을 타고 하는 싸움이든 수레를 끌며 하는 싸움이든, 어떻게 해야 하는지 방법을 다 알고 있소. 그러니 성공하지 못할 걸 걱정할 필요가 없소. 잘하는 게 하나밖에 없는 강동의 공 같은 사람이나 주랑하고 비교해서는 안 됩니다."

노숙이 고개를 갸웃거렸다.

"나와 공근이 어째서 잘하는 게 하나밖에 없는 사람이오?"

"내가 강남 아이들이 부르는 노래를 들은 적이 있소. '길에 엎드려 있다 관문을 잘 지키는 이는 자경이고, 물에서 잘 싸우는 이로는 주랑이 있다네'라고 부르는 노래요. 공 같은 사람은 뭍에서도 오로지 길에 숨어 있으면서 관문을 지키는 일을 잘하고, 주공근은 오로지 물에서 싸우는 일만 잘하지 뭍에서는 싸울 줄 모른다는 뜻 아니겠소."

노숙은 제갈량이 한 말을 그대로 주유에게 옮겼다.

주유가 발끈했다.

"허! 내가 뭍에서는 싸울 줄 모른다고 놀렸다 이거지! 내가 직접 군사 만 명을 끌고 취철산으로 가서 조조군의 식량길을 끊겠소!"

노숙은 이번엔 주유가 한 말을 그대로 제갈량에게 옮겼다.

제갈량이 웃었다.

"공근이 나더러 식량길을 끊으라 한 건 사실 조조의 손을 빌려 나를 죽이자고 그랬소. 그래서 내가 일부러 몇 마디 말로 장난 좀 쳤는데 공근은 곧바로 골을 내는군요. 지금은 누구의 힘이라도 빌려야 할 때요. 오후와 유사군이 마음을 합치면 성공하지만, 그렇지 않고 서로 헐뜯고 해치려고만 하면 큰일은 이룰 수 없소. 조조 역적놈은 워낙 꾀가 많은 인간으로 평생 남의 식량길을 끊는 데는 아주 이골이 나 있는데 자기 먹을거리 지키는 일을 소홀히 하겠소? 만약 공근이 가면 반드시 사로잡히고 맙니다. 지금 할일은 물에서 싸우는 일에 힘을 모아 북쪽군의 거센 기운을 꺾은 뒤 다른 방법을 써서 깨부숴야 하오. 자경은 제발 공근을 잘 달래시오.”

노숙은 그날 밤 곧장 주유한테 가서 제갈량의 말을 그대로 옮겼다.

주유는 고개를 내젓고 발을 동동 굴렀다.

“그 사람 머리 쓰는 게 나보다 열 배는 낫소. 지금 곧바로 없애버리지 않으면 나중에 틀림없이 우리나라의 골칫거리가 되오!”

노숙이 말렸다.

“지금은 누구의 힘이든 빌려야 할 때입니다. 부디 나랏일을 먼저 생각하시기 바랍니다. 공명은 먼저 조조를 깬 다음에 천천히 없애도 늦지 않습니다.”

주유는 그 말을 따르기로 했다.

한편 유비는 유기더러 강하를 지키도록 한 뒤 자신은 여러 장수와 군사를 이끌고 하구로 갔다. 멀리 바라보니 강 남쪽 언덕에 온갖 깃발이 펄럭이고 창과 칼들이 늘어선 채 번쩍거렸다. 동오에서 이미 군사를 일으킨 성싶었다. 그래서 강하 군사를 모두 번구로 옮기게 하였다.

유비가 아랫사람들을 모아놓고 말했다.

"공명이 동오로 간 뒤 아무런 소식이 없어 일이 어떻게 돌아가는지 알 수가 없구려. 누가 가서 사정을 알아보고 오겠소?"

"제가 다녀오겠습니다."

미축이었다.

유비는 미축에게 양과 술을 선물로 가지고 동오로 가서 군사들을 위로하러 왔다고 핑계를 댄 뒤 돌아가는 사정을 알아보도록 했다.

명령을 받은 미축은 작은 배를 타고 강물을 따라 내려가 주유의 영채 앞에 이르렀다. 군사가 주유에게 보고하자 주유가 안으로 들라 하였다. 미축이 절을 두 번 한 뒤 유비가 인사로 한 말을 전하고 선물을 건넸다. 주유는 선물을 받은 뒤 술자리를 베풀어 미축을 잘 대접했다.

술자리가 무르익자 미축이 말했다.

"공명이 여기 와 있은 지 오래여서 이참에 함께 돌아갔으면 합니다."

주유가 고개를 저었다.

"공명은 지금 나와 함께 조조를 깰 방법을 궁리하고 있는데 어찌 돌아갈 수 있겠소? 나는 유예주도 한번 뵙고 같이 좋은 방법을 의논하고 싶소. 그런데 대군을 거느리고 있는 몸이라 잠시도 여기를 떠날 수 없소. 만약에 유예주께서 이리 한번 와주신다면 더할 나위 없이 좋겠소."

미축은 그 뜻을 전하겠다고 한 뒤 인사를 하고 돌아갔다.

노숙이 주유를 궁금한 표정으로 쳐다보았다.

"공께서는 현덕을 왜 보자고 하셨습니까?"

주유가 대답했다.

"현덕은 세상의 뛰어난 영웅이라 없애지 않으면 안 되오. 이번 기회에 불러들인 뒤 죽여서 나라의 뒤탈을 없애버려야겠소."

노숙은 거듭 말렸다. 그러나 주유는 끝내 듣지 않고 몰래 명령을 내렸다.

"현덕이 오면 재빨리 칼 든 무사 오십 명을 장막 뒤에 숨어 있게 하라. 그런 뒤 내가 술잔을 던지거든 바로 뛰쳐나와 죽이면 된다."

한편 미축은 돌아가서 유비를 보자 주유가 따로 의논할 일이 있다며 그쪽으로 와달라더라는 말을 전했다. 유비는 곧바로 빨리 달릴 수 있는 배 한 척을 내서 떠나려 했다.

관우가 말렸다.

"주유는 꾀가 많은 사람입니다. 게다가 공명의 편지 한 장 없습니다. 아무래도 무슨 속임수가 있을 듯합니다. 가벼이 가시면 안 됩니다.”

그러나 유비는 뜻을 굽히지 않았다.

“나는 지금 동오와 손잡고 조조를 무찌르고자 한다. 주랑이 보자고 하는데 가지 않으면 힘을 합칠 마음이 없다는 뜻이 된다. 서로 의심하고 꺼려서는 아무 일도 못 한다.”

“형님께서 굳이 가시겠다면 저도 따라가겠습니다.”

관우의 말에 장비도 나섰다.

“저도 따라가겠소.”

유비가 손을 내저었다.

“운장만 나를 따라가면 된다. 익덕과 자룡은 영채를 지키고, 간옹은 악현을 단단히 지켜라. 갔다가 바로 돌아오마.”

말을 마치자마자 유비는 관우와 함께 아랫사람 20명 정도만 데리고 작은 배에 올라 나는 듯이 강동을 향해 갔다.

강동에 이르니 군사용 배들이 강 위를 가득 메우고 있었다. 온갖 깃발들이 펄럭이는데 무장한 군사들이 좌우로 가지런히 늘어서 있었다. 유비는 뿌듯한 마음이 들었다.

군사가 나는 듯이 달려가 주유에게 알렸다.

“유예주께서 오셨습니다.”

주유가 물었다.

“배는 몇 척이나 왔더냐?”

“한 척뿐입니다. 같이 온 사람은 스무 명쯤 됩니다.”

주유가 빙그레 웃었다.

"이 사람 목숨도 끝났다!"

주유는 곧바로 칼 든 무사들을 장막 뒤에 숨어 있도록 한 뒤 영채를 나가 유비 일행을 맞았다. 유비는 관우를 비롯하여 20명 남짓을 거느리고 중군 막사로 들어갔다. 인사가 끝나자 주유가 유비를 윗자리에 앉도록 했다.

유비가 마다했다.

"장군의 이름은 세상에 드날리고 있는데 나처럼 아무런 재주도 없는 사람을 그렇게까지 대접하려 하시오?"

그래서 손님과 주인 자리로 나누어 앉았다. 곧바로 주유는 잔치를 베풀어 유비를 대접하기 시작했다.

이때 제갈량은 우연히 강가를 거닐고 있었다. 유비가 와서 도독을 만나고 있다는 소리를 듣자 깜짝 놀라 급히 중군 막사로 가 살짝 살펴보았다. 주유 얼굴에는 살기가 돌고 양쪽 벽 속에는 칼 든 무사들이 가득 숨어 있었다.

제갈량은 소스라치게 놀랐다.

'이걸 어찌해야 하나?'

유비를 바라보았다. 아무렇지도 않게 웃으며 이야기를 하고 있었다. 유비 등 뒤로는 한 사람이 칼을 안고 서 있었다. 관우였다.

제갈량은 가슴을 쓸어내리며 한숨을 내쉬었다.

주유가 관우를 보고 놀라 유비를 없애지 못하다.

'휴, 주공께서는 별일 없으시겠다.'

제갈량은 더 들어가지 않고 몸을 돌려 강변 쪽으로 나와서 기다렸다.

주유와 유비의 술자리는 무르익어갔다. 몇 차례 술잔이 돌았을 때 주유가 자리에서 몸을 일으켜 쥐고 있던 술잔을 던지려고 하는데 유비 뒤에서 칼을 안고 서 있는 관우의 모습이 눈에 들어왔다. 깜짝 놀란 주유가 당황하며 누구냐고 물었다.

유비가 대답했다.

"내 아우 관운장이오."

주유가 더듬거렸다.

"저번에 안량과 문추를 베었다는 사람 아니오?"

"그렇소."

주유는 크게 놀라 몸이 오싹하며 식은땀이 등줄기를 타고 내렸다. 그는 들고 있던 잔에 얼른 술을 따라 관우에게 권했다.

얼마 뒤 노숙이 들어왔다. 유비가 그에게 물었다.

"공명은 어디 있소? 수고스럽더라도 부디 자경이 공명을 좀 불러주시오."

주유가 나섰다.

"일단 조조를 무찌른 다음에 공명을 만나도 늦지 않습니다."

유비가 더는 말을 못 하는 사이에 관우가 눈짓을 했다. 유비는 얼른 그 뜻을 알아차리고 바로 자리에서 일어나 주유에게 떠나는 인사를 했다.

"오늘은 이만 돌아가야겠소. 적을 깨뜨려 공을 거둔 뒤에 축하 인사를 나누러 다시 오겠소."

주유 역시 붙들지 못하고 영채 정문까지 따라나와 배웅했다.

주유와 헤어진 뒤 유비와 관우는 강가로 갔다. 제갈량이 배 안에서 기다리고 있었다. 유비가 무척 반가워하는데 제갈량이 혀를 찼다.

"주공께서 오늘 얼마나 위험하셨는지 아십니까?"

유비가 놀라며 어리둥절한 표정을 지었다.

"몰랐소."

"만약에 운장이 없었다면 주공께서는 주랑한테 해코지를 당하실 뻔했습니다."

유비는 그제야 아찔한 생각이 들었다. 제갈량더러 같이 번구로 돌아가자고 했으나 제갈량이 고개를 저었다.

"저는 비록 호랑이 아가리 속에 있지만 태산처럼 아무렇지도 않습니다. 주공께서는 그저 배와 군사와 말을 잘 살펴 두셨다가 십일월 이십일 갑자날에 맞춰 자룡에게 작은 배를 타고 남쪽 언덕 가까이 와서 저를 기다리게 하십시오. 잊으시면 절대 안 됩니다.”

유비가 그 까닭을 궁금해했지만 제갈량은 알 듯 말 듯한 소리를 했다.

“동남풍이 일면 저는 꼭 돌아갑니다.”

유비가 거듭 궁금해했으나 제갈량은 빨리 떠나라며 등을 떠민 뒤 돌아가버렸다.

유비는 관우를 비롯한 아랫사람들과 함께 배를 띄웠다. 몇 리 가지 않았을 때였다. 갑자기 강 위쪽에서 배 5, 60척이 내려왔다. 뱃머리에 장수 하나가 사모창을 비껴잡고 있는 게 보였다. 장비였다. 장비는 유비에게 무슨 일이 일어나면 관우 혼자서 해내기가 쉽지 않으리란 생각이 들어 일부러 뒤쫓아오는 길이었다. 이리하여 세 사람은 함께 영채로 돌아왔다.

한편 주유가 유비를 배웅한 뒤 영채로 돌아가자 노숙이 기다리고 있다 물었다.

“공은 현덕을 이리 꾀어 불러다놓고서 왜 손을 쓰지 않았습니까?”

주유가 씁쓰레한 웃음을 지었다.

“관운장은 세상에서 해볼 이 없는 범 같은 장수요. 현덕이 움직일 때나 앉아 있을 때나 딱 붙어 있으니 어떻게 해볼 수가 없었소. 자칫 했다가는 내가 죽었을지 모르오.”

노숙은 관우가 같이 왔었다는 말에 깜짝 놀랐다.

그때 뜬금없이 조조가 사람을 시켜 편지를 보내왔다는 보고가 들어왔다. 주유는 그 사람을 들라 했다. 편지를 받아 보니 겉에 '한나라 대승상이 주도독에게 보내니 뜯어보라'라고 쓰여 있었다. 주유는 화가 몹시 치밀었다. 그래서 편지를 뜯어보지도 않고 발기발기 찢어 바닥에 내던지며 심부름 온 이를 끌어내 목을 베라고 소리쳤다.

노숙이 급히 말렸다.

"두 나라가 싸울 때에도 심부름 온 이를 죽이지 않습니다."

그러나 주유는 말을 듣지 않았다.

"저놈 목을 베어서 우리가 어떻다는 걸 보여주어야겠소!"

주유는 끝내 그 사람 목을 베게 하여 같이 따라온 이에게 주며 가지고 가도록 했다. 이어 감녕을 앞장세우고 한당은 왼쪽을, 장흠은 오른쪽을 맡게 했다. 주유 자신은 여러 장수들을 거느리고 돕겠다면서, 다음 날 한밤중 바로 지날 때 밥을 지어 먹고 동트기 전에 배를 띄워 북을 치고 소리를 내지르며 싸우러 가라는 명령을 내렸다.

한편 조조는 주유가 편지를 찢고 심부름 간 사람마저 죽였다고 하자 화가 머리끝까지 치밀어올랐다. 바로 채모와 장윤 등 형주 출신 장수들을 앞세우고 자신은 뒤를 맡은 뒤 싸움배를 띄워 삼강구에 이르렀다. 동오의 배들이 강을 뒤덮은 채 몰려오고 있었다.

앞장선 대장 하나가 뱃머리에 앉아 소리쳤다.

"나는 감녕이다! 누가 나와서 나랑 겨뤄보겠느냐?"

채모가 아우 채훈에게 나가 싸우도록 했다. 양쪽 배가 서로 가까이 이르렀다. 감녕이 채훈을 겨누어 활을 쏘았다. 활시위 소리가 나는가 싶더니 채훈이 바로 고꾸라졌다. 감녕은 배를 몰아 앞으로 나가며 수많은 화살을 잇달아 쏘도록 했다. 조조군이 해보지 못하고 갈팡질팡하는데 오른쪽에서는 장흠이, 왼쪽에서는 한당이 곧바로 조조군의 한가운데로 밀고 들어갔다.

조조군은 절반이 넘게 청주와 서주의 군사들이라 처음부터 물에서 하는 싸움을 잘하지 못했다. 큰 강물 위에서 배가 출렁이며 한번 흔들리자 제대로 몸을 가누기도 힘들 정도였다. 감녕을 비롯한 세 갈래의 군사들은 물 위에서 마음대로 배를 부리며 휘젓고 다녔다. 주유 또한 배들을 몰고 다니며 싸움을 도왔다. 조조군은 화살과 돌에 맞아 수도 없이 쓰러졌다.

싸움은 아침나절부터 시작하여 해가 하늘 한가운데를 비껴갈 때까지 이어졌다. 주유는 비록 이기고 있기는 하지만 적은 군사로 많은 적을 계속 해볼 수는 없어 징을 쳐 배들을 거두어들였다.

조조는 자기 군사가 싸움에 지고 돌아오자 뭍의 영채에 군사들을 모아놓고 채모와 장윤을 꾸짖었다.

"동오군은 우리보다 적은데도 너희들은 지고 돌아왔다. 이건 너희들이 힘껏 싸우지 않은 탓이다!"

채모가 머리를 조아렸다.

"형주 수군들이 오랫동안 훈련을 못 받은데다, 청주와 서주 군사들은 평소에 물에서 하는 싸움을 익히지 못했기 때문에 졌습니다. 먼저 물 위에다 영채를 세우고 청주·서주군은 안에서, 형주군은 밖에서 날마다 훈련을 하여 몸에 배도록 하면 곧 쓸 만해집니다."

조조가 이맛살을 찌푸렸다.

"네가 이미 수군도독인데 알아서 하면 되지, 굳이 나한테 묻고 말고 하느냐!"

장윤과 채모 두 사람은 조조 앞을 물러나와 수군을 훈련시키러 갔다.

일단 강가에 수문 24개를 만든 뒤 큰 배는 밖에다 성처럼 늘어세우고, 작은 배는 그 안에서 왔다 갔다 하게 했다. 밤에는 배마다 등불을 켜 어두운 하늘을 밝히니 강물이 온통 붉게 물들어 반짝거렸다. 3백 리 넘게 이어지는 뭍의 영채에서도 연기와 불빛이 끊이지 않았다.

이기고 돌아온 주유는 전군에게 상을 두텁게 내리는 한편, 손권에게 사람을 보내 승리를 알렸다.

그날 밤 주유는 높은 데로 올라가 바라보았다. 서쪽 하늘에 반짝이는 불빛이 가득했다. 곁에 있는 이들이 말했다.

"모두 북군의 등불 빛입니다."

주유는 속으로 무척 놀랐다.

다음 날, 주유는 직접 조조군이 물 위에 세운 영채를 살펴보고 싶어 망을 볼 수 있게 높다란 다락이 설치된 배를 준비하도록 했다. 이어 배에다 북을 비롯한 악기를 싣고, 튼튼한 장수 몇에게 강한 활을 들게 한 뒤 앞으로 빠져 나아갔다.

조조의 영채 가까이 가자 주유는 닻을 내리고 가지고 온 악기를 울리게 했다. 그런 다음 물 위에 세운 영채를 몰래 살폈다.

영채를 살피던 주유가 깜짝 놀랐다.

"수군을 어떻게 부리는지 잘 아는 이가 꾸렸구나!"

이어 곁에 있는 이들을 돌아보았다.

"여기 수군도독이 누구냐?"

곁에 있는 이가 대답했다.

"채모와 장윤입니다."

주유는 속으로 생각했다.

'음, 그 두 사람은 강동에서 오래 살아서 물에서 하는 싸

움을 잘 안다. 꾀를 써서 두 사람을 반드시 먼저 없애버려야
겠다. 그러지 않고서는 조조를 깰 수 없다.'

주유가 이런 생각을 하며 엿보고 있는 동안, 조조의 군사
는 벌써 조조에게 나는 듯이 가서 보고했다.

"주유가 우리 영채를 엿보고 있습니다."

조조는 곧장 배를 띄워 잡으라고 명령했다. 주유는 물 위
의 영채에서 깃발 신호가 오가는 걸 보았다. 급히 닻을 올리
게 하고 양쪽에서 노를 부지런히 젓게 하여 강동 쪽으로 미
끄러지듯이 빠져나갔다. 조조의 영채에서 배가 움직이기
시작했을 때 주유가 탄 배는 이미 10리도 넘게 달아난 뒤라
따라잡을 수가 없었다. 하는 수 없이 돌아가 조조에게 그대
로 보고했다.

조조는 여러 장수들을 모아놓고 의논했다.

"어제는 싸움에 져서 우리 기운이 한풀 꺾였는데, 오늘은
저쪽이 우리 영채를 깊숙이 엿보고 가기까지 했소. 이제 어
떤 방법을 써야 적을 깨뜨릴 수 있겠소?"

말이 미처 끝나기도 전에 장막 아래에서 한 사람이 불쑥
나섰다.

"저는 어려서 주랑과 같은 스승한테서 배웠습니다. 제가
강동으로 가서 세 치 혓바닥으로 그 사람을 잘 달래 항복하
러 오게 하겠습니다."

조조가 무척 좋아라 하며 보니, 구강 사람으로 자가 자익이며 지금 막빈으로 있는 장간이었다.

조조가 물었다.

"자익이 정말 주공근과 가까운 사이인가?"

장간이 자신 있게 대답했다.

"승상께서는 걱정하지 마십시오. 제가 강동에 가서 반드시 성공해서 돌아오겠습니다."

"그럼 무얼 가지고 가겠는가?"

"데리고 다닐 아이 하나와 노 저을 사공 둘만 있으면 됩니다. 다른 건 필요 없습니다."

조조는 마음이 많이 풀어져서 장간과 함께 술자리를 가진 뒤 배웅했다.

장간은 칡으로 짠 갈포 두건을 쓰고 베옷 차림으로 작은 배에 올랐다. 이윽고 주유의 영채에 이르자 군사에게 말했다.

"옛 벗인 장간이 왔다고 전하거라."

주유는 그때 막사에서 회의를 하고 있었다. 장간이 왔다는 보고를 받자 여러 장수들을 보고 웃었다.

"나를 달래려는 사람이 왔구려."

주유는 장수들의 귀에 대고 목소리를 낮춰 이러저러하라고 일렀다. 장수들은 저마다 명령을 받고 물러갔다.

주유는 옷차림을 가다듬은 뒤, 수백 사람이 비단옷에 꽃

모자를 쓰고 앞뒤에서 자신을 에워싸게 한 뒤 장간을 맞으러 나갔다. 마침내 장간이 푸른 옷 입은 아이 하나만 데리고 거리낌 없는 자세로 들어왔다.

주유가 절을 하며 맞이하자 장간이 인사말을 건넸다.

"공근은 별일 없었는가!"

주유가 말했다.

"자익은 고생이 많네그려. 멀리 강을 건너 조씨의 심부름꾼으로 여기까지 왔구만!"

장간은 가슴이 덜컥 내려앉았으나 애써 아무렇지도 않게 말했다.

"내 그대를 오랫동안 보지 못해 일부러 옛정이나 나누려고 왔건만, 어찌하여 나를 심부름꾼으로 몰아붙이는가?"

주유가 웃었다.

"내 귀가 비록 춘추시대 때 사광만큼은 밝지 않지만, 악기 울리는 소리와 노래를 들으면 거기 들어 있는 뜻을 조금은 안다네."

장간이 서운한 투로 말했다.

"그대가 오랜만에 찾아온 옛 벗을 이런 식으로 대하면 나는 그만 돌아가겠네."

주유가 웃으며 장간의 팔을 잡아끌었다.

"혹시나 그대가 조씨를 위해 나를 달래려는 심부름꾼이

아닌가 싶어 걱정되어 그렇게 말했네. 그렇지 않다면 바로 돌아갈 까닭이 없잖은가?”

마침내 두 사람은 막사 안으로 가서 예의를 갖추어 인사를 나눈 뒤 자리에 앉았다. 주유는 곧장 강동의 인물들을 다 들라 해서 장간과 인사를 나누라고 일렀다.

곧이어 비단옷 차림을 한 문관과 장수들에 이어 은빛 갑옷 차림을 한 그 아래 장수들이 양쪽으로 나뉘어 들어왔다. 주유는 그들 모두를 장간과 인사시킨 뒤 양쪽으로 나누어 앉히고 잔치를 크게 열었다. 승리를 축하하는 음악이 울리고 술잔이 차례대로 돌았다.

주유가 모두에게 말했다.

“이분은 나와 한 스승 아래에서 공부한 옛 벗이오. 강북에서 오기는 했지만 조씨의 심부름꾼은 아니니 조금도 의심하지 마시오.”

이어 주유는 차고 있던 칼을 풀어 태사자에게 주며 말했다.

“공은 내 칼을 들고 술자리를 잘 지키시오. 오늘 잔치는 오로지 벗과 옛정을 나누는 자리이니, 조조가 어떻고 동오 군이 어떻고 하는 소리를 하는 이가 있으면 바로 그 자리에서 목을 쳐버리시오!”

태사자는 머리를 조아린 뒤 칼을 쥐고 자리에 가 앉았다. 주유의 말에 장간은 너무 놀라고 겁이 나 아무런 말도 꺼낼 수가 없었다.

주유가 다시 말했다.

"나는 군사를 거느리고 온 뒤로는 술 한 방울 입에 대지 않았다. 오늘은 옛 벗을 만났고 거리낄 일도 없으니 마음껏 취해보겠다."

말을 마친 뒤 주유는 크게 웃으며 술잔을 쭉 들이켰다. 술 잔이 이리저리 돌며 술자리는 점점 무르익어갔다. 술기운 이 오르자 주유는 장간의 손을 잡고 막사 밖으로 나갔다. 가 까이에 군사들이 빈틈없는 차림을 한 채 칼이며 창을 들고 서 있었다.

주유가 장간을 돌아보았다.

"내 군사들이 우람해 보이지 않는가?"

장간이 겨우 말했다.

"마치 곰이나 호랑이처럼 듬직하고 씩씩해 보이는군."

주유는 장간을 막사 뒤로 데려갔다. 식량과 말먹이가 산 처럼 쌓여 있었다.

주유가 한껏 뻐겼다.

"어떤가? 이만하면 먹을거리와 말먹이가 넉넉해 보이지 않는가?"

장간이 마지못해 대답했다.

"군사들은 씩씩하고 먹을거리는 넉넉하다고 들었는데 정

말 헛소문이 아니었구만.”

주유는 짐짓 취한 척하며 크게 웃었다.

“이 사람 주유가 자익 자네와 함께 공부할 때는 지금같이 되리라고는 생각도 못 했네.”

장간은 애써 비위를 맞추었다.

“자네의 뛰어난 재주에 비추어보면 절대 지나치지 않네.”

주유가 장간의 손을 잡았다.

“사내대장부로 세상에 태어나 자신을 알아주는 주군을 만났으면, 밖으로는 임금과 신하의 의리를 갖추고, 안으로는 부모와 자식 같은 따사로움으로 맺어져야 한다고 생각하네. 그리하여 말한 건 반드시 실천하고, 계획을 세우면 반드시 해내서 나쁜 일이든 좋은 일이든 함께 나누어야 한다고 생각하네. 그러면 말 잘했다는 소진이나 장의나 육가나 역생이 다시 살아나 말을 강물처럼 줄줄 흐르게 하고 혓바닥을 칼날처럼 날카롭게 놀린다 해도 내 마음을 흔들리게 하지는 못할 거네!”

주유가 말을 마치며 크게 웃었다. 장간의 낯이 흙빛이 되었다. 주유는 다시 장간을 데리고 막사로 들어갔다. 다시 장수들과 술을 나눠 마셨다.

주유가 손을 들어 장수들을 가리켰다.

“여기에 강동의 뛰어난 영웅호걸들이 다 모여 있으니, 오늘 밤 이 모임을 군영회라 부르면 되겠소.”

술을 마시다 보니 어느덧 날이 저물기 시작해 등불을 밝
혔다. 어느새 주유는 스스로 일어나 칼춤을 추며 노래를 지
어 불렀다.

장부로 세상에 나왔으니 공을 세워 이름을 떨치리라

공을 세워 이름을 떨치면 살아 있는 동안 내내 편안하리라

살아 있는 동안 내내 편안할 터이니 나는 곧 취하고 말리라

내 곧 취할 터이니 미친 듯이 노래 부르리라

노래가 끝나자 모두들 웃으며 즐거워했다.

밤이 더욱 깊어지자 장간이 주유에게 말했다.

“이제 더는 술을 이기지 못하겠네.”

주유가 술자리를 거두라고 하자 장수들 모두 인사를 하
고 물러갔다.

주유가 말했다.

“오랫동안 자익과 한자리에서 못 잤으니 오늘 밤은 옛날
처럼 서로 발 걸치고 자보세.”

주유는 거짓으로 많이 취한 척하며 장간을 이끌고 숙소
로 들어갔다. 주유는 옷을 입은 채 쓰러지더니 마구 토하기
시작했다. 장간은 잠을 이룰 수가 없었다. 베개에 머리를 묻

고 있는데 잠자리에 들 시간을 알리는 북소리가 울렸다.

눈을 떠보니 등불은 아직 밝았다. 주유를 보니 천둥 치듯 코를 골며 곯아떨어져 있었다. 눈길이 책상 위로 갔다. 문서 한 다발이 눈에 들어왔다. 일어나 책상으로 가서 문서를 훔쳐보았다. 편지를 모아놓은 다발들이었다. 그 가운데에 하나를 보니 겉에 '채모와 장윤이 삼가 올립니다'라고 쓰여 있었다. 장간은 놀라 머리끝이 서고 등골에 식은땀이 흘러내렸다. 편지를 조심히 펼쳐 훑어내려갔다.

저희들이 조조에게 항복을 했지만, 그건 벼슬이나 그에 따른 대가를 바라서가 아니고 상황이 어쩔 수 없었기 때문입니다. 이제 북군을 속여 영채 안에 가두어두었습니다. 형편을 잘 살펴 기회를 얻으면 조조 역적놈의 머리를 베어다가 바치겠습니다. 머지않아 사람을 보내 다시 보고를 올리겠으니 조금도 의심하지 마십시오. 그 전에 이 정도로 소식 전하는 바입니다.

장간은 어이없었다.

'세상에! 채모와 장윤이 처음부터 동오와 몰래 끈을 잇고 있었구나!'

얼른 편지를 옷 속에 감추었다. 다른 편지가 더 없나 하고 뒤적이려 하는데 주유가 자리에서 몸을 뒤척거렸다. 장간은 얼른 등불을 끄고 자리에 누웠다.

주유가 잠꼬대를 하는지 중얼거렸다.

"자익, 내가 며칠 안으로 조조 역적의 머리를 보여주겠네."

장간이 마지못해 되는 대로 대꾸를 해주었더니 주유가 또다시 중얼거렸다.

"자익, 조금만 기다리게! 조조 역적의 머리를 보여줄 테니까!"

장간이 넌지시 무슨 말이냐고 물었지만 주유는 다시 잠에 빠지고 말았다.

장간은 잠을 이루지 못하고 엎드려 있었다. 한밤중이 조금 지났을 때였다. 사람 하나가 들어오더니 물었다.

"도독께서는 일어나셨습니까?"

주유는 꿈을 꾸다 바로 일어나듯 깜짝 놀라는 시늉을 하며 들어온 사람에게 물었다.

"여기서 자고 있는 사람이 누구냐?"

들어온 사람이 대답했다.

"도독께서 자익과 함께 주무시겠다고 하셨습니다. 깜빡하셨습니까?"

주유가 어이없어하는 티를 냈다.

"나는 보통 때 술을 마시고 취한 적이 없는데 어제는 취하여 실수를 했구나. 내 무슨 말을 지껄였는지 모르겠구나."

그 사람이 말했다.

"강북에서 사람이 왔습니다."

주유가 손가락 하나를 들어 입을 막는 시늉을 했다.

"조용히 얘기해라!"

이어 장간을 나직이 불렀다.

"자익."

장간은 자는 척했다. 주유는 들어온 사람과 함께 발걸음 소리를 죽이며 밖으로 나갔다. 장간은 귀를 쫑긋한 채 밖에서 나누는 소리를 엿들었다.

찾아온 사람이 말했다.

"장윤·채모 두 도독이 아직 기회를 잡지 못해 손을 쓰지 못했다고 합니다."

그다음 말소리는 워낙 낮아 알아들을 수가 없었다.

조금 있다가 주유가 들어와 장간을 불렀다.

"자익."

장간은 못 들은 척 대꾸를 하지 않고 머리까지 이불을 뒤집어쓰고 자는 척했다. 주유가 옷을 벗고 다시 잠자리에 들었다.

장간은 속으로 이리저리 따져보았다.

'주유는 꼼꼼하고 빈틈이 없는 사람이다. 날이 밝은 뒤 편지를 찾다 보이지 않으면 틀림없이 나를 해칠 테지.'

장간은 새벽까지 이런저런 생각을 하다가 일어나 주유를 가만히 불러보았다. 주유는 잠에 빠져 있었다. 장간은 두건을 쓰고 발소리를 죽여 살며시 밖으로 나온 뒤 데리고 온 아이를 불러 영채 문으로 걸어나갔다.

문을 지키던 군사가 물었다.

"신생께서는 어디 가시오?"

"내가 여기 더 있으면 도독한테 거치적거리는 사람이 되기만 해 돌아가는 길이네."

군사는 굳이 막지 않았다.

장간은 배를 타고 나는 듯이 달려 조조를 만났다.

조조가 물었다.

"자익이 맡은 일은 어찌 되었는가?"

장간이 대답했다.

"주유는 줏대가 강해 말로 해볼 수 있는 사람이 아니었습니다."

조조가 발끈했다.

"그럼 일은 제대로 보지도 못하고 웃음거리만 되고 왔단 말인가?"

"비록 주유를 움직이지는 못했지만 승상께 알려드릴 일 하나는 알아가지고 왔습니다. 곁에 있는 사람들을 잠깐 물러가게 하십시오."

장간은 옷 안에서 편지를 꺼내 조조에게 보여주며 자기가 겪은 얘기를 자세히 일러바쳤다.

조조는 화를 있는 대로 냈다.

"두 역적놈이 이렇게 배신할 수 있단 말이냐!"

조조는 곧바로 채모와 장윤을 불러들인 뒤 말했다.

"너희 둘은 오늘 당장 군사를 끌고 나가 싸워라!"

채모가 말했다.

"군사들 훈련이 아직 끝나지 않았습니다. 가벼이 움직여서는 안 됩니다."

조조가 성이 나 소리 질렀다.

"군사들 훈련이 끝나면 내 머리를 베어다가 주랑한테 바칠 생각이렷다!"

채모와 장윤은 그 말뜻을 알 수 없어 어리둥절한 채 대답할 말을 찾지 못했다. 조조는 무사들을 불러 두 사람의 목을 베도록 했다. 조금 뒤 두 사람의 목이 왔다. 조조는 문득 정신이 번쩍 들었다.

"아차, 내가 속았구나!"

훗날 어떤 이가 이때 일을 시로 읊었다.

조조는 간사스런 영웅이라 그 누구도 해보기 힘든데
단박에 주유의 꾀에 속아넘어가는구나

채모·장윤, 주인 팔아 제 살길만 찾았는데

하루아침에 칼 아래 목을 내놓을 줄 누가 알았으랴

채모와 장윤이 목이 베여 죽는 걸 보고 여러 장수들이 들어와 어찌 된 일인지 궁금해했다. 조조는 속으로는 적이 꾀에 속은 줄 알면서도 자기 잘못을 인정할 수는 없어 아무렇지 않은 표정으로 말했다.

"두 사람이 군법을 어겨 죽었느니라."

그 말에 여러 장수들이 슬퍼했다. 조조는 모개와 우금을 수군도독으로 삼아 채모와 장윤의 자리를 맡아보도록 했다.

이러한 사실은 금세 강동에 알려졌다.

주유는 무척 좋아라 했다.

"내가 꺼리던 두 사람을 없애버렸으니 이제는 아무런 걱정이 없다."

노숙이 놀라워했다.

"도독이 군사를 이렇게 잘 쓰시니 조조 역적을 못 깰 일이 없겠소!"

주유가 말했다.

"내 생각에 장수들은 거의 이번 꾀를 알아차리지 못했겠지만, 제갈량만은 나보다 한 수 위라서 내가 쓴 꾀를 알고 있었을 테요. 자경이 제갈량이 알고 있었는지 어쩰는지 살짝 한번 떠보고 알려주시오.”

　　사이 갈라놓은 꾀가 성공한 게 뿌듯해서

　　곁에 있는 사람이 아나 모르나 떠보려 하네

과연 제갈량은 노숙이 물어보면 뭐라 대답할는지…….

화살 십만 개를
얻은 제갈량

제갈량은 기막힌 꾀를 써서 화살을 빌리고
황개는 비밀스런 계획을 위해 일부러 벌을 받다

주유의 부탁을 받은 노숙은 곧바로 제갈량이 있는 배로 찾아갔다. 제갈량과 노숙은 작은 배 안에 마주 앉았다.

노숙이 먼저 입을 열었다.

"날마다 군사 일에 빠져 있다 보니 그동안 가르침을 받으러 오지 못했습니다."

제갈량이 말했다.

"나도 도독께 축하하러 가야 하는데 못 갔습니다."

"축하할 일이 뭐 있습니까?"

"공근이 선생을 보내 내가 알고 있나 어쩌나 하는 걸 알아보라고 한 그 일이 바로 축하할 만한 일이지요.”

노숙은 깜짝 놀라 낯빛이 바뀌었다.

“선생은 그걸 어떻게 아셨소?”

“그 꾀는 장간을 가지고 놀기에는 딱 알맞았소. 조조가 깜빡 속기는 했으나 틀림없이 곧바로 아차 했을 거요. 다만 자기 잘못을 드러내지는 않았겠지요. 이제 채모와 장윤 두 사람이 죽었으니 강동은 골칫거리가 사라진 셈이오. 그러니 어찌 축하하지 않을 수 있겠소! 내 듣기에 조조가 모개와 우금을 새 수군도독으로 삼았다던데, 그 두 사람 손안에서 그쪽 수군들 목숨 결딴나게 생겼소.”

제갈량의 말이 끝난 뒤 노숙은 한참 동안 할 말을 잃어버렸다. 그러다가 겨우 몇 마디 지껄이며 딴전 부리고 나서 돌아가기 위해 일어났다.

제갈량이 노숙에게 부탁했다.

“자경은 부디 공근한테 내가 이 일을 이미 알고 있더라는 말은 하지 말아주시오. 공근이 시새우면 또 무슨 트집을 잡아 나를 해치려 할지 모르오.”

노숙은 그렇게 하겠다고 한 뒤 돌아갔다. 그러나 막상 주유를 보자 사실대로 털어놓지 않을 수 없었다.

역시 주유는 소스라치게 놀랐다.

“그 사람을 그대로 두어서는 절대 안 되겠소. 내 반드시 죽어버리겠소!"

노숙이 말렸다.

"만약에 공명을 죽이면 조조가 오히려 비웃겠지요."

"내 반드시 떳떳하게 죽여야겠소. 죽어도 원망하지 못하게 말이오."

"무슨 핑계를 내고 죽인단 말입니까?"

"자경은 그만 물으시오. 내일 보면 알게 되오."

다음 날 주유는 장수들을 모두 막사에 모이게 한 뒤 의논 거리가 있다는 구실을 붙여 제갈량을 불렀다. 제갈량은 기꺼이 왔다.

저마다 자리에 앉자 주유가 제갈량에게 물었다.

"며칠 안에 조조와 한판 붙을 듯하오. 물 위에서 싸우자면 어떤 무기가 가장 필요하오?"

제갈량이 머뭇거리지 않고 대답했다.

"큰 강에서는 화살을 써야지요."

"선생의 생각이 바로 내 생각이오. 그런데 지금 우리는 화살을 많이 가지고 있지 않소. 수고스럽더라도 선생께서 화살 십만 개만 만들어서 적과 싸울 때 쓰게 해주시오. 이건 공적인 일이니 선생께서는 안 된다고 하지 마시오."

제갈량은 덤덤하게 대답했다.

"도독께서 맡기시는 일이니 마땅히 힘을 써야지요. 그런데 화살 십만 개를 언제 쓰실 계획이오?”

“열흘 안에 할 수 있겠소?”

“조조군이 언제 들이닥칠지 모르는데 열흘씩이나 흘려보내다가는 반드시 큰일을 그르치게 됩니다.”

“그럼 선생은 며칠이나 잡고 있소?”

“사흘이면 화살 십만 개를 갖다 드릴 수 있겠소.”

주유가 이맛살을 찌푸렸다.

“군사 일에 실없는 소리를 하면 안 되오.”

“도독께 어찌 쓸데없이 실없는 소리를 하겠소! 못 믿으시겠다면, 사흘 안에 명령을 지키지 못 할 경우 무거운 벌을 받겠다는 내용의 문서를 쓰겠소.”

주유가 좋아하는 티가 겉으로 드러났다. 곧바로 사무 보는 이를 불러 문서를 꾸미게 했다. 이어 주유는 술자리를 베풀어 제갈량을 대접했다.

“이번 일이 끝나면 선생께서 애쓰신 걸 갚겠소.”

“오늘은 이미 늦었으니 내일부터 시작하겠소. 사흘째 되는 날 강가로 군사 오백 명만 보내 화살을 나르게 하시오.”

제갈량이 술 몇 잔을 들이켠 뒤 돌아가자 노숙이 멍한 표정으로 주유를 쳐다보았다.

“공명이 거짓말을 하고 있다는 생각이 들지 않습니까?”

주유가 픽 웃었다.

"자기 스스로 죽고 싶어 그랬지 내가 떠밀지 않았소. 여러 사람 앞에서 문서까지 꾸몄으니 양 겨드랑이에서 날개가 돋는다 해도 날아가지 못할 거요. 화살 만드는 이들한테 일부러 게으름 피우게 하고 재료도 천천히 대주도록 하겠소. 그러면 반드시 제 날짜에 댈 수 없소. 나중에 죄를 물어도 뭐라 할 밀이 없을 테지. 공은 그 사람이 어떻게 하고 있는지나 살펴보고 오시오."

노숙이 주유의 명령을 받고 제갈량에게 갔다.

제갈량이 짐짓 투덜거렸다.

"내가 자경한테 미리 부탁했었소. 공근이 내가 한 말을 알고 나면 나를 해치려 들 터이니 아무 말 말라고 말이오. 자경이 내 말을 그대로 일러바치리라곤 상상도 못 했소. 그러지 않았다면 오늘 이런 일도 벌어지지 않았소. 도대체 사흘 안에 화살 십만 개를 어떻게 만든단 말이오? 자경이 나를 살려주어야겠소!"

노숙도 어이없기는 마찬가지였다.

"공이 스스로 화를 불러놓고 나보고 어떻게 살려내란 말이오?"

"자경이 배 스무 척을 빌려주시면 되오. 배마다 군사 서른 명을 싣고 푸른 베를 두른 뒤 풀다발을 천 개 정도씩 배 양쪽에 쌓아주시오. 그러면 내가 어떻게 하든 사흘째 되는 날

화살 십만 개를 만들어놓겠소. 그러나 이 말만은 공근한테 하면 절대 안 되오. 만약 그 사람이 알게 되면 내 계획은 다 무너지고 마오."

노숙은 제갈량이 해달라는 대로 해주겠다고 했으나 뭐가 뭔지 속내를 알 수 없었다. 노숙은 주유에게 돌아가 보고했다. 그러나 배를 빌려달라던 말은 쏙 뺐다.

"공명은 화살 만들 때 쓰는 대나무며 새 깃털이며 풀 같은 재료도 필요 없다면서 약속을 지킬 수 있다고 하더군요."

주유가 고개를 갸웃거리며 미심쩍어했다.

"사흘 뒤에 가서 어쩌는가 한번 두고봅시다!"

노숙은 개인적으로 배 20척을 빌려 배마다 30명 남짓씩 태웠다. 이어 푸른 베며 풀다발 따위를 준비해놓은 뒤 제갈량이 쓰겠다고 나타나기만 기다렸다. 첫날 제갈량은 꼼짝도 하지 않았다. 둘째 날 역시 움직이지 않았다. 사흘째 되는 날 한밤중이 지날 무렵, 마침내 제갈량이 남몰래 노숙을 배 안으로 불렀다.

노숙이 물었다.

"무슨 일로 나를 불렀소?"

제갈량이 여유 있게 대답했다.

"자경과 함께 화살을 가지러 가고 싶어 불렀소."

"어디로 가지러 가는데 그러오?"

“묻지도 마시오. 가보면 아오.”

제갈량은 배 20척을 기다란 밧줄로 서로 잇게 한 뒤 북쪽 언덕을 향해 떠나도록 했다. 짙은 밤안개가 하늘에 가득 차 장강 위에서는 바로 앞 사람 얼굴도 알아보기 힘들었다. 제갈량은 배를 빨리 젓게 하였다. 앞으로 나아갈수록 안개는 더욱 짙었다.

옛사람 하나가 ‘짙은 안개 장강에 가득하다’라는 글을 지어 남겼다.

엄청나게 크구나, 장강이여

서쪽으론 민산 아미산에 다다르고

남쪽으론 삼오를 끌어안고

북쪽으론 아홉 내에 발을 드리우고

온갖 냇물 한데 모아 바다로 들어가네

오랜 세월 두고 일렁이는 물결이여

용백과 해약과 강비와 수모 같은 신들에다

몸 길이가 천 길이나 되는 커다란 고래에다

머리 아홉 달린 지네에다

귀신이니 괴물이니 가지가지 이상한 것들

여기 다 모여 있으니

여기는 바로 온갖 귀신들 터 잡고 사는 데요

뭇 영웅들 싸우며 지키는 곳이로다

때로는 해와 달이 어지러이 제 자리를 잃어

어둠과 밝음이 뒤섞이어

온 하늘이 한 빛이 되어

갑자기 짙은 안개 사방에서 일어난다

땔나무 가득 쌓여 있어도 보이지 않고

오로지 징 소리, 북소리만 들리나니

처음에는 엷게 어스레하여

겨우 남쪽 산 표범이나 숨을 만하더니

점점 짙어져 온통 어두워지면

북쪽 바다 커다란 물고기인 곤어까지 헤매이네

위로는 높다란 하늘에 닿고

아래로는 두텁게 땅에 드리워져

아득히 멀어 바라볼 수 없고

넓고도 넓어 그 끝을 알 수 없네

고래 떼는 물 위로 솟구치며 물결 일으키고

교룡은 깊은 못에 잠겨 기운을 마구 뿜어낸다

장맛비에 무더위가 걷힐 때나

봄철 으스스한 날씨로 을씨년스러울 때면

어둑어둑하고 아득하며

끝없이 넓디넓게 퍼지고 흩어져

동쪽으로는 시상의 언덕이 어디 있는지 모르겠고

남쪽으로는 하구의 산이 숨어버리네

군사용 배 1천 척은 모두 바윗골에 잠겨버리고

고기잡이 조각배 하나만 거친 물결에 놀라 오르락내리락

지나치면 하늘도 빛을 잃고 아침 햇살도 빛을 잃어

한낮이 어둑어둑한 저녁 어스름으로 바뀌고

붉은 산이 푸른 물로 바뀐다

물 잘 다스린 우 임금의 뛰어난 슬기로도

얼마나 깊고 얕은지 알 수 없고

제아무리 눈이 밝았다는 이루도

바로 앞조차 내다볼 수 없으리

물의 신 풍이가 물결을 가라앉히고

바람의 신 병예가 공을 거두니

물고기와 자라들 간데없고

새와 짐승들 볼 수 없다

신선 사는 봉래의 섬 어디로 사라졌나

하늘 궁궐 창합궁도 안 보인다

얼이 빠진 듯 치솟아오르니

곧바로 소나기가 쏟아질 듯

어지러이 섞여드는데

차가운 구름과 한데 엉기고 싶어서인가

그 속에 독 있는 뱀이 웅크리고 있으면서

무서운 병을 마구 퍼뜨리는 듯하고

그 속에 요사스런 괴물이 있어

좋지 않은 일이 일어나나보다

사람에게 병과 좋지 않은 일을 내리고

나라 맞댄 지역에 싸움터 먼지 일게 하니

보통 사람은 꺾이거나 다치고

품 넓은 사람은 바라보며 한숨만 내쉬네

바탕 기운을 그 옛날 본디 자리에 되돌려

하늘과 땅으로 커다란 덩어리를 만들려고 그러는가

새벽이 되었을 때 배들은 벌써 조조의 물 위 영채에 이르렀다. 제갈량은 뱃머리가 서쪽을 향하게 하고 꼬리는 동쪽을 향하게 해서 배들이 한 줄로 이어지듯 떠 있게 하였다. 그런 뒤 북을 치고 소리를 지르게 했다.

노숙이 어이없어하며 놀랐다.

"조조군이 한꺼번에 쏟아져나오기라도 하면 어쩌려고 이러시오?"

제갈량이 웃었다.

"내 생각에 조조는 안개가 워낙 짙어 섣불리 군사를 내보내지 못합니다. 우리는 술이나 마시며 즐기다가 안개가 걷

히면 돌아갑시다."

모개와 우금 두 사람이 영채에서 북소리와 외침 소리를 듣고 조조에게 급히 보고했다.

조조가 명령을 내렸다.

"안개가 자욱하게 끼어 강이 보이지 않을 정도인데 적들이 쳐들어온 걸 보니 틀림없이 숨어 있는 군사들이 있다. 절대로 가벼이 움직이면 안 된다. 수군 궁노수에게 어지러울 정도로 활을 쏘게 하라."

이어 조조는 뭍의 영채로 사람을 보내 장료와 서황더러 궁노수 3천 명을 데리고 급히 강변으로 가서 활을 쏘아 돕도록 했다. 조조의 명령이 다다랐을 때 모개와 우금은 이미 남쪽 군사들이 물 위 영채 안으로 뛰어들어올까봐 영채 앞에서 궁노수들에게 화살을 퍼붓도록 하고 있었다. 조금 뒤 뭍에서 온 궁노수들까지 합치자 거의 1만 명 가까이 되었다. 그들 모두 강 한가운데를 향해 활을 쏘아대니 화살이 빗발치듯 했다. 제갈량은 배의 자리를 바꿔, 이번엔 뱃머리가 동쪽을 향하고 꼬리가 서쪽을 향하게 한 뒤 조조의 영채 가까이 더욱 바싹 다가가 화살을 받도록 했다.

계속 북을 치고 소리를 지르다 보니 어느새 해가 떠오르고 안개가 걷히기 시작했다. 마침내 제갈량은 배들을 거두어 돌아가자는 명령을 내렸다. 20척 배마다 양쪽으로 실린

풀다발에는 화살이 빽빽이 꽂혀 있었다.

제갈량은 군사들에게 입을 모아 소리 지르게 했다.

"승상, 화살을 줘서 고맙소!"

조조군 영채 안에서 이 사실을 알고 조조한테 보고했을 때 제갈량의 배들은 이미 급한 물살을 타고 20리도 넘게 가볍게 달아난 뒤여서 뒤쫓을 수도 없었다. 조조는 발을 동동 굴렀으나 이미 늦은 뒤였다.

돌아가는 배 안에서 제갈량이 노숙에게 말했다.

"배마다 화살이 오륙천 개씩은 될 거요. 강동은 힘 하나 들이지 않고 화살을 십만 개 넘게 얻었소. 내일 바로 이 화살로 조조군을 쏘아도 되니 잘되었소!"

노숙은 입이 쩍 벌어졌다.

"선생은 참으로 신 같은 분이오! 그런데 오늘 안개가 이토록 짙게 낄 줄은 어떻게 아셨소?"

"장수가 되어서 하늘의 이치를 꿰뚫지 못하고, 지리적으로 좋은 점을 살리지 못하고, 몸을 감추는 둔갑술 등 여러 가지 신비스런 방법을 쓸 줄 모르고, 음양의 이치에 어둡고, 진을 치는 방법을 헤아릴 줄 모르고, 군사 상황에 밝지 못하다면 보잘것없는 사람이오. 나는 사흘 전에 오늘 안개가 짙게 끼리라는 걸 미리 알고 있었소. 그래서 날을 사흘로 잡았소. 공근은 나에게 열흘 동안 다 만들라고 하면서도 화

제갈량이 꾀를 써서 화살을 얻다.

살 만드는 사람은 물론 재료도 대주지 않을 생각이었소. 이건 바로 억지 죄를 만들어 나를 잡자고 그랬지요. 그러나 내 목숨은 하늘에 매여 있는데 어찌 공근이 나를 죽일 수 있겠소!"

노숙은 마음속 깊이 느껴지는 바가 많아 일어나 절을 했다.

배가 언덕에 다다르자 주유가 보낸 군사 5백 명이 화살을 나르기 위해 기다리고 있었다. 제갈량은 그들에게 배 위에 있는 화살이 넉넉히 10만 개는 될 테니 모두 거두어 중군 막사로 가져가 바치라 했다.

노숙은 주유에게 가서 제갈량이 화살 10만 개를 구해온 과정을 자세히 일렀다.

주유는 크게 놀라는 한편 긴 한숨을 내쉬었다.

"공명의 귀신같은 꾀를 나는 아무리 해도 따라갈 수 없겠소!"

나중에 어떤 이가 시를 지어 기렸다.

하늘의 짙은 안개 장강에 몰려와 가득하니
먼 데 가까운 데 알 수 없고 강물만 아득하다
소낙비인가 메뚜기 떼인가 배 안으로 날아든 화살들
공명이 이번 일로 마침내 주랑을 누르고 마는구나

얼마 뒤 제갈량이 영채로 주유를 보러 갔다.

주유가 장막 밖으로까지 나와 맞으며 칭찬해 마지않았다.

"선생의 귀신같은 꾀, 그저 놀라울 뿐입니다."

제갈량이 대꾸했다.

"조그만 꾀 하나에 놀랄 까닭이 뭐 있소?"

주유는 제갈량을 장막 안으로 맞아들여 술자리를 베풀며 말했다.

"어제 우리 주공께서 사람을 보내 곧 공격하라고 하셨으나 딱히 좋은 방법이 떠오르지 않아 망설이고 있소. 부디 선생께서 한 수 가르쳐주시오."

제갈량이 짐짓 딴전을 부렸다.

"나는 별다른 재주를 가지고 있지 않은 사람이오. 가르쳐드릴 게 뭐 있겠소?"

"내가 저번에 조조의 물 위 영채를 살펴보았는데 이치에 맞게 질서를 잡고 있어 제법 꼴을 갖추고 있더군요. 가벼이 공격할 수 없소. 방법을 하나 생각하고 있기는 하나 마땅한지 어떤지 알 수 없소. 선생께서 나를 위해 결정해주시지요."

제갈량이 얼른 말을 막았다.

"도독께서는 그 방법을 아직 털어놓지 마시오. 우리 서로 자기 생각을 손바닥에 써서 뜻이 같은지 어떤지 맞춰봅시다."

주유가 무척 좋아라 했다. 붓과 벼루를 가져오게 하여 자기가 먼저 쓰고 이어 제갈량에게 붓을 넘겼다. 제갈량도 손을 가리고 얼른 붓을 놀렸다. 이윽고 두 사람은 무릎을 가까이하고 손바닥을 폈다. 두 사람은 함께 크게 웃었다. 주유 손바닥에 '불'이라고 쓰여 있는데, 제갈량의 손바닥에도 똑같이 '불'이라고 쓰여 있었기 때문이다.

주유가 말했다.

"우리 두 사람 생각이 같으니 이제 망설일 필요가 없습니다. 다만 밖에 새나가지 않도록만 해주시지요."

제갈량이 고개를 끄덕였다.

"두 집안의 공적인 일인데 어찌 흘리고 다니겠소. 짐작건대 조조는 두 번씩이나 내가 쓴 그 방법에 넘어갔으면서도 또 대비를 하지 않고 있을 겁니다. 도독께서는 마음 놓고 뜻대로 하시지요."

두 사람은 마저 술을 마신 뒤 헤어졌다. 다른 장수들은 아무도 그 일을 알지 못했다.

한편 조조는 15, 6만 개나 되는 화살을 어이없이 잃고 나자 가슴속에 화가 가득 찼으나 어쩌지 못하고 있었다.

그러한 때 순유가 들어와 의견을 냈다.

"강동에서는 주유와 제갈량 두 사람이 계획을 마련하고 있어 곧장 쉽게 무너뜨리기는 어렵습니다. 사람 하나를 동

오로 보내 거짓으로 항복하게 한 뒤, 그쪽 사정을 우리한테
알리게 해서 쳐야 할 듯합니다."

조조가 고개를 끄덕였다.

"나도 그렇게 생각하고 있었소. 그럼 누구를 보내는 게 좋
겠소?"

"채모는 죽었지만 채씨 일가붙이는 모두 여기 있습니다.
채모의 아우인 채중과 채화가 지금 부장으로 있습니다. 승
상께서 그 사람들에게 따뜻하게 해주시면서 마음을 꽉 붙
들어놓으신 뒤 동오로 보내 거짓 항복하게 하면 그쪽에서
도 틀림없이 의심하지 않겠지요."

조조는 그 말을 좇아 그날 밤 바로 채중과 채화를 남몰래
막사로 불러서 일렀다.

"너희 두 사람은 군사를 조금 데리고 동오로 가서 거짓으
로 항복해라. 그런 다음 그쪽 사정을 살펴 몰래 사람을 보내
알리도록 하라. 일이 끝나면 벼슬도 높이고 상도 무겁게 내
리리라. 결코 딴마음은 품지 않도록!"

두 사람이 대답했다.

"저희들 처자식이 모두 형주에 있는데 어찌 딴마음을 품
겠습니까? 승상께서는 걱정하지 마십시오. 저희 두 사람이
반드시 주유와 제갈량의 머리를 승상께 바치겠습니다."

조조는 두 사람에게 상을 두터이 내렸다.

다음 날 두 사람은 군사 5백 명을 배 몇 척에 나누어 태운 뒤 바람을 타고 남쪽 언덕에 이르렀다.

이때 주유는 공격할 일을 한창 궁리하고 있었는데 강북에서 채모의 아우들인 채중과 채화가 항복하기 위해 배를 타고 강구에 와 있다는 보고가 들어왔다. 주유가 그들을 들라 했다.

두 사람이 들어와 울며 절을 했다.

"저희 형님은 아무 죄도 없는데 조조 역적놈한테 죽고 말았습니다. 우리 두 사람은 특별히 형님의 원수를 갚기 위해 항복하러 왔습니다. 부디 거두어주십시오. 앞장서서 싸우겠습니다."

주유는 크게 기뻐하며 두 사람에게 두터운 상을 내렸다. 이어 감녕과 함께 군사를 거느리고 앞장서도록 했다.

두 사람은 고마움을 나타내는 절을 하고 물러나왔다. 채중과 채화는 일이 자기들 뜻대로 되는 줄 알고 좋아라 했다.

주유는 몰래 감녕을 불러 일렀다.

"저 두 사람이 가족을 끌고 오지 않은 걸 보니 진심으로 항복하기 위해 온 게 아니오. 조조가 보낸 염탐꾼들이오. 나는 지금부터 오히려 저 사람들을 거꾸로 이용해 엉뚱한 정보를 보내게 하겠소. 그대는 저 사람들을 잘 대해주며 하는 짓을 살피도록 하오. 공격하는 날 저 사람들을 죽여 제사를 지내겠소. 조심하여 일을 그르치지 않도록 하오.”

감녕이 명령을 받고 나가자 노숙이 들어왔다.

“채중과 채화는 아무래도 거짓으로 항복한 듯하니 받아주지 맙시다.”

주유가 짐짓 꾸짖었다.

“조조가 자기들 형을 죽인 까닭에 원수를 갚으려고 항복했는데 무엇 때문에 거짓이란 말이오! 그대처럼 의심이 많으면 천하의 뛰어난 인물을 거두어 쓰기 어렵소!”

노숙은 아무 말도 못 하고 물러나와 제갈량에게 가서 투덜거렸다. 그러나 제갈량은 말없이 빙그레 웃기만 했다.

노숙이 다그쳤다.

“공명은 왜 웃으시오?”

“공근이 쓰는 꾀를 자경이 알아채지 못하고 있기에 웃었소. 큰 강은 양쪽을 워낙 멀리 나누어놓아서 염탐꾼들이 오고 가기에 어렵소. 그래서 조조는 우리 쪽 사정을 살피기 위해 채중과 채화를 보내 거짓으로 항복을 시켰소. 공근은 바로 그걸 거꾸로 이용하기 위해 여기 소식을 알리도록 놔두지요. 군사 일에는 으레 속임수를 쓰는 법이오. 공근의 생각이 맞소.”

노숙은 그제야 깨달았다.

주유가 밤에 홀로 막사에 있는데 갑자기 황개가 찾아왔다.

주유가 물었다.

"이 밤에 공복이 찾아오시다니, 틀림없이 좋은 계획을 알려줄 모양이지요?"

황개가 대답했다.

"저쪽은 많고 우리는 적으니 오래 끌고 있을 수 없습니다. 어째서 불로 공격하지 않습니까?"

주유가 멈칫했다.

"누가 그런 방법을 일러주던가요?"

"나 혼자 생각했습니다. 남이 일러준 게 아니오."

"나도 그렇게 생각하고 있소. 그래서 거짓 항복해온 채중과 채화를 받아들여 우리 소식을 알리게 하려 하오. 그러나 아쉽게도 나를 위해 저쪽으로 거짓 항복해 갈 사람이 마땅치 않소."

"내가 한번 나서보겠소."

"괴로움을 받지 않고서는 적이 믿어주지 않을 거라 좀……."

"나는 손씨 집안의 은혜를 깊이 입었소. 비록 간이나 뇌가 땅바닥에 내팽개쳐져 죽더라도 후회하지 않소."

주유가 고마움의 절을 했다.

"공께서 몸까지 망쳐가면서까지 기꺼이 나선다면 강동을 위해서는 정말 다행스런 일입니다."

"나는 죽더라도 원망하지 않겠소."

황개가 고마운 뜻을 내보인 뒤 나갔다.

다음 날 주유는 북을 쳐 장수들을 죄다 막사 앞으로 모이게 했다. 제갈량도 그 자리에 나갔다.

주유가 장수들을 돌아보았다.

"조조가 백만 대군을 이끌고 와서 삼백 리도 넘게 영채를 잇대어 세우고 있는데 하루아침에 깨뜨릴 수가 없소. 이제 석 달 치 먹을거리와 말먹이를 나누어줄 테니 적을 막을 준비를 하시오."

주유의 말이 미처 끝나기도 전에 황개가 나섰다.

"석 달 아니라 서른 달을 버틸 걸 준다 해도 안 됩니다! 이달 안으로 곧바로 조조를 깰 수 있으면 깨고, 그렇게 하지 못하겠으면 장자포 말대로 갑옷 벗고 무기 내던진 뒤 북쪽을 보고 항복하도록 합시다!"

주유가 발끈하며 낯빛이 바뀌었다. 마침내 크게 성을 내며 소리쳤다.

"내가 주공의 명령을 받들어 군사를 이끌고 조조를 깨부수고자 할 때 항복하자는 말을 다시 입 밖에 내는 이가 있으면 목을 베겠다고 했다. 지금 양쪽이 서로 노려보고 있는데 그따위 말을 해서 군사들 마음을 풀어지게 하다니. 네 목을 베지 않고서는 군사들을 복종시키기 어렵게 되었다!"

주유가 당장 황개를 끌어내 목을 베라고 소리쳤다.

황개 역시 화가 돋아 대들었다.

"나는 파로장군 손견을 모시고 동남쪽을 누빌 때부터 시작해 삼 대를 모시고 있는 사람이다. 너는 어디서 무얼 하다 왔냐?"

주유는 화가 끝까지 치밀어올라 황개의 목을 치라고 계속 소리쳤다.

감녕이 나서서 말렸다.

"공복은 동오의 오랜 신하입니다. 부디 너그럽게 용서해 주십시오."

주유가 호통을 쳤다.

"너는 왜 또 쓸데없는 소릴 지껄여 내 명령을 어지럽히고 있느냐?"

그러면서 감녕부터 끌어내 매질을 하게 한 뒤 내쫓아버렸다.

모든 사람이 다 꿇어앉아 빌었다.

"황개의 죄는 죽어 마땅하나, 그렇게 하시면 군사 일에 별 도움이 되지 않습니다. 도독께서는 부디 화를 푸십시오. 죄를 적어두었다가 나중에 조조를 무찌르고 나서 목을 베더라도 늦지 않습니다."

그러나 주유의 화는 풀리지 않았다. 모두들 더욱 매달리며 빌었다.

주유가 못 이기는 척 조금 물러섰다.

"여러 사람의 낯을 생각하지 않으면 반드시 목을 베어야 마땅하다! 일단 목숨만은 살려두겠다. 그 대신 곤장 백 대로 죄를 다스리겠다!"

모두들 다시 용서를 빌었다. 그러자 주유는 앞에 있는 탁자를 뒤집어엎으며 모두들 물러가라고 호통친 뒤 빨리 매질을 하라고 소리쳤다.

마침내 황개는 끌려나가 옷이 벗겨진 채 바닥에 엎드려 곤장 50대를 맞았다. 모두들 또다시 나서며 용서해달라고 빌었다. 주유가 자리에서 벌떡 일어나더니 황개를 보고 손가락질을 했다.

"네가 이래도 나를 깔볼 테냐! 오십 대는 남겨두었다가 또다시 건방지게 굴면 두 가지 죄를 묶어서 다스리겠다!"

주유는 분이 안 풀려 씩씩거리다 막사 안으로 들어갔다. 여럿이 황개에게 달려들어 붙들어 앉혔다. 가죽이 터지고 살이 찢기어 피범벅이었다. 사람들이 그를 부축하여 영채로 데려갔다. 몇 차례나 정신을 잃었다 깼다 했다. 이를 본 사람들 모두 눈물을 흘렸다.

노숙도 그를 찾아가 처참한 모습을 직접 본 뒤 배에 있는 제갈량한테 가서 따졌다.

"오늘 공근이 화가 돋아 공복을 칠 때 우리들이야 바로 아랫사람이라 쉬이 나서지 못해 끝까지 말리지 못했소. 선생은 손님이라 나서서 말려도 될 텐데 어찌하여 한 말씀도 하지 않았소?"

제갈량이 엷게 웃었다.

"자경이 나를 속이시는구만요."

노숙이 어리둥절해했다.

"나는 선생과 함께 강을 건너온 뒤 아직까지 눈곱만큼도 속인 일이 없는데 왜 그런 말씀을 하시오?"

"오늘 공근이 황공복에게 모질게 매질을 시켰는데, 자경은 그게 미리 짜고 한 일인 줄 모른단 말이오? 계획적으로 그러는데 내가 어찌 말릴 수 있겠소?"

노숙은 그제야 퍼뜩 알아차렸다.

제갈량이 다시 말했다.

"그처럼 몸뚱이를 심하게 망가뜨릴 정도로 힘든 고육계를 쓰지 않고서야 어떻게 조조를 속일 수 있겠소? 이제 황공복은 틀림없이 저쪽으로 넘어가 거짓 항복을 할 것이오. 오늘 그렇게 한 것은 채중과 채화가 이 일을 미리 알려주길 바라서요. 자경은 공근을 만났을 때 혹시라도 내가 이 일을 이미 알고 있더란 말은 하지 마시오. 나도 도독을 너무 매정한 사람이라면서 원망하고 있더라고 해주시오."

노숙은 제갈량과 헤어져 주유를 보기 위해 본부로 갔다. 주유가 막사 안으로 맞아들이자 노숙이 물었다.

"오늘 어쩌자고 황공복을 그렇게 모질게 때렸소?"

주유가 물끄러미 쳐다보았다.

"장수들이 원망하였소?"

"불안해하는 사람들이 많습니다."

"공명은 뭐라 했소?"

"도독께서 너무 매정하신 사람이라며 원망했소."

주유가 웃었다.

"이번엔 내가 그를 속여넘겼군."

"무슨 말씀이십니까?"

"오늘 황개를 친 건 계획적이었소. 내가 그를 거짓 항복시켜야겠기에 먼저 매질부터 모질게 하라고 했소. 그래야 조조를 속여넘길 수 있소. 이러한 과정을 거쳐 불로 공격을 하면 이길 수 있소."

노숙은 속으로 제갈량의 환히 꿰뚫어보는 뛰어난 능력에 놀랐으나 아무 말도 하지 않았다.

황개는 막사에 누워 있었다. 여러 장수들이 걱정되어 들렀지만 황개는 아무 말 않고 오로지 한숨만 길게 내쉬었다. 참모로 있는 감택이 찾아왔다고 알려주었다. 황개가 그를 불러들인 뒤 곁사람들을 물리쳤다.

감택이 물었다.

"장군께서는 도독과 원수진 일이라도 있소?"

황개가 고개를 살짝 저었다.

"없소."

"그럼 공께서는 미리 짜고 매질을 당하는 고육계를 썼습니까?"

황개가 놀란 표정을 지었다.

"어떻게 알았소?"

"공근이 하는 걸 보고 열에 여덟이나 아홉은 그러리라 짐작했소."

"나는 오후 삼 대에 걸쳐 두터운 은혜를 입었으나 갚은 게 없소. 그래서 이런 꾀라도 내서 조조를 깨자고 했소. 매를 맞아 힘들기는 하지만 아무런 한이 없소. 내가 군 안을 다 돌아보아도 마음에 맞는 사람이 하나도 없소. 오로지 공만이 충성스러움과 의로움을 가지고 있다는 걸 아오. 그래서 내 속마음을 털어놓으려 하오."

"공께서 털어놓으시려 하는 속마음은 나더러 가짜 항복 편지를 가져다 바쳐달라는 것 아닙니까?"

"사실 그렇소. 할 수 있겠소?"

감택이 기꺼이 그러마고 했다.

씩씩한 장수가 가볍게 몸을 던져 주인 은혜 갚으려 하니

모사 또한 나라를 위하는 마음 마찬가지구나

과연 감택은 무슨 말을 할는지…….

황개의 항복 편지

감택은 몰래 거짓 항복 편지를 바치고
방통은 기가 막히게 둘러대 배들을 서로 묶게 하다

감택의 자는 덕윤이고 회계 산음 사람이다. 집은 가난했으나 학문을 좋아했다. 남의집살이를 하면서도 책을 빌려 읽기를 좋아했다. 한 번 읽으면 잊어먹는 법이 없었고, 말재주도 좋고 배짱도 두둑했다. 손권이 불러다 참모로 삼았는데, 황개와 가장 가까이 지냈다. 황개는 감택이 말재주가 좋고 배짱도 있는 걸 알기에 항복 편지를 바치는 일을 맡기려고 했다.

감택은 기꺼이 일을 맡겠다고 하면서 말했다.

"대장부가 세상에 나와 공을 못 세우고 업적을 이루지 못

하면 저절로 썩어버리는 풀이나 나무와 뭐가 다르겠소! 공께서는 이미 몸을 돌보지 않으면서까지 주공의 은혜를 갚으려 하는데 나 혼자 이 하찮은 목숨을 아껴서 뭐 하겠소!"

황개가 자리에서 구르듯이 잽싸게 내려와 절을 하며 고마워했다.

감택이 딱 부러지게 말했다.

"일을 늦출 수 없소. 지금 곧바로 가야겠소."

"항복 편지는 이미 써두었소."

감택은 편지를 받아들었다. 이어 그날 밤에 곧바로 늙은 어부로 꾸민 뒤 작은 배를 타고 북쪽 언덕을 향해 갔다. 밤하늘에는 별이 꽉 차 있었다. 한밤중이 되었을 때 감택은 조조의 물 위 영채에 이르렀다. 강을 순찰하던 군사가 그를 붙잡은 뒤 곧바로 조조한테 보고했다.

조조가 물었다.

"염탐꾼이 아니더냐?"

"늙은 어부 차림인데, 동오의 참모 감택이라고 하면서 중요하고 비밀스런 일이 있어 왔다고 합니다."

조조가 바로 데려오라 했다. 감택은 군사에게 끌려들어 갔다. 막사 안은 등불과 촛불이 눈부실 정도로 밝게 켜져 있었다.

조조가 의자에 반듯이 앉아서 물었다.

"네가 동오의 참모라면서 여기는 뭣 때문에 왔느냐?"

감택이 비아냥거리듯 말했다.

"사람들이 말하기를, 조승상은 어진 사람 구하기를 마치 목마른 이가 물을 찾듯이 한다던데, 지금 묻는 걸 보니 듣기와 딴판이구만. 허! 황공복, 그대는 잘못 생각했구려!"

조소가 다시 물었다.

"나는 동오와 싸움 중이다. 그런데 네가 혼자서 사사로이 왔으니 어찌 그렇게 묻지 않을 수 있느냐?"

감택이 차분히 말했다.

"황공복은 바로 동오의 삼 대를 섬긴 오랜 신하요. 그런데 주유가 여러 장수들 앞에서 아무 까닭도 없이 모질게 매질을 해 분함을 참지 못하고 있소. 그래서 승상께 항복하여 원수를 갚을 생각으로 특별히 나랑 의논했소. 나와 공복은 원래 형제나 마찬가지로 가까운 사이라 이렇게 몰래 비밀 편지를 바치러 왔소. 승상께서는 우리를 받아주시겠소?"

"편지는 어디 있느냐?"

감택이 편지를 꺼내 바쳤다. 조조가 편지를 펼쳐 들고 등불 아래에서 읽기 시작했다.

이 사람 황개는 손씨 집안의 은혜를 두텁게 입은 사람이라 딴 마음을 먹으면 안 됩니다. 오늘의 형편을 두고 볼 때 강동 여섯

군의 군사로 중원의 1백만 대군을 해볼 수는 없습니다. 이는 천하가 다 아는 일입니다. 동오의 장수나 벼슬아치들도 슬기로운 이든 어리석은 이든 싸워서 이길 수 없는 줄 다 알고 있습니다. 오로지 주유 저 어린놈만 좁아터진 마음에다 얕은 생각으로 알량한 제 재주가 대단한 줄 알고 달걀로 바위를 치려 하고 있습니다. 게다가 제 낯을 세우기 위해 죄 없는 이한테는 벌을 내리고, 공이 있는 이에게는 상을 주지 않습니다. 이 사람은 삼 대에 걸쳐 섬겨온 오랜 신하인데도 아무 까닭 없이 살이 터지는 욕을 당하여 참으로 한스럽습니다! 엎드려 듣자니, 승상께서는 마음을 다해 사람을 대하고 선비를 받아주신다고 하더군요. 이 사람이 아랫것들을 거느리고 승상께 가서 공을 세워 억울함을 풀까 합니다. 먹을거리와 말먹이와 무기 등은 배와 함께 바치겠습니다. 피눈물을 흘리며 엎드려 절하며 아뢰오니, 만에 하나라도 의심하지 마십시오.

조조는 황개의 편지를 탁자 위에 펼쳐놓은 채 여남은 번이나 훑어보았다. 그러더니 갑자기 탁자를 주먹으로 내리치며 눈을 부릅뜨고서 크게 화를 냈다.

"황개가 일부러 몸을 망가뜨리는 고육계를 써서 너더러 거짓 항복 편지를 갖다주게 하고 이리 들어와서 허튼수작을 부리려 하는 줄 다 안다. 겁도 없이 나를 뭘로 보고 가지고 놀려고 하느냐!”

조조는 곧장 감택을 끌어다 목을 베라고 소리쳤다. 지키고 있던 무사들이 달려들어 감택을 끌어냈다. 그러나 감택은 낯빛 하나 바뀌지 않고 오로지 하늘을 쳐다보며 크게 웃을 뿐이었다.

조조가 다시 감택을 끌고 오라 하여 꾸짖었다.

“내 이미 너희들의 간사스런 계획을 다 알아챘는데 왜 웃느냐?”

“너 때문에 웃는 게 아니다. 황공복이 사람을 알아보지 못한 게 어이없어 웃었을 뿐이다.”

“어째서 사람을 알아보지 못한 거라 하느냐?”

감택이 귀찮다는 듯이 소리를 내질렀다.

“죽일 거면 빨리 죽이면 그만이지, 왜 자꾸 묻고 난리냐!”

“나는 어려서부터 군사 다스리는 온갖 책을 깊이 읽었기 때문에 간사스런 꾀는 다 알고 있다. 너희들이 꾸민 그 꾀는 다른 사람은 속여넘길 수 있을지 몰라도 나는 절대로 속일 수 없다!”

“도대체 편지 가운데 무엇을 두고 간사스런 꾀라고 그러느냐?”

“뭐가 잘못인지 자세히 일러서 죽더라도 나를 원망할 수 없도록 해주마. 너희들이 진심으로 항복하는 글을 바치고 항복하는 거라면 어째서 날짜를 확실하게 밝히지 않았느냐? 아직도 시부렁거릴 말이 있느냐?"

그 말에 감택이 크게 웃었다.

"이러고도 군사 다스리는 책을 깊이 읽었다고 재다니 참으로 뻔뻔스럽구나! 어서 빨리 군사를 거두어 돌아가라. 이대로 싸우다가는 반드시 주유한테 사로잡히고 만다. 무식한 놈 같으니라고! 내가 네 손에 죽다니! 억울하고 억울한지고!"

"어째서 나를 보고 무식하다 하느냐?"

"너는 속에 담긴 뜻도 모르고 도리에 밝지도 않으니 어찌 무식하다 하지 않을 수 있겠느냐?"

"내가 어째서 무식한지 자세히 일러봐라."

"네가 어진 이를 대하는 예의도 모르는데 내가 떠들어 무엇하겠느냐! 이대로 죽으면 그만이다."

"네 말이 이치에 어긋나지 않고 그럴싸하면 나는 저절로 받든다."

"너는 '주인을 배반하고 도적질하는 데는 날짜를 미리 정하지 못한다'라는 말도 들어보지 못했느냐? 만약에 미리 날짜를 정해두었다가 갑자기 어길 일이 생겼는데, 이쪽에서는 그 사정을 전혀 모르고 무작정 나와 기다리다가는 자칫 일이 들통나고 만다. 이런 일은 형편을 보아가며 그때그때

맞춰가며 해야지, 어찌 미리 날을 받아놓을 수 있단 말이냐? 네가 이런 이치도 모르면서 좋은 사람을 죽이려 드니 어찌 무식한 놈이라 하지 않을 수 있겠느냐!"

조조가 그 말에 얼굴빛을 누그러뜨리며 자리에서 내려와 사과했다.

"내 그만 일을 제내로 살피지 못해 예의 없이 굴었소. 마음을 푸시오."

감택도 말투를 누그러뜨렸다.

"저와 황공복은 마치 어린아이가 부모를 찾듯이 애타는 마음으로 이쪽으로 오고자 하오. 어찌 거짓이겠소!"

조조가 아주 좋아라 했다.

"만약 두 사람이 큰 공을 세운다면 나중에 반드시 다른 누구보다 높은 자리에 앉히겠소."

"우리는 자리를 보고 오는 게 아닙니다. 하늘과 백성의 뜻에 따를 뿐입니다."

조조가 술을 내오라 하여 대접하는데, 얼마 뒤 사람 하나가 들어와 조조의 귀에 대고 속삭였다.

다 듣고 난 조조가 말했다.

"편지 좀 보자."

그 사람이 비밀 편지를 꺼내 바쳤다. 편지를 읽는 조조의 얼굴이 무척 밝아졌다.

감택은 속으로 생각했다.

'틀림없이 채중과 채화가 황개가 벌 받은 일을 알리는 편지겠지. 음, 이제사 조조가 우리의 항복을 진짜로 여겨 좋아하는구나.'

조조가 감택을 돌아보았다.

"고생스럽더라도 선생은 다시 강동으로 돌아가 황공복과 약속을 정한 뒤 미리 이쪽으로 알려주고 강을 건너시오. 그러면 내가 군사를 끌고 가서 맞이하겠소."

감택이 고개를 저었다.

"저는 이미 강동을 떠난 사람이라 다시 돌아갈 수 없습니다. 승상께서는 얼굴이 알려지지 않은 다른 사람을 보내시기 바랍니다."

"다른 사람이 갔다가는 자칫 일이 들통나기 쉽소."

감택은 거듭 빼다가 잠깐 생각해보고 나서 말했다.

"제가 가야 한다면 여기서 오래 있을 필요가 없겠습니다. 바로 떠나야지요."

조조가 황금이며 비단 따위를 주었으나 감택은 받지 않았다. 인사를 마치고 나온 감택은 바로 배를 타고 다시 강동으로 돌아가 황개를 만났다.

감택이 조조를 만난 얘기를 자세히 하자 황개가 가슴을 쓸어내렸다.

"허! 공의 뛰어난 말솜씨가 아니었더라면 내가 매맞은 게 헛일이 될 뻔했구려."

감택이 서둘렀다.

"이제 감녕의 영채로 가서 채중과 채화가 어찌하고 있는지를 알아봐야겠소."

황개가 고개를 끄덕였다.

"좋은 생각이오. 그렇게 하시오."

감택은 곧 감녕의 영채로 갔다. 감녕이 맞아들이자마자 감택이 투덜댔다.

"어제 장군께서 황공복을 구하시려다 도리어 공근한테 욕을 당하셨는데, 나도 참느라 혼났소."

감녕은 웃으며 아무 말도 하지 않았다. 바로 그때 채중과 채화가 들어왔다. 감택이 감녕에게 살짝 눈짓을 했다. 감녕이 바로 알아차리며 말했다.

"주공근이 자기 재주만 믿고 잘난 척하며 우리 모두를 업신여기고 있소. 내가 욕을 당하고 보니 강동 사람들 보기도 창피하오!"

말을 마치자 감녕은 이를 뿌드득 갈며 탁자를 쾅 내리치더니 마구 소리를 질렀다. 감택이 감녕의 귀에다 대고 뭐라고 속삭이는 티를 냈다. 감녕은 고개를 떨구며 아무 말도 하지 않았고 한숨만 길게 몇 번 내쉬었다.

채중과 채화는 감녕과 감택 두 사람이 배반할 뜻을 가지고 있다 여기고 슬쩍 떠보았다.

"장군께서는 무슨 걱정을 그리 하시며, 또 선생께서는 무엇이 못마땅하십니까?"

감택이 대꾸했다.

"우리 가슴속의 괴로움을 그대들이 어찌 알겠소!"

채화가 툭 나섰다.

"혹시 동오를 배반하고 조조에게 항복하려 하시오?"

순간 감택의 낯빛이 싹 변하고, 감녕은 칼을 뽑아 들고 벌떡 일어서면서 소리쳤다.

"우리 일을 눈치챘으니, 죽여서 입을 막지 않을 수 없다!"

채중과 채화는 허둥댔다.

"두 분께서는 아무 걱정 마십시오. 우리도 가슴속에 묻고 있는 일을 털어놓겠습니다."

감녕이 다그쳤다.

"빨리 말해봐라!"

채화가 털어놓았다.

"우리 두 사람은 조공의 명령을 받고 거짓 항복해왔습니다. 만약 두 분께서 진심으로 항복할 마음이시라면 저희가 안내하겠습니다."

감녕이 말했다.

"네 말이 정말 사실이냐?"

두 사람이 함께 대답했다.

"어찌 실없이 거짓말을 하겠습니까?"

감녕은 짐짓 기쁜 빛을 띠었다.

"그게 사실이라면 이건 바로 하늘이 내린 기회로다!"

채중과 채화가 입을 모았다.

"황공복과 장군께서 욕을 당하신 일도 저희가 벌써 승상께 알려드렸습니다."

감택이 말했다.

"내 이미 황공복의 항복 편지를 승상께 바치고 왔소. 지금 흥패를 찾아온 건 서로 같이 항복하자고 약속하기 위해서요."

감녕이 말을 이었다.

"대장부가 세상에 나서 밝은 주인을 만났다면 마땅히 마음을 다해 섬겨야 하오."

네 사람은 함께 술을 마시면서 서로의 속내를 털어놓았다. 이어 채중과 채화는 감녕도 자신들과 서로 통하게 되었다는 사실을 바로 편지로 써서 조조에게 몰래 보냈다. 감택 또한 따로 편지를 써서 조조에게 몰래 보냈다.

황개가 곧 떠나려 하나 그동안 기회를 잡지 못했습니다. 푸른

대장기가 뱃머리에 보이면 바로 황개가 탄 배로 아십시오.

한편 조조는 편지 두 통을 잇달아 받았지만 의심이 다 풀리진 않았다. 그래서 여러 모사들을 불러모았다.

"강동의 감녕이 주유한테 욕을 당하여 우리와 같이하겠다 하고, 황개는 벌을 받은 뒤 감택을 시켜 편지를 보내왔으나 왠지 그대로 믿음이 가지 않소. 누가 주유 영채로 가서 사실을 좀 알아보면 좋겠소."

장간이 바로 나섰다.

"저번에 제가 동오에 갔으나 뜻을 이루지 못하고 돌아와 부끄럽기 짝이 없었습니다. 이번에 목숨을 걸고 다시 가서 그쪽 사정을 살펴 승상께 보고하겠습니다."

조조가 무척 좋아라 하며 곧바로 배를 타고 떠나도록 했다.

장간은 작은 배에 몸을 싣고 바로 강남의 물 위 영채로 가서 자기가 왔다는 사실을 주유에게 알리도록 했다.

주유는 장간이 또 왔다는 말을 듣고 무척 좋아라 했다.

"우리가 성공하느냐 못하느냐는 이 사람한테 매어 있다!"

주유는 곧장 노숙을 불렀다.

"방사원을 불러다가 나를 위해 이러저러하게 해달라고 하시오."

사원은 양양 사람 방통의 자이다. 난리를 피해 강동으로
와 머물고 있었다. 노숙이 진작 그를 주유에게 추천했으나
방통이 미처 주유를 찾지 못했다. 그러던 차에 주유가 노숙
을 시켜 방통에게 조조를 어떻게 해야 깰 수 있느냐고 물은
적이 있었다. 그때 방통은 노숙에게 이렇게 몰래 일러주었다.

"조조군을 깨려면 불로 공격을 하는 방법밖에 없소. 그러
나 큰 강에서는 배 한 척에 불이 붙는다 해도 나머지 배들이
사방으로 흩어져버리면 그만이오. 그러니 이런 때에는 적
에게 사람을 보내 미리 일을 꾸미게 하면서 그 사이에 공격
을 해야 하는데, 특히 배들을 모조리 쇠고리로 연결시켜 흩
어지지 못하도록 하는 연환계를 써야만 이길 수 있소."

노숙은 이 말을 그대로 주유에게 옮겼다. 주유는 그 의견
이 매우 옳다고 여겨져 마음속 깊이 감탄하며 노숙에게 말
했다.

"그런데 그 방법을 쓸 수 있는 사람은 오로지 방사원밖에
없을 텐데……."

노숙이 말했다.

"하지만 조조가 워낙 간사스런 꾀쟁이라서 속이기가 쉽
지는 않겠지요."

주유는 그때부터 어찌해야 할지 몰라 결론을 내리지 못
한 채 이런저런 생각에 빠져 있었다. 그러한 때에 갑자기 장

간이 또 왔다는 보고가 들어왔다.

주유는 크게 기뻐하며 방통에게 알려 방법을 쓰도록 하는 한편, 자신은 장막에 앉아 장간을 불러오게 했다.

장간은 주유가 직접 나와 맞지 않자 의심이 들고 불안했다. 곧바로 배를 강변 구석에 매어두도록 한 뒤 주유의 영채로 갔다.

주유가 화난 얼굴로 맞았다.

"자익은 어째서 나를 그렇게 속였는가?"

장간이 애써 웃었다.

"나는 자네와 형제처럼 지내던 옛날을 떠올리고 일부러 마음속에 품은 일을 의논하러 왔는데 대뜸 속였다 하니, 그게 무슨 말인가?"

"자네가 나를 설득하여 항복받고 싶은 모양인데, 바다가 마르고 바윗돌이 다 닳기 전에는 어림도 없는 일이네! 옛날에 같이 공부한 정이 있어 같이 실컷 마시고 같은 자리에서 잠까지 잤네. 그런데 자네는 나한테 온 편지나 훔쳐내 인사도 없이 돌아가 조조가 채모와 장윤을 죽이게 해서 내 일을 망쳐놓았네. 그러고도 지금 또 왔으니, 이건 틀림없이 좋은 뜻을 가지고 오지 않았다는 생각이 드네! 옛정을 돌보지 않았다면 단칼에 두 도막을 내버렸을 거네! 원래는 자네를 곧바로 돌려보낼 생각이었네만, 며칠 안에 내가 조조 역적놈을 칠 계획이라 그렇게 하지 않겠네. 그렇다고 자네를 군 안에 머물게 했다가는 또 비밀이 새나갈지도 모르니 그렇게도 하지 않겠네.”

주유는 곧바로 아랫사람에게 명령했다.

“자익을 서산 암자로 모셔 편히 쉬게 하라.”

이어 장산을 돌아보았다.

“내가 조조를 깨부순 뒤에 강을 건너 돌아가도 늦지 않을 걸세.”

장간이 입을 열어 뭐라 한마디 하려 했으나 주유는 벌써 안으로 사라져버렸다. 장간은 말에 태워져 서산 뒤쪽 작은 암자로 보내졌다. 군사 둘이 시중을 들었다.

장간은 암자 안에 갇혀 있자니 가슴이 답답하고 걱정거리가 밀려와 잠도 자지 못하고 먹지도 못했다. 하늘을 가득 채우고 있는 별들이 금방이라도 쏟아져내릴 듯한 밤이었다. 장간은 암자 뒤를 홀로 거닐었다. 어디선가 글 읽는 소리가 들려왔다. 더듬더듬 그쪽으로 발걸음을 옮겼다. 산 아래 바위 곁의 몇 칸 안 되는 초가집에서 불빛이 새나왔다. 가까이 다가가 안을 들여다보니 한 사람이 벽에 칼을 걸어둔 채 등불 아래에서 옛날에 손무와 오기가 쓴 군사 부리는 책을 읽고 있었다.

장간은 속으로 생각했다.

　　　　　　　　　　박상률 완역 삼국지 4

장간이 초가집의 불빛을 보고 발걸음을 옮기다.

‘틀림없이 보통 사람이 아니겠다.’

문을 두드렸다. 그 사람이 문을 열었다. 겉모습이 남달랐다. 장간이 이름을 묻자 그가 대답했다.

“나는 방통이라는 사람으로 자는 사원이오.”

장간은 감짝 놀랐다.

“그럼 봉추 선생 아니십니까?”

“그렇소.”

장간은 무척 기뻤다.

“높으신 그 이름 들은 지 오래됩니다. 어찌하여 이런 구석진 곳에 계십니까?”

“주유가 자기 재주만 믿고 남을 받아들일 줄 몰라 여기 숨어 살고 있소. 그런데 공은 누구시오?”

“저는 장간이라고 합니다.”

방통이 장간을 안으로 맞아들였다. 두 사람은 마주 앉아 마음을 터놓고 얘기를 나눴다.

마침내 장간이 권했다.

“공의 재주 정도면 어디 가신들 쓰지 못하겠습니까? 만약에 조승상께 가실 뜻이 있으면 제가 기꺼이 안내하겠습니다.”

“나 역시 오래전부터 강동을 떠나고 싶었소. 공이 안내해 주실 마음이시라면 지금 곧장 떠납시다. 머뭇거리다 주유한테 들키면 반드시 해코지를 당할지 모르니까.”

장간과 방통은 그 밤으로 산을 내려왔다. 마침내 강가에 이르자 장간이 타고 왔던 배를 찾아 몸을 실은 뒤 강북을 바라고 나는 듯이 배를 저어갔다.

조조의 영채에 다다르자 장간이 먼저 들어가 지난 일을 자세히 일렀다. 조조는 봉추 선생이 왔다는 말을 듣자 직접 막사 밖으로 나와 맞았다.

손님과 주인의 자리를 정해 앉자 조조가 먼저 말했다.

“나이 어린 주유가 자기 재주만 믿고 사람을 깔보며 좋은 말도 듣지 않으려 한다더군요. 선생의 높으신 이름을 들은 지 오래되었습니다. 기왕 이렇게 찾아주셨으니 부디 가르침을 아끼지 마십시오.”

“저는 승상께서 군사를 쓰실 때 이치에 맞게 제대로 쓰신다고 들었습니다. 군사들의 상태를 한번 살펴보고 싶습니다.”

조조가 말을 준비하라고 일렀다. 조조는 방통을 뭍의 영채로 먼저 데려갔다. 방통은 조조와 말 머리를 나란히 한 채 높은 데로 올라가 바라보았다.

“산을 곁에 두고 숲에 기대고 있으면서 앞뒤가 트여 있고, 드나드는 문이 있으며, 나아가고 물러날 수 있게 굽이지고 꺾여 있군요. 군사 작전에 그 옛날의 손무와 오기가 다시 살아나고 사마양저가 또 뛰쳐나오더라도 이보다 나을 수는 없겠습니다.”

조조가 애써 겸손해 마지않았다.

“선생께서는 너무 좋게만 말씀하지 마시고 부족한 데를 잘 살펴주시오.”

둘은 이번엔 물 위의 영채를 살피러 갔다. 남쪽으로 문이 24개가 나 있고, 커다란 배와 군사용 배들이 늘어서서 성처럼 되어 있었다. 그 안에는 작은 배들이 있었는데, 오고 가는 길이 뚜렷하고 들고 나는 데 질서가 있었다.

방통이 웃었다.

“승상께서 군사 쓰시는 게 과연 소문대로입니다!”

이어 손가락으로 강남 쪽을 가리키며 소리쳤다.

“주랑아, 주랑아! 너는 이제 반드시 망하리라!”

조조는 무척 흐뭇했다. 영채로 돌아가자 막사에 함께 들어가 술을 마시며 군사 쓰는 일에 관한 얘기를 나누었다. 방통의 거리낌 없고 막힘없는 말솜씨가 마치 물 흐르듯 했다. 조조는 절로 감동하여 더욱 정성스레 대접했다.

방통이 짐짓 취한 척하며 물었다.

“군 안에 용한 의원은 있습니까?”

조조가 무슨 일로 의원을 찾느냐고 되묻자 방통이 대답했다.

“수군은 병에 잘 걸립니다. 용한 의원이 반드시 있어야 합니다.”

이때 조조의 군사들은 물과 땅이 맞지 않아 먹은 걸 게우다 죽는 이들이 많았다. 이 때문에 조조는 걱정이 많았다. 그런 참에 방통의 말을 들었으니 어찌해야 할지를 묻지 않을 수 없었다.

방통이 말했다.

“승상께서 수군 훈련은 아주 잘 시키고 계십니다. 그런데 안타깝게도 부족한 점이 하나 있습니다.”

조조가 무어냐고 물었지만 방통은 얼른 대답을 하지 않았다. 거듭 묻자 그제야 방통이 마지못한 듯이 입을 열었다.

“제가 방법 하나를 알고 있습니다. 그대로만 하신다면 수군들이 아프지도 않고 편안하게 싸움에 이길 수 있습니다.”

조조가 아주 기뻐하며 그 방법이 뭐냐고 졸랐다.

방통이 대답했다.

“큰 강의 물은 거세게 밀려왔다 밀려가고, 바람과 물결 또한 크게 일고 그칠 새가 없습니다. 게다가 북쪽 군사들은 배 타는 일이 몸에 배지 않아 배가 흔들릴 때마다 몸도 같이 놀아 탈이 생깁니다. 먼저 큰 배와 작은 배를 적당히 섞어서 서른 척 혹은 쉰 척을 한 덩어리로 하여 뱃머리와 꼬리를 쇠사슬로 묶은 다음 그 위에 널빤지를 깔도록 하시지요. 그러

면 그 위로 사람은 물론 말도 오갈 수 있고, 제아무리 바람
이 크게 불고 파도가 일어도 끄떡없게 됩니다.”

방통이 말을 마치자 조조가 일어나 고마움을 나타냈다.

“선생이 이렇게 좋은 방법을 일러주지 않으셨다면 어떻
게 동오군을 깰 수 있겠소!”

“저의 어리석고 얕은 생각이니 승상께서 알아서 결정하
십시오.”

조조는 곧바로 군 안의 대장장이들을 불러모으게 했다.
그런 뒤 밤을 새워 쇠고리와 큰 못을 만든 뒤 배들을 서로
잇게 하였다. 군사들은 이 소식을 듣고 모두들 기뻐했다.

훗날 어떤 이가 시를 읊었다.

적벽 싸움에서는 불 공격이 가장 낫다고
모두들 똑같은 의견을 내놓았다네
하지만 방통이 배를 묶도록 하지 않았으면
공근이 어떻게 큰 성공을 거두었으랴

방통이 다시 조조에게 말했다.

“제가 보기에 강동의 인물 가운데에는 주유를 원망하는
이가 많습니다. 제가 세 치 혀를 놀려 승상을 위해 그들을
달래 모두 항복시키겠습니다. 그리되면 주유는 홀로 외톨

이가 되어 도와주는 이가 없을 테니 반드시 승상께 사로잡
히고 말겠지요. 주유를 깨고 나면 유비야 뭘 할 수 있겠습
니까?”

“선생이 과연 그토록 큰 공을 이루기만 하신다면, 황제께
아뢰어 삼공의 자리에 서시도록 하겠소.”

“저는 살림이 펴거나 귀하게 되길 바라서 이러는 게 아닙
니다. 오로지 만백성을 구하고자 하는 마음뿐입니다. 승상
께서는 강을 건너가신 뒤에 절대로 백성들을 죽여서는 안
됩니다.”

“나는 하늘을 대신해 뜻을 펼치고자 할 뿐이오. 어찌 백성
들을 죽이겠소!”

방통은 조조군이 쳐들어왔을 때 자기의 가족들을 보호할
수 있게 글을 한 장 써달라고 했다.

조조가 물었다.

“선생의 가족들은 지금 어디 있소?”

방통이 대답했다.

“강가에 살고 있습니다. 글만 한 장 써주시면 안전할 수
있습니다.”

조조는 곁에 있는 사람에게 방통이 원하는 대로 글을 한
장 쓰게 한 다음 직접 서명을 한 뒤 방통에게 건넸다.

방통은 절을 하며 고마워했다.

"제가 떠난 뒤 바로 군사를 일으키십시오. 주유가 알아채면 안 됩니다."

조조가 그 말을 따르기로 했다.

방통은 조조와 헤어져 강가로 갔다. 막 배에 오르려 할 때였다. 갑자기 언덕 위에서 도포 차림에 대나무관을 쓴 사람이 나타나 방통의 팔을 잡아당겼다.

"정말 배짱도 좋은 인간이다! 황개는 고육계를 쓰고, 감택은 거짓 항복 편지를 올리더니, 이제는 네가 나타나 연환계를 일러주며 몽땅 태우지 못할까 안달이구나! 너희들의 무서운 손길이 조조는 어떻게 속였는지 몰라도 나만은 속일 수 없다!"

방통은 그만 넋이 나가 눈앞이 아득했다.

동남쪽이 이긴다고 섣불리 말하지 말라
서북쪽에는 누가 사람 없다고 하더냐

과연 이 사람은 누구인지…….

쇠사슬로 배들을
한 덩어리로 묶은 조조

조조는 장강에서 잔치를 베풀며 노래를 부르고
북군은 배들을 한 덩어리로 묶어 힘을 쓰다

방통은 깜짝 놀라 뒤를 돌아보았다. 서서였다. 방통은 옛 친구를 보자 마음이 가라앉았다. 주위에 아무도 없는 걸 확인하고서야 입을 열었다.

"자네가 내 계획을 어그러지게 하면 강남 여든한 고을 백성들은 모두 자네가 죽이는 셈이네."

서서가 웃었다.

"그럼 여기 팔십삼만 군사들 목숨은 어찌해야 하는가?"

"원직은 정말로 내 계획을 깰 생각인가?"

"나는 아직까지 유황숙의 두터운 은혜를 잊은 적이 없네.

게다가 조조는 우리 어머님을 돌아가시게 해서 나는 죽는 날까지 조조를 위해선 하나의 꾀도 내지 않기로 맹세한 사람이네. 그러니 어찌 자네의 계획을 망가뜨리겠는가? 단지 나도 군사를 따라 여기 와 있으니, 만약 싸움에 지는 날이면 이것저것 따질 것 없이 나도 휩쓸려 죽게 되지 않겠는가? 자네는 마땅히 내가 여기서 어떻게 몸을 빼야 하는지를 가르쳐주어야 하네. 그러면 나는 입을 다물고 멀리 가버리겠네.”

방통이 웃었다.

“원직처럼 능력이 뛰어나고 앞날을 내다볼 수 있는 사람이 정말 몰라서 그런단 말인가?”

“부디 한말씀 해주게나.”

방통은 서서의 귀에 입을 대고 몇 마디 했다. 서서는 기뻐하며 고마움을 나타냈다. 마침내 방통은 서서와 헤어져 배를 타고 강동으로 돌아갔다.

한편 서서는 가까운 사람들을 시켜 몰래 영채마다 돌아다니며 헛소문을 퍼뜨리게 했다. 다음 날 영채 안에서는 서너 명씩 모이기만 하면 머리를 맞대고 수군거렸다. 이 사실은 재빨리 조조한테 보고되었다.

“서량주의 한수와 마등이 반란을 일으켜 허도로 쳐들어

온다는 말이 군 안에 떠돕니다.”

조조는 크게 놀라 급히 모사들을 불러모아 의논했다.

“내 그러잖아도 군사를 끌고 남쪽으로 내려오면서 꺼림칙하게 여겼던 이들이 한수와 마등이었소. 군 안에 떠도는 말이 헛소문인지 어쩐지는 모르겠지만, 어쨌든 대책은 세워야겠소.”

조조의 말이 미처 끝나기도 전에 서서가 나섰다.

“승상께서 저를 거두어주신 뒤 손톱만 한 공도 세우지 못해 늘 죄송했습니다. 저에게 군사 삼천 명만 내주시면 밤낮으로 산관으로 달려가 길목을 틀어막겠습니다. 만약에 급한 일이 생기면 다시 알리겠습니다.”

조조가 좋아라 했다.

“원직이 간다면 내 아무런 걱정이 없겠소! 산관에도 군사들이 있으니 모두 거느리도록 하시오. 곧장 말 탄 군사와 일반 군사 삼천 명을 내줄 테니 장패더러 앞장서게 해서 밤을 도와 떠나시오. 머뭇거리면 안 되오.”

서서는 조조 앞을 물러나와 장패와 함께 곧바로 떠났다. 방통이 일러준 그대로 했다.

나중에 어떤 이가 시를 읊었다.

남쪽을 치러 간 조조가 날마다 걱정한 건

마등과 한수가 창 들고 쳐들어오는 일이었지
봉추가 서서에게 일러준 한마디 말에
마치 물속 헤매던 고기, 낚싯바늘에서 빠져나가듯 하네

조조는 서서를 보내고 나자 마음이 조금 편안해졌다. 그래서 말을 타고 강가의 영채를 둘러본 다음 물 위 영채로 갔다. 가운데에 있는 큰 배에 오르자 장수 수(帥) 자가 쓰인 대장기가 높다란 데서 펄럭였다. 양쪽 영채로는 1천 명이 넘는 궁노수가 숨어서 지키고 있었다. 조조는 위로 올라갔다. 때는 건안 13년 겨울 11월 15일이었다. 날씨는 맑고 바람도 자서 물결도 잔잔했다.

조조가 명령했다.

"큰 배에다 술자리를 마련하고 악기도 준비해라. 내 오늘 밤에 여러 장수들과 즐겨보리라."

이윽고 날이 저물자 동쪽 산에 달이 떠올랐다. 휘영청 달이 밝아 한낮 같았다. 장강이 마치 흰 비단을 펼쳐놓은 것처럼 보였다. 조조가 배 위로 나와 자리를 잡고 앉자 양 곁에서 그를 따라나오는 이가 수백 명이나 되었다. 모두 비단옷에 수가 놓인 겉옷 차림이거나 손에 창을 쥐고 있었다. 그들 문무 벼슬아치들은 모두 차례대로 앉았다.

조조는 주위를 둘러보았다. 남병산 경치가 한 폭의 그림

박상률 완역 삼국지 4

같았다. 동쪽으로는 시상의 끝부분이 보이고 서쪽으로는 하구의 강이 보였다. 남으로는 번산이, 북으로는 오림이 보였다. 어느 한 곳도 막힘없이 사방이 탁 트여 있었다.

조조는 마음이 아주 뿌듯하여 벼슬아치들을 돌아보며 좋아라 했다.

"내가 의로움을 위해 군사를 일으킨 뒤 나라를 위해 흉악한 무리들을 쓸어내고 사방을 깨끗이 하여 세상을 편안하게 하고자 다짐하였소. 이제 남은 곳은 강남뿐인데, 백만 대군이 있고 여러분들이 내 명령을 받들어주니 어찌 뜻을 이루지 못할 일이 있겠소? 강남을 얻고 나면 세상의 골칫거리가 다 사라질 테니, 그때부터는 여러분과 함께 부귀를 누리며 편안한 세월이나 즐겨볼까 하오."

벼슬아치들이 모두 자리에서 일어나 고마움을 나타냈다.

"하루빨리 승리의 노래를 울리며 돌아가기를 바랍니다! 우리 모두 죽을 때까지 승상의 보살핌을 받고 싶습니다."

조조는 아주 기분이 좋아 술잔을 돌리도록 했다. 밤이 깊어 술기운이 제법 오르자 조조는 손을 들어 멀리 남쪽 언덕을 가리키며 소리쳤다.

"주유, 노숙아! 하늘의 뜻을 모르는 놈들아! 네 아랫것들이 나한테 항복해와서 너의 골칫거리가 되어 있으니, 이는 바로 하늘이 나를 도우시기에 그런 줄 알아라."

순유가 조조를 살짝 말렸다.

"승상께서는 그만 말씀하십시오. 혹시 일이 새나갈까 걱정입니다."

조조는 아랑곳없이 크게 웃었다.

"여기 앉아 있는 이들이나 나를 곁에서 섬기는 이들이 다 마음속으로부터 아끼는 이들인데 내가 무슨 말인들 못 하겠는가!"

조조가 다시 하구 쪽을 가리키며 떠들었다.

"유비, 제갈량아! 땅강아지나 개미 정도밖에 안 되는 힘으로 태산을 흔들겠다고? 어리석은 놈들 같으니라고!"

조조가 여러 장수들을 돌아보았다.

"올해 내 나이 벌써 쉰네 살이오. 이번에 강남을 얻고 나면 기쁜 일이 또 하나 있소. 옛적에 나는 교공과 친하게 지냈소. 그 사람 딸 둘이 다 나라의 으뜸가는 미인이라오. 그런데 각각 손책이랑 주유의 아내가 되고 말았소. 내 이제 장하에다 동작대를 새로 지어놓았으니, 강남을 얻으면 두 교씨를 데려오겠소. 그리하여 동작대에서 함께 늘그막을 즐길 수 있으면 더 바랄 게 뭐 있겠소!"

말을 마치자 조조는 크게 웃었다.

당나라 때 시인 두목지가 읊은 시가 있다.

부러진 창, 백사장에 묻혔어도 아직 녹슬지 않았네
저 스스로 문지르고 씻으며 남아 지난 왕조 일러주네
동쪽 바람이 주랑을 위해 불지 않았다면
이교는 봄 깊은 동작대에 붙들려 있었으리

조조가 웃고 떠드는데 갑자기 까마귀가 남쪽으로 날아가며 울었다.

조조가 얼굴을 찌푸렸다.

"웬 까마귀가 밤에 울며 가느냐?"

곁에 있는 사람이 얼른 대답했다.

"워낙 달이 밝아 까마귀가 날이 밝은 줄 알고 밤새 앉아 있던 나뭇가지에서 날아오르며 우는 모양입니다."

조조가 다시 크게 웃었다. 이미 취할 만큼 취한 조조는 창의 한 가지인 삭을 짚고 뱃머리에 서더니 강물에 술 한 잔을 뿌렸다. 이어 술 세 잔을 가득 따라 연거푸 마신 다음 삭을 옆으로 비껴들고 장수들에게 소리쳤다.

"내가 이 삭으로 황건적을 깨부수고, 여포를 사로잡았으며, 원술을 없애고, 원소를 거두어들였소. 또 북쪽 끝 요동에 이르기까지 천하를 누비고 다녔으니, 이만하면 대장부의 뜻을 펼쳤다고 할 수 있을 만하오. 지금 눈앞에 펼쳐진 경치를 보고 있자니 느낌이 색다르오. 내가 노래를 하나 지

조조가 노래를 지어 부르다.

어 부를 테니 여러분들도 맞받으시오."

술이 앞에 있어 노래 절로 나오네

사람 사는 세월 얼마나 되나

알고 보면 아침 이슬 같은 인생

지난 세월 괴로움도 많았지

슬픔이 고여 가슴 아리구나

근심 걱정 잊기 어려워라

한데 뭉친 시름 어이해서 풀까

오로지 술이 있을 뿐이라

푸르고 푸른 그대 옷깃 보니

느긋하여라 내 마음

내 오로지 그대 생각하며

오늘도 속으로 읊조린다네

으으으 하는 사슴의 울음소리

서로 불러 함께 들풀 뜯어먹네

반가운 손님 나를 찾으니

비파 뜯고 생황 불어 반기리

휘영청 밝은 달과 같이

어느 때나 깨끗해지려나

가슴속에 이어지는 시름

끊어버릴 길이 없네

백 갈래 천 갈래 길을 따라

같이 있고 싶은 이들 모여든다

오랜만에 만나 잔치 열고 떠드니

마음속에 옛 은혜 다시 떠오르네

달은 밝고 별은 드물도다

까막까치 남쪽으로 날다 말고

나무를 세 바퀴나 빙빙 돌아도

마땅히 몸을 부릴 가지 하나 없네

산은 아무리 높아져도 싫다 않고

물은 아무리 깊어져도 싫다 않네

옛날 주공은 밥 먹다가도 뱉고서 손님 맞아

천하의 마음이 모이게 했다네

조조가 노래를 부르고 나자 여러 사람이 맞받으며 웃고 즐겼다. 그때 갑자기 한 사람이 자리에서 일어났다.

"대군이 서로 맞부딪쳐 장수와 군사들 모두 명령만 기다리고 있는 이때, 승상께서는 어찌하여 그토록 재수 없는 노래를 부르십니까?"

조조가 쳐다보았다. 양주 자사로 있는 패국 상현 사람으로 자가 원영인 유복이었다. 그는 합비에서 몸을 일으킨 뒤 고을을 바로잡아 흩어졌던 백성들을 모아 학교도 세우고 논밭도 새로 일구는 등 다스리는 일에 힘썼다. 나름대로 조조를 오랫동안 섬기며 많은 공을 세운 사람이었다.

조조가 삭을 비껴잡으며 물었다.

"내 노래 어디가 재수 없다는 거냐?"

유복이 대답했다.

"'달은 밝고 별은 드물도다 / 까막까치 남쪽으로 날다 말고 / 나무를 세 바퀴나 빙빙 돌아도 / 마땅히 몸을 부릴 가지 하나 없네'라는 대목이 재수 없다고 느껴집니다."

조조가 화를 있는 대로 내며 소리 질렀다.

"네가 어찌 내 즐거움을 깨느냐!"

조조는 어느새 삭을 들어 유복을 찔러 죽여버렸다. 모두들 어이없는 일이라 소스라치게 놀랐다. 술자리는 그렇게 끝나고 말았다.

다음 날 술이 깨자 조조는 몹시 뉘우쳤다. 유복의 아들 유희가 들어와 아버지의 주검을 거두어 돌아가 장사 지내게 해달라고 사정했다.

조조가 울며 말했다.

"내가 어제 술에 너무 취해 네 아버지를 죽이고 말아 안타깝기 그지없다. 삼공의 예의를 갖추어 장사를 걸게 지내주도록 하라."

조조는 곧바로 영구를 옮길 군사를 내주며 돌아가 장사를 지내게 했다.

다음 날 수군도독 모개와 우금이 조조를 찾아왔다.

"크고 작은 배들을 알맞게 섞어 쇠사슬로 묶어놓았습니다. 깃발이며 무기들도 하나하나 다 살펴두었습니다. 승상께서는 곧 공격할 날을 잡아 명령을 내리십시오."

조조는 수군의 한가운데에 있는 큰 배로 가서 자리를 잡아 앉은 뒤 여러 장수들에게 명령을 내리기 시작했다. 먼저 물 위 군사와 땅 위 군사를 각각 다섯 색깔 깃발로 나누었다.

수군 가운데는 노란색 깃발로 모개와 우금이 맡고, 앞쪽은 붉은색 깃발로 장합이, 뒤쪽은 검정색 깃발로 여건이, 왼쪽은 푸른색 깃발로 문빙이, 오른쪽은 흰색 깃발로 여통이 맡도록 했다.

말 탄 군사와 일반 군사 앞쪽은 붉은색 깃발로 서황이 맡고, 뒤쪽은 검정색 깃발로 이전이, 왼쪽은 푸른색 깃발로 악진이, 오른쪽은 흰색 깃발로 하후연이 맡도록 했다.

물과 뭍 양쪽을 오가며 살피는 일은 하후돈과 조홍이, 승상 가까이서 오가며 할 일은 허저와 장료가 맡도록 했으며, 나머지 장수들은 각 부대에 알맞게 들어가도록 했다.

명령이 끝나자 물 위 영채에서 북소리가 세 차례 크게 울렸다. 이어 각 부대의 배들이 영채 문을 열고 나왔다.

서북쪽에서 바람이 불어왔다. 배들은 제가끔 돛을 높이 올리고 거센 물살을 헤치며 나아갔다. 배들은 덩어리져 있어 흔들리지 않고 맨땅처럼 편안했다. 군사들은 배 위에서 이리저리 뛰며 창으로 찌르고 칼을 내리치는 시늉을 하면서 저마다 씩씩함을 뽐냈다. 앞뒤와 왼쪽·오른쪽의 각 부대는 뒤섞이지 않고 질서가 있었다. 작은 배 50척은 배 덩어리 사이를 왔다 갔다 하면서 살폈다. 조조는 높다란 장수 자리에 앉아 훈련 모습을 지켜보며 흐뭇한 표정을 지었다. 반드시 이길 수 있다는 생각이 들었다. 그래서 일단 돛을 내리고 영채로 돌아가도록 했다.

조조는 막사로 돌아가 모사들을 모아놓고 말했다.

"하늘이 나를 돕지 않는다면 내 어찌 봉추의 꾀를 얻을 수 있었겠소? 쇠사슬로 배들을 서로 묶어놓으니 강을 건너는 일이 맨땅을 걷는 거나 마찬가지였소."

그러나 정욱이 걱정스레 말했다.

"배들을 모두 한 덩어리로 묶어놓으니 편안하기는 합니다. 그러나 적들이 불로 공격을 하기라도 하면 피하기가 어렵습니다. 미리 대책을 세워놓아야 합니다."

조조가 껄껄 웃어넘겼다.

"정중덕이 멀리까지 내다보며 걱정을 하긴 하나, 생각이

덜 미치는 데가 있소."

순유가 나섰다.

"중덕의 말이 틀린 얘기가 아닌데 승상께서는 왜 웃으십
니까?"

조조가 대답했다.

"불로 공격을 하려면 반드시 바람의 힘을 빌려야 하오. 지
금은 한겨울이라 서쪽과 북쪽에서 부는 바람만 있지, 어찌
동쪽과 남쪽에서 부는 바람이 있겠소? 우리는 서북쪽에 있
고 저들은 모두 남쪽 언덕에 있으니, 만약에 저들이 불을 쓰
면 도리어 자기네 쪽으로 불이 날아가 자기 군사들을 태워
죽일 텐데 내가 걱정할 까닭이 뭐 있겠소? 만약 지금이 시
월이라면 나도 미리 방법을 세웠지!"

뭇 장수들이 놀라워하며 엎드렸다.

"승상의 높으신 생각은 누구도 따라갈 수가 없습니다."

조조가 뭇 장수들을 돌아보았다.

"청주·서주·연주·대주 군사들은 배 타는 데 길이 들어
있지 않소. 이 방법이 아니라면 넓고 험한 이 강을 어떻게
건널 수 있겠소!"

그때 열 가운데에서 장수 둘이 나섰다.

"저희들도 유주·연주 출신이기는 합니다만 배는 잘 탑니
다. 부디 순찰선 스무 척만 내어주십시오. 곧장 강남 어귀로

가서 적의 깃발과 북을 빼앗아와 우리 북군도 배를 잘 탄다
는 걸 한번 보여드리겠습니다.”

조조가 그들을 쳐다보았다. 원소 밑에 있던 초촉과 장남
이었다.

조조가 말했다.

“너희들은 모두 북쪽에서 나고 자라 아무래도 배 타는 일
은 편하지 않겠지. 강남 군사들은 물 위를 오가는 일이 몸에
배었다. 너희들은 어린애들 장난 같은 생각으로 귀한 목숨
을 함부로 버리려 하지 말라.”

그러나 초촉과 장남은 계속 큰소리를 쳤다.

“만약에 이기지 못하면 군법에 따라 기꺼이 벌을 받겠습
니다!”

“싸움배들은 서로 묶어놓아 작은 배들밖에 없다. 한 배에
겨우 스무 명 정도밖에 탈 수 없어 싸움배로 쓰기는 어렵다.”

초촉이 계속 졸랐다.

“큰 배를 쓴다면 뭐가 대단하겠습니까? 작은 배 스무 척
만 내주십시오. 그러면 저와 장남이 반씩 거느리고 오늘 바
로 강남의 물 위 영채로 가서 깃발을 빼앗고 장수의 목을 베
어 가지고 오겠습니다.”

조조가 마지못해 허락했다.

“너희들에게 배 스무 척과 씩씩한 군사 오백 명을 주겠다.

모두 긴 창과 강한 쇠뇌를 가지고 가도록 하라. 내일 날이 새는 대로 떠나라. 영채의 큰 배를 몰고 나가 강 위에 띄워 놓고 멀리서 힘이 되게 하겠다. 또 문빙더러 순찰선 서른 척을 거느리고 나가 너희들이 돌아올 때 돕도록 하겠다.”

초촉과 장남이 기뻐하며 물러갔다.

다음 날 한밤중이 지나자마사 밥을 지이 먹고 세벽이 되자 모든 준비를 끝냈다. 이윽고 물 위 영채 안에서 북소리와 징 소리가 시끄럽게 울렸다. 바로 배들이 영채를 빠져나가 강 위에 나뉘어 섰다. 푸르고 붉은 깃발들이 장강을 뒤덮었다. 초촉과 장남은 배 20척을 이끌고 영채를 빠져나와 강남을 바라고 떠났다.

한편 남쪽 언덕에서는 그 전날 시끌벅적한 북소리와 징 소리가 들리자 멀리서 조조군이 훈련하는 모습을 살펴보았다. 이 사실은 곧 주유에게 알려졌다. 주유가 살펴보기 위해 산꼭대기로 올라갔을 때 조조의 군사들은 이미 다 들어간 뒤였다.

이튿날 또 북소리가 하늘에 울려퍼지자 군사가 높은 데로 올라가 살폈다. 작은 배들이 물살을 헤치며 이쪽으로 몰려오고 있었다. 그 군사는 나는 듯이 본부로 가서 보고했다.

주유가 부하 장수들을 둘러보았다.

"누가 두려움을 무릅쓰고 먼저 나가겠는가?"

한당과 주태가 함께 나섰다.

"제가 마땅히 앞장서 나가 무찌르겠습니다."

주유는 기뻐하며 영채마다 명령을 내려 더욱 단단히 지키며 가볍게 움직이지 않도록 했다.

한당과 주태는 제가끔 배 5척씩을 끌고 왼쪽·오른쪽으로 나누어 나아갔다.

한편 초촉과 장남은 자신들의 씩씩함만 믿고 작은 배를 나는 듯이 몰며 다가왔다. 한당은 가슴 보호대를 하고 긴 창을 쥔 채 홀로 뱃머리에 서 있었다. 초촉의 배가 앞장서 다가오더니 군사들에게 한당의 배를 향해 어지러이 활을 쏘게 하였다. 한당은 방패를 들어 화살을 막아냈다. 어느새 초촉이 긴 창을 꼬나들고 한당에게 달려들었다. 한당이 창을 한 번 치켜들어 단번에 초촉을 찔러 죽이고 말았다. 그러자 장남이 뒤에서 소리를 내지르며 달려들었다. 그걸 본 주태가 배를 몰아 달려왔다. 장남은 창을 들고 뱃머리에 서서 군사더러 배 양쪽에서 활을 어지러울 정도로 퍼붓게 했다. 주태는 한 손에 방패를 들고 날아오는 화살을 막으며 다른 손에는 칼을 들고 있었다. 주태는 두 배 사이가 7, 8자쯤으로 가까워지자 펄쩍 몸을 날려 장남의 배로 건너가 단칼에 장남을 베어 물속으로 고꾸라뜨려버렸다. 이어 배를 모는 군사들을 닥치는 대로 내려쳤다.

나머지 배들은 급히 뱃머리를 돌린 뒤 나는 듯이 배를 몰아 달아났다. 한당과 주태 역시 배를 몰아 뒤쫓았다. 강 한가운데에 이르자 갑자기 문빙의 배가 달려들었다. 양쪽은 곧장 배들을 늘어세운 뒤 싸움을 벌였다.

주유는 여러 장수들을 거느리고 산미루로 올라가 강북 쪽을 바라보고 있었다. 커다란 배와 싸움배들이 강물 위에 깃발들을 펄럭이며 질서 있게 늘어서 있었다. 어느 순간 고개를 돌려보니 문빙을 상대로 한당과 주태가 싸우고 있었다. 한당과 주태가 힘을 다해 몰아치자 문빙이 해보지 못하고 뱃머리를 돌려 달아나기 시작했다. 한당과 주태 두 사람이 그 뒤를 급히 쫓았다. 주유는 두 사람이 적의 중요한 지점으로 너무 깊숙이 들어갈까봐 걱정되어 곧장 흰 깃발을 흔들게 하고 징을 치도록 했다. 한당과 주태는 뒤쫓기를 멈추고 곧 노를 저으며 돌아왔다.

주유는 산마루에서 강 건너 쪽의 배들이 모두 물 위 영채 안으로 들어가는 걸 계속 지켜보다가 장수들을 돌아보았다.

"강북의 배들은 마치 갈대숲을 이루듯이 빽빽이 들어차 있고 조조라는 인간은 꾀까지 많으니, 어떤 방법을 써야 깨뜨릴 수 있겠소?"

장수들이 미처 대답도 하기 전에 갑자기 조조의 영채 가운데에 세워져 있던 노란색 깃발이 바람에 꺾이더니 강물 속으로 떨어지고 말았다.

주유가 크게 웃으며 소리쳤다.

"저건 좋지 않은 조짐을 나타내는 일이다!"

계속 바라보고 있는데 갑자기 바람이 어지럽게 불고 파도가 강기슭에 세차게 부딪쳤다. 이어 곁에 있던 깃발이 바람에 찢어질 듯이 펄럭이더니 휘감기면서 주유의 얼굴을 때렸다. 주유는 갑자기 가슴속에 묻혀 있던 일이 하나 떠올라 외마디 소리를 크게 내질렀다. 이어 뒤로 벌렁 넘어지며 입에서 붉은 피가 흘러나왔다. 장수들이 급히 달려들어 일으켰으나 이미 정신을 잃고 축 늘어져버렸다.

금방 웃는가 싶더니 갑자기 외마디 소리 내지르니
남군이 북군을 깨부수기 어렵겠구나

과연 주유의 목숨은 어찌 될는지…….

박상률 완역 삼국지 4

ⓒ 박상률, 백남원, 2025

초판 1쇄 인쇄 | 2025년 10월 29일
초판 1쇄 발행 | 2025년 11월 6일

옮긴이 | 박상률
책임편집 | 배상현
콘텐츠 그룹 | 배상현, 김다미, 김아영, 박화인, 기소미
표지 디자인 | design R 이보람
본문 디자인 | 스튜디오 보글

펴낸이 | 전승환
펴낸곳 | 책 읽어주는 남자
신고번호 | 제2024-000099호
이메일 | bookpleaser@thebookman.co.kr

ISBN
979-11-93937-86-0 (세트)
979-11-93937-90-7 (04820)